门前有棵黄楝树

许廷敏 著

中原出版传媒集团
中原传媒股份公司

大象出版社

·郑州·

图书在版编目（CIP）数据

门前有棵黄楝树／许廷敏著. -- 郑州：大象出版
社，2025.1（2025.7重印）. -- ISBN 978-7-5711-2586-8

Ⅰ．I251

中国国家版本馆 CIP 数据核字第 202471FF40 号

门前有棵黄楝树

许廷敏　著

出　版　人	汪林中
责任编辑	张韶闻　江雯清　高　莉
责任校对	张绍纳
装帧设计	张　帆

出版发行　**大象出版社**（郑州市郑东新区祥盛街 27 号　邮政编码 450016）

　　　　　　发行科　0371-63863551　总编室　0371-65597936

网　　址　www.daxiang.cn

印　　刷　河南瑞之光印刷股份有限公司

经　　销　各地新华书店经销

开　　本　890 mm×1240 mm　1/32

印　　张　12.25

字　　数　181 千字

版　　次　2025 年 1 月第 1 版　2025 年 7 月第 2 次印刷

定　　价　78.00 元

若发现印、装质量问题，影响阅读，请与承印厂联系调换。

印厂地址　武陟县产业集聚区东区（詹店镇）泰安路与昌平路交叉口

邮政编码　454950　　　　　　电话　0371-63956290

目录

一段冷暖有趣的记忆（序）

那些懵懂的记忆（自序）

记忆中的复式小学 —————————— 001

启蒙老师聂克信 —————————————— 008

童年的春节 ——————————————————— 013

童年时期的乡村游戏 —————————— 023

童年的理想 ——————————————————— 029

正月十五 ——————————————————————— 036

乡村谚语 ——————————————————————— 042

家常饭 ——————————— 051

最亲班主任 ——————— 057

乡村庙会 ——————————— 064

家乡的老房子 ————— 072

二月二 ——————————————— 081

乡村手艺人 ——————— 086

瓜园·果园·菜园 —————— 098

看电影 ——————————————— 105

秋明儿 ——————————————— 110

野生动植物的命运 ——— 115

婚俗与婚礼 ——————— 124

那些"消失的"老物件 ——— 132

五月当午 ——————————— 144

儒者九儿哥 ——————— 148

粗布衣 ——————————————— 152

牛屋逸事 ——————————— 160

我的高考 ——————————— 168

麦收时节 ——————————— 181

民工回忆————————————188

六月六————————————196

家乡的方言————————————200

知识渊博的唐老师————————————206

失传的庄稼活儿————————————212

八月十五————————————219

关于红薯的记忆————————————224

冬至————————————231

村里村外的坑塘————————————236

听书————————————244

亦师亦友张景祥————————————254

余粮户与缺粮户————————————264

当年那些洋玩意儿————————————274

家乡的那些老规矩————————————283

乡村医生————————————290

简单和谐的小社会————————————299

货郎担儿————————————307

难忘的豆腐坊————————————315

门前有棵黄楝树 —————————— 321

第一次进城 —————————— 330

回家的味道 —————————— 338

我的军旅梦 —————————— 348

应还叶公一个公道 —————————— 353

石门山，我的故乡打卡地 —————————— 361

后记 —————————— 370

一段冷暖有趣的记忆 (序)

这是一部反映农耕社会末期农村风貌的著述。

中国有着漫长的农耕时代。农耕文化，是传统文化之母，中华民族几千年优秀传统文化的孕育、形成与农耕文化密不可分。由于种种复杂的原因，我国的农耕社会表现出了长期性、超稳定的历史特征。直到20世纪六七十年代，农耕时代的生产、生活方式只是更加成熟完善，而几乎没有根本性的改变。然而，20世纪七八十年代以来，我国农村社会经过近半个世纪的大变革、大发展，延续了几千年的农耕时代几乎一夜之间便崩塌湮灭，现代工业化、信息化时代迅速成为现实。生活在农耕时代末期的人们，在热情拥抱现代生产方式和文明生活的过程中，蓦然回首，却发现传统的农耕社会已经渐行渐远。于是，他们在感叹社会发展、历史进步快速迅猛的同时，又会情不自禁地回望历史的来路和背影，怀念那刚刚逝去的一切，试图找到历史和现实的悲欢离合。

我国历史文献浩如烟海、汗牛充栋，仅"二十四史"就有4000余万字。然而，遗憾的是，这些文献很大程度上只是政治变迁史，记载的大多是社会上层的政治、经济、军事、文化等内容，反映的社会生活也多是帝王将相、王公贵族和才子佳人等上层人群的情况，而农耕时代下层劳动人民社会生产、民间生活、生存状况的文献，也只是在类书、丛书里面有零散的记载。全面系统地记述农耕时代下层社会风貌的文献，似乎始终是史学家无暇顾及的领域。时间进入新时代以后，我们倏然欣喜地发现，有过农耕社会生活经历的一代人或叫末代农耕社会人，正在以强烈的责任感、使命感，担当起这一历史重任。近十几年来，大批以实物搜集、珍藏、展览、演示农耕时代生产、生活的博物馆及相关场地不断问世；近年来以农耕文化为内容的研学基地、研学活动亦呈方兴未艾之势。更令人欣慰的是，许多过来人都不约而同地拿起笔墨、敲击键盘，用生动的文字来记录展示已经模糊的农耕社会物质的、非物质的生产、生活的方方面面。这是值得肯定并大力提倡的一种社会壮举。

《门前有棵黄楝树》正是在这样的背景下写成的。作者定位他生命中最重要的一段历史，选取他生活中最熟悉的一些往事，从不同侧面和视角进行了深入的回顾、思考和记述。不可否认，相对于整个农耕时代来说，本书记述的那个时代是极其短暂的。而且，近年来这类书籍的出版也不在少数。然而，《门前有棵黄楝树》自有其高明之处。应当指出，此类著述的某些作者多多少少都有怀古恋旧的心结，甚至还有难以名状的失落感。他们多以静止孤立的思维方式，以失落迷茫的怀旧心态，恋恋不舍地去回味农耕社会的"恬淡""纯朴"和"真情"。也不乏"旧时王谢堂前燕"，留恋那些风光不再的昔日辉煌。反之，也有宣泄家庭个人不幸的人生遭际，隐隐约约流露出对过往和现实的主观情绪。而《门前有棵黄楝树》的作者显然注意到了这些问题。他首先对农耕时代及紧邻其后的现代社会生活进行过冷静而理性的观察和回顾，然后以近乎白描的方式进行了客观翔实的记述。虽然其中不乏作者个人的生活体验和感悟，但正如他本人所言：在写作中，尽可能地放平心态，尽可能地去除杂念，尽可能地搜寻历史的真实，尽可能地与多数当事人的见证保持一致。我作为和作者同时代的农村人，我想他基本上做到了这一点。

近半个世纪以来，中国农业社会经历了农耕时代向现代社会的历史性跨越。若以人生的阅历来划分社会群体，可谓三大类型：世世代代生活在农耕社会、自幼在农村生活的"完全典型"的农民；从农耕时代走向现代社会、横跨两个时代的"不完全型"农民；出生成长在现代社会的"非农耕社会新生代"。作者对这三代人的人生经历、社会定位、身份认知及相互关系诸方面的分析理解，其站位是有相当高度的，其眼光也是长远的。他不仅对农耕时代的历史给予了高度的关注和足够的尊重，而且对现代社会及未来的时代更是充满了信心和希望。对农耕时代社会风貌记忆描述的全面、客观、细致、深入，是《门前有棵黄楝树》的又一明显特征。作者对农耕时代生产、生活，物质的非物质状态的回忆记述，是平实的，朴素的。叙事方式尽可能地白描素写，记录回忆力求全面系统、准确细致。内容涵盖衣、食、住、行，土地耕作，播种管理，收获储存，粉碎制作，织染剪裁，以及婚丧嫁娶，读书学习，访亲探友，年节礼俗，农闲娱乐的方方面面。大到一个村庄的土地面积、人口劳力、地形走势、建筑形态，小到房屋的大小高低、花鸟虫鱼、节令农谚。写人状物，抓其特征，显其形象，模其声音，一颦一颦，呼之欲出。让人看到的是一个时代的全景风貌、生产生活的活态呈现。同时，对自己人生道路上的关键时刻、不同年代的心智感知、不同阶段的身心成长有着重大影响的几位老师，作者也都怀着深深的感恩之心，从不同的侧面给予深情的记述，让读者如见其人如闻其声，对老师的敬意也油然而生。他曾经告诉我，他很想写一写他自己的父母和兄弟姊妹，因为他们都是农耕时代人的典型代表，又是自己最熟悉的人。然而他没有写。原因是他认为亲情过于主观，而写作又容易为亲情所困，因而不想在文章中留下亲情掩盖真实的痕迹。这真是一点缺憾。然而，缺憾有时候是一种缺陷美，而基于真实高于亲情的遗憾则更有意义。

　　我想这本书之所以有如此的独到之处，与作者独特的人生经历是分不开的。用作者自己的话说，他是"赶上了好时代"。而这个好时代，好在既有落后贫穷的农耕时代的艰苦磨砺，又有改革开放日新月异现代文明的亲历参与。他有对农村、农民、农业的切身感受，又有大学生活、县市级主要领导的工作阅历，因此他对人生、对社会、对时代、对未来的认知、看法，是客观的、深刻的、长远的。这样的人生格局，自然会在著述中表现出来。《门前有棵黄楝树》付梓之际，作者要我写几句话，但识见、格局的限制，让人勉为其难。而我感到宽慰释怀的是，作者不忘初心，对农业、农村、农民始终保持着深厚的感情。作为老乡、同学，我也时常听到熟人跟作者开玩笑："你身为五品大员，还没有某些村长的官威盛、官谱大！"从《门前有棵黄楝树》中，我对这些话有了更深刻的理解和认识，因此也就无所顾忌地写下了这些文字。

孟　聚

2022 年 8 月 16 日于西唐樵人屋

那些懵懂的记忆 （自序）

　　世界上很多事情都是出于偶然。2022 年 3 月，到外地出差，因新冠疫情被隔离在酒店，时间长达半个月。这半个月中，除了每天三顿盒饭按时按点，其他时间要靠自己去消磨。开始的两三天看看新闻听听戏，时间过得挺快的。几天后就觉得白天越来越长，夜晚也越来越长。这时偶然发现，手机上有一个叫"备忘录"的软件，具备"语音转文字"的功能，于是就试着读了一段话，随机就转换成了文字。虽然有因为普通话不标准而出现转换不准确的问题，但总体效率要远远高于手写。也是出于偶然，想起了青少年时期家乡的趣事，为何不利用手机的这个功能把那些往事整理一下？一来消磨时间，二来自娱自乐。这样就有了《记忆中的复式小学》《童年的春节》《童年的理想》等三四个段子，回头再看看这些事情，越看越觉得有趣，就想接着写下去。这样反而感觉时间过得好快，半月时光就这样在回忆、录音、修改、自我欣赏中很快过去了。结束隔离回到家里，意犹未尽，就接着录，接着改，竟然一口气又录了三十多段。出于好玩儿，修改了几篇发给我的老师和好朋友看，他们竟异口同声地说可以出个小册子，一位作家老朋友甚至说我写的这些小段子也许有一定的史料价值。就这样，我这脑子一热，就真的整理出了这么一个小册子。心想，至少还有一点点自娱自乐的价值吧。

我的青少年时期是一个特殊的时代。对于出生在偏远农村地区的我们这一代人来说，是最具有社会转型特点、最带有城乡融合印记的一代。我们出生在新中国最困难的时期，我们享受着没有战火的和平，却又成长在动乱年代；我们曾处在知识荒芜和经济崩溃的边缘，却又遇到了恢复高考和经济腾飞的机遇；我们用过传承了千百年的老物件，也用上了最能代表现代化水平的智能设备；既目睹过最偏远最贫困最落后的角落，也见证过最富裕最发达的花花绿绿的世界。我们父辈没有摆脱掉的艰难困苦，我们躲过了；我们的下一代没有赶上的个人机遇，我们赶上了。相比我们的前后两代人，我们经历的最多，见证的最多。换句话说，横跨三代人的陈年旧事，唯有我们这代人经历的最多，知道的最多，能说清楚的也最多。所以，说一说我们的过去，让更多人了解那个时代，似乎也是一种义务。其实，我写的这些东西，也就是把青少年时期经历的一些趣事记述下来，也仅仅是那个时代社会生活的点点滴滴。记忆总是懵懵懂懂的，所以我还不敢说我的记忆都是完全准确的，但是青少年时期的记忆却是纯朴的，纯朴得几乎没有自己的任何杂念。记忆就像漏斗，越是细小的东西越容易漏，剩下的也只能是一些梗梗概概。尽管如此，从这些梗梗概概、点点滴滴的背后，应该可以感触到一个时代的脉动和一代人生活的冷暖。从这个意义上说，如果我的这些小文章能够告诉人们应该怀念点什么，珍惜点什么，也就是我最大的，也是最意外的收获了。

2022 年 9 月于郑州

记忆中的复式小学

　　所谓复式小学，就是一个学校，只有一个教室，一个教室内同时容纳两个或三个年级。复式学校的学生都是低年级，也就是一、二、三年级，学生到了高年级一般都要到大村分年级的学校去上学。

　　复式小学通常只有一个教师，既是校长，又是班主任，也是任课老师。因此，也只能开很少几门课，老师既教语文，又教算术，有些学校也开了类似音乐、美术、体育等课程，通常也都是由一个老师完成各类教学任务。在复式小学上课是几个年级轮流进行的，天气好的时候，一个年级上课，其他年级的同学到外面去，或复习功课，或做游戏，或玩其他的。好天如此，一旦遇到了刮风下雨等恶劣天气，一个年级上课，其他年级的同学就要集中到教室后边，背过脸去复习功课。最初的时候还没有钟表，每节课的时间就凭老师掌握，根据课程的内容安排每一节课的时间，大概也都在 40 分钟左右。

我记忆中的村办复式小学就更简陋了。我入学的时候，学校在一个"大跃进"时期留下的已经停产的造纸厂内。说是造纸厂，其实也就是两间草房，当时学生并不多，都是本村的孩子。全村三百来口人，学龄儿童本来就不多，还有不上学的和中途辍学的，学校也就三个年级，每个年级也就五六个学生。教室内老师站的地方用碎砖或石头稍微垫高一点，算是讲台。课桌是土坯垒的，先用土坯垒几个土墩，棚上秫秆（高粱秆），上面用捻子泥抹平晾干。凳子则是学生从家里搬来的，有的家里没有凳子，或家里没有那么多凳子，搬一块石头或用几个土坯摞起来，也就凑合着坐了。我刚上学时，家里也没多余的凳子，记得用的是一个树轱辘截成的圆木墩子做的凳子。为了防止丢失，老师要求每天放学后把自己的凳子背回家。我在上一、二年级的时候，每天都要抱着一个树墩子去上学。

我们村复式小学唯一的老师，就是聂克信老师。聂老师识字原本也不多，但已经是村上最有学问的人了。他当老师后也是边学边教。记不起来有什么音乐、美术、体育课了，只记得有语文、算术和劳动课。这些课程都由聂老师一人包了。那时候新教材经常来得不及时，或者课本到的少，不够一人一本，往往开学的时候还没有新书，要么借用上个年级的学生留下来的，要么两个学生用一本。新书到了以后，第一堂课就是老师教大家包书皮。那时候很多学生都没有书包，书皮包得好的还可以，包不好用不了几天就破烂不堪了，聂老师经常教育我们要爱护新书，对不爱惜课本的学生，聂老师就会批评："看，课本都被你们撕吃了！"不过也怪不得我们，没有书包，课本在泥土课桌上蹭来蹭去的，放学回家也就夹在腋窝里，一个学期下来，没有不破的。写作业时学生自己买纸，修剪成课本那么大，用缝衣针线装订起来，再打上格子。这也是交作业才用的，不用交的作业就更简单。比如写字，要么就在地上写写，要么在书桌上画画。记得那时候，每个同学都有一个自制小木板，两个课本那么大，自备粉笔在上面练习默写，老师抽查一下小木板也就算

复式小学在上课　许若明　画

交作业了。复式小学的简陋由此可见一斑。

现在的农村小学也都集中起来了，基本没有复式班了。但回想一下当时的复式班还是有很多好处的。孩子们上学不用跑到外村了。当时农村条件不好，生源不多，交通不便，有个复式小学孩子们不用出村，家长不用担心孩子上学途中有什么意外。记得后来我都到外村上初中了，父母还总是担心我在路上贪玩或天气不好出什么意外，总是反复地嘱咐让我和本村的同学们结伴而行。遇到天气不好的时候，有的家长还是要接接送送。村里有个复式小学，这些问题都不用担心了。对学生们来说复式班也有它的好处，低年级可以听高年级的课。有了问题如果老师不在，还可以就地向高年级学生请教。记得我当年学习比较好，就是因为喜欢听高年级的课，也喜欢模仿高年级学生读书默写，这样成绩就不知不觉地提高了。复式小学还有一个有趣的现象，就是学生升级、退级或跳级，不是看考试分数，而是老师根据学生平时的学习情况决定。和现在一样的是，一般也都是一年升一个年级，不一样的是，升级了也不用出教室，从前一排挪到后一排就可以了。但也有的同学一个年级学完了，老师不让挪到后排去。甚至还有学了一年又从后一排挪到前一排的。记得有个叫秋生的本家叔叔，年龄和我差不多，第一排坐了好几年，最后虽然也升为二年级了，但后来还是早早辍学了。

我最后一次见到复式小学是 2001 年。那年我以河南省药品监督管理局副局长的身份，受河南省委委派到辉县市任驻村工作队总队长，同时兼任河南省委派驻辉县市拍石头乡工作队队长。刚入村时到拍石头乡的各个自然村调研，发现该乡分布着很多复式小学。因为拍石头乡是个山区乡，面积很大，自然村之间距离很远，交通很不方便。为了解决孩子们的上学问题，在希望工程资助下，各村都办起了复式小学。学校建得倒是很漂亮，但由于学生太少，师资分散，严重影响教育质量。加之学生离家太远，每天都需要家长接送，致使很多学生家长无法外出打工，影响收入。通过走访，我发现家长都希望乡里办一个寄宿制小学。于是，我就找到县乡领导，并同他们一起筹措资金，在乡政府所在地建了一所寄宿制小学。我们工作队第二年撤离时，学校已经建好，当年秋季就把各复式小学的老师和学生集中起来。复式小学从此退出了拍石头乡的历史舞台。

　　复式小学是那个时代经济不发达的产物，但也是国家在落后的条件下克服困难办教育的成果，应当充分肯定它在国民教育中发挥的重要作用。同样值得肯定的是，复式小学为国家培养了一批又一批的基础人才。我相信曾读过复式小学的那一代农村孩子，如今不少已经成为国家的栋梁。

启蒙老师聂克信

聂克信老师是我们本村人，20世纪40年代出生。家庭比较富裕，也正因为家庭稍微富裕点，他读过私塾，毕业就留在学校当上了民办教师。聂老师非常朴实、忠厚、善良、敬业、负责，全身都是优点。他的学生们在学生时期都比较害怕他，而离开学校以后却都觉得他是一位可亲可敬的老师和长者，而且村里的老百姓一直都非常尊重他。

聂老师是我们村的第一个半职业老师。村里两个生产队三百来口人，世世代代都是庄稼人，没有听说过谁家的祖先是科举秀才之类的读书人，也没有听说村上谁的学问比聂老师多，除聂老师是个小学教师以外，也没有听说有谁当过正式老师。说聂老师是半职业，因为他还是农民身份，除了记满工工分并没有别的报酬，但又基本是脱离农业生产的。尽管是半职业教师，但说聂老师是我们村为人师表第一人，也是当之无愧的。

聂老师开创性地亲手建立了我们村第一个复式班小学。1965 年前后，为了解决落后地区每个孩子都能上学的问题，同时解决成年人上学与工业农业生产的关系问题，上级要求每个自然村都要办两个学校，一个复式小学，一个半耕半读学校。复式小学主要解决适龄儿童入学问题，半耕半读学校主要解决大龄青年的教育和扫盲问题。顾名思义，农村青年半耕半读就是上半天课，参加半天农业劳动。此时聂老师正好是邻村学校的小学老师，开办复式小学的任务就交给了他。这时候我的二哥刚好初中毕业，也担负起了开办半耕半读学校的重任。后来我上了复式小学，三哥就去了二哥任教的半耕半读学校。我没有上过半耕半读学校，对半耕半读学校基本没什么印象，却在复式小学读完了二年级，对聂老师教书带学生的情况记忆犹新。所以在我的脑海中，一直把聂老师视为我们村正规教育的创始人和奠基者。

村里复式小学存在的时间不长，大约三四年时间，1968 年以后并入了大队学校。但聂老师启蒙了本村一批青少年，包括我在内。记得学生最多的时候有四个年级，每个年级五六个学生，虽然最后也没有成为大材，但基本解决了他们识字算数问题，也提高了他们以后的自学能力，为村里扫除文盲奠定了坚实基础。村里的复式小学停办以后，聂老师跟随学生合并到了养凤沟小学，后来又转为公办教师，但一直教一、二年级的课，直至退休。聂老师在几十年的教育生涯中，积累了一套丰富的少儿教育方面的经验，完全可以算得上是一位优秀的启蒙教育家。

生活中的聂老师平实低调，对人和蔼可亲，从不大声说话。即便是转为公办教师以后，也始终保持着农民本色。农村推行家庭联产承包责任制以后，聂老师除了担负教学任务，还要种好家里的责任田。

聂老师是我人生的第一个老师，教给了我最基础的知识和最简单的人生道理。我 1966 年入村上的复式班，一、二年级的算术、语文课都是聂老师一人教的。记得聂老师的字写得很工整，很好看，批改作业用红笔打的钩和叉、批的分数和批语都很好看。我也经常模仿聂老师的这些字。聂老师并不会说普通话，但是他的汉语拼音教得很好，我现在用电脑打字，拼音方法就是聂老师教我的。记得聂老师在读拼音的时候，也是按照标准的四声去读的，但是一旦读字的时候，就没有了四声，甚至就回到了典型的家乡方言上来了。比如给"中"字拼音的时候，就读"zhōng"，读"国"字时，他虽然拼音也读"guó"，但一念到课文中的"中国"二字时，就变成了"中乖"。还有"色"字，读拼音时读"sè"，念文字时就念成"shāi"。还有很多。当然，这些在当时我们并不知道，也是在懂了什么是普通话之后才知道的。那时候并没有普通话的概念，觉得老师怎么念都是对的。聂老师批评惩罚学生还是挺严厉的，轻则点名批评，重则原地站起来接受批评，再重就要站在教室门口听课。这三种方式我都经历过，但更多的还是表扬。我小时候记忆力特别好，背书、默写是我的长项。作业总是当堂完成，很少不是一百分的。记得一次回家早了，当老师的二哥要看我的作业，一看几乎都是一百分，特别看到写的字不像一二年级学生写的，就怀疑是别人替我写的，为此专门找到聂老师，聂老师不仅为我做了证明，而且对我大加表扬。从此父母和哥哥姐姐们对我的学习就放心多了，我的学习自信心和自觉性也就更强了。这虽是一件小事，但对我学业的进步意义却非常重大。读大学以后，学的是师范专业，我的大学老师们经常告诉我，一个好的教师就是一个人类灵魂的工程师，要学会教书，更要学会育人。不仅让学生热爱学习，还要让学生更好地做人。这一点，聂老师没有上过师范大学，但他却一直保持着这样一种朴素的教育思想和方法。我的一个高年级老师曾说过，让聂老师教高年级学生也许他不能胜任，但让高年级的老师去教一、二年级，谁都不如聂老师。

童年的春节

　　小时候在农村过年，说简单也简单，说复杂也复杂。说它简单，主要体现在内容上。没有假期，没有春晚，没有慰问，甚至没有文化娱乐活动。到了年三十晚上吃顿饺子，吃完饺子一家人围着一堆树根生的火或围着一个土制的炉子取暖守岁；第二天一早，起来先放鞭炮，然后再吃一顿饺子；中午全家一起吃一顿一年来最丰盛的午饭，也就是大烩菜和白馒头，这样年便算是过去了。其他的大多数是走走形式，比如赶几趟年集；换上所谓的新衣服，其实就是穿了多年的衣服拆洗拆洗，再缝一遍；串个亲戚，拿的礼物也是转来转去的那一盒糕点。说是过新年，其实吃穿用的东西甚至程序仪式都很简单。我说的这些还是条件好点的，如果家里的经济条件不好，人丁又不是多么兴旺，那就更简单了，除夕晚上和初一早上吃一顿饺子，初一中午炒一碗萝卜白菜粉条肉，吃个白馒头，这年也就过去了。

要说复杂，其实也很复杂，主要复杂在形式上。进入腊月，就要筹备过年的事情了。而腊月初八的所谓腊八节，标志着农历新年的开始。从这一天开始，农活就基本停了下来，人们开始进入农闲状态，男人们开始聚堆儿，打扑克的、下象棋的越来越多。女人们则更忙，拆洗衣服，淘粮磨面，不亦乐乎。这时候学生们也都放假了，平时的假期和周末，学生们不能玩，要去割草拾柴放牛羊。年假就不同了，天气冷了，草也枯了，牛羊也入圈了，学校也不怎么布置家庭作业，学生们则无牵无挂无忧无虑，天天就是玩儿，尽情地玩。

过了农历腊月二十，就要围绕过年安排一切了。大概从农历腊月二十前后开始有年集。集，也称集市，就是一些公社机关所在地，或者交通方便的一些大村子，自发形成的小商品交易场所。集市本来不是天天都有的，通常都是农历逢三逢六逢九这些所谓吉祥的日子才有。平时集市上的商品很少，就是农村家庭日常用品，赶集的人往往也是稀稀拉拉的，但是一旦到了年关，集市就会密集起来，有些地方是单日集，有些地方是双日集。因为周边集市有的逢单有的逢双，实际上过了农历腊月二十人们每天都可以赶集。年集上的商品也开始多起来，规模比平时要大好几倍。最高潮的时候琳琅满目人声鼎沸。人口多的家庭，条件好的家庭，买年货比较多，要赶几趟集才能买齐；条件一般的一两趟也就解决问题了；条件更差的，到了除夕也就是年三十或年二十九这一天，赶个集买点过年必需品也就行了。因为这一天的东西比较便宜，也只有条件差的人这天才来赶集，所以又叫"穷人集"。

20世纪五六十年代的乡村，虽然条件不好，但过年还是很有仪式感的。哪天准备啥都有一定的说法和安排。比如，我们家乡有一个过年顺口溜：二十三祭灶官，二十四扫房子，二十五磨豆腐，二十六割块肉，二十七杀个鸡，二十八贴尕尕，二十九灌壶酒，年三十包扁食，大年初一撅屁股作揖。这些俗语说起来顺口，但也不仅仅是顺口编的，背后都有某种特定的意义或文化内涵。比如农历二十三，顺口溜说二十三祭灶官，这一天之所以祭灶，是有典故的。过去，每家每户的灶火都敬灶神，灶神又叫老灶爷，老灶爷是玉皇大帝派到人间管理灶火的官员。据说，到了腊月二十三这一天，是烟熏火燎了一年的老灶爷上天向玉皇大帝汇报工作的日子，于是人间就给他搞一个简单的仪式。揭下旧的灶神像，换上新的灶神像，把灶火打扫干净，摆上供香，欢送灶神高高兴兴上天，"上天言好事，下界保平安"。到了大年初一的五更再高高兴兴归来。为了迎送灶神，民间要吃烧饼或灶糖，也有些地方要贴窗花。我们家乡没有吃灶糖和贴窗花这一说，倒是除了家里炕烧饼，认有干爹干娘的，这天下午干儿子干闺女们要抱一只老公鸡看望干爹干娘。为什么要抱个公鸡？最靠谱的是说老公鸡到了灶王爷那里就变成了马，送公鸡是让干爹干娘把公鸡送给灶王爷当马骑，让灶王爷骑着大马到玉皇大帝面前，多说干爹干娘的好话。

还有二十八贴刷刷，实际上就是贴年画、贴春联。而贴年画、贴春联，也是从贴门神演变过来的。到了年关为了辟邪，迎神纳福，最早是挂桃符，后来是贴门神，再后来就演化为贴年画和春联了。至于为什么

人民公社时期的年画（中原农耕文化博物馆提供）

是这一天，大概是因为这天是大年初一的倒数第三天。在我国古代，三、六、九是吉祥数字，就是贴尕尕也要选个黄道吉日的。

杀猪，是20世纪五六十年代农村过年的一大奇观。那时候不像现在到处都有卖肉的，那时候吃肉的人不多，也很不方便。每一个公社只有一个卖肉的地方，叫作"屠行"，属于商业部门下属的食品公司专门杀猪卖肉的门店。人们平时吃肉很少，屠行还能供应，到了过年，买肉的比较集中，屠行就供不上了。当时国家的法律法规允许私自屠宰，于是每逢过年，杀猪就成了每个村子的一件大事。通常的情况是，人口多的家庭到年关把自己养的猪杀了留一部分自己吃，吃不完了拿集上卖了；还有就是年内娶了媳妇儿的家庭，需要置办过年礼物，猪肉礼条是必不可少的。如果新媳妇娘家亲戚多，就要把自家养的猪杀了。没有养猪的，感觉买肉不如买猪合算，就买回一头猪来，过年宰杀。这样一凑，每个村子总有好几头猪要杀。于是，农历腊月二十前后，杀猪就成为村子里的一件热闹事。清理场地，搭建架子，埋锅烧水，帮手到位，把猪们绑缚"刑场"，最后刀把儿腰扎草绳，绳里掖一把长刀神秘现身，对猪们"大开杀戒"。然后进入流水作业：先是给猪吹气燖毛，然后把猪挂在架子上开膛破肚，摘出五脏六腑，分割卸块。不多时，刚才还是活蹦乱跳的猪们，已分别被卸为八大块，静静地躺在箩筐里。这时候，热闹场面也达到了顶峰：除了杀猪的、帮忙的，还有猪的主家人，老年人用燖猪毛的水泡脚，要猪膀胱当气球耍的孩子们来了，争夺猪尾巴为孩子们治疗流憨水的，捞猪毛卖钱的，趁机买肉的，还有纯粹看热闹的，甚至闻到腥气的猫们狗们也都来了，猪叫、狗叫、人笑声响成一片。这应该是过去农村过年最热闹的场面和趣事。

说到过年就必须说说走亲戚。在我们家乡，走亲戚是过年的一个重要组成部分，是最有年味儿的活动，是一道新春美丽的风景线。走亲戚也很有故事性，从农历大年初二开始，走亲戚便是过年的主要内容。首先，走亲戚有很多讲究，讲究新亲戚还是老亲戚，是长辈还是晚辈，是姻亲还是表亲。不同的亲戚，走亲戚的时间、方式、带的礼物甚至招待的饭菜都是不一样的。最重要的要数女儿回娘家，而重中之重的则是新婚夫妇过的第一个新年、年后第一次回娘家。这时候新郎已不叫新郎，而叫新女婿。新女婿第一次过年看望岳父岳母，是相当隆重的。通常要带很多份礼物，其中一份礼物一般包括四件：一块二斤半左右肉礼条、一把粉条、一把大葱，还有一盒糕点，这些礼物要贴上红纸条。礼物份数的多少要视女方的家庭情况而定，三五份礼物的新女婿要用笼头扛着，再多点的，就要用两个笼头挑着。女方家族大的带的礼物又多档次又高的，则要专门置办一架"盒子"，两个人抬着。按我们当地的规矩，五服以内的长辈每家要送一份礼物，后来这个范围不断扩大，凡女方出嫁时随礼的亲戚、朋友、邻居，都要送一份四件套的礼物，往往用架子车拉着。

新婚女婿第一次过年看望岳父岳母，待遇自然也不一样，条件好的要上整桌，所谓整桌，各地风俗不一，总之是七碟八碗相当丰盛，外加烟酒。条件差一点的也要四冷四热。条件最差的也不能少于四个盘子，烟酒必上。至于婚后的第二年及再往后，新郎待遇就越来越低了，以至于和其他的亲戚就没有区别了。

过年的风景，也表现在走亲戚的路上。农村的亲戚都分散在附近的十里八乡，那时候没有汽车，自行车也很少，一般都是徒步而行。从农历初二开始直到农历十七八，路上都是走亲戚的人群，风雨无阻。大人孩子都穿着五颜六色的新衣服，女孩子们更是打扮得花枝招展。路远的匆匆忙忙，路近的悠悠闲闲，特别是带着几个孩子的更是说说笑笑打打闹闹。不管远近通常都是上午去，下午回。所以每天路上的人络绎不绝，整个乡村都成了一个大庙会。

还有一个值得写的趣事，就是走亲戚的礼物。除了前面说到的新女婿带的礼物有所不同，其他都一样了，都是带一盒叫"果子"的礼物。果子，其实就是一盒糕点，大约一斤来重，有在集市上买的，也有自己在家做的，有带简单礼盒的，也有用草纸包一下的。好笑的是，过年礼物是可以重复使用的。因为包装的简陋，也因为有些家庭孩子们管教不严偷偷吃的，一盒果子转来转去，十天半月之后，缺斤少两便属正常。讲究的家庭中途添加一点，不讲究的也就任其多少了。到了最后，果子的多少就不重要了，能剩下的就只有仪式感了。中原地区不少地方有回礼的风俗，我们家乡没这一说，但有个和各地一样的风俗就是给客人带的孩子们发压岁钱。也不多，就是三毛五毛的。那时候不像现在，孩子们把压岁钱存起来自己用，那时候孩子们收的压岁钱，一回家就得交给爹娘，因为爹娘还要给来家里的客人的孩子们发。所以，压岁钱跟果子一样，转来转去，最后还是物归原主，孩子们并未得到实惠。

说完走亲戚，这年也就算过得差不多了，接下来也就是正月十五过小年了。在落后的农村，正月十五比春节逊色多了，顶多是再包一顿饺子，没有走完的亲戚补一补，这年也就过完了。有人把农历二月初二也算作过年的一部分，实属牵强。

当然，上述我说这些都是我家乡的情况。十里改规矩，其他地方过年或是另一番景象。作为中国传统文化的重要组成部分，过年文化一代一代传承下来，的确很不容易。特别是贫穷落后的年代，该省的内容早已省掉了，能够保留下来的，必然属于中华民族不可或缺的生活元素了。

童年时期的乡村游戏

　　20 世纪五六十年代的家乡农村，经济落后，文化更落后。少年儿童读书上课之余，没有更多的乐趣。除了割猪草、放牛羊、拾柴火之类的家务活，就是玩儿土法游戏了。虽然是土法游戏，倒也具有一定的功能性，玩过之后，总会有些收获。乡村游戏的种类还是很多的。有一个人玩的，有大家一起玩的；有男孩玩的，有女孩玩的，也有男女混合玩的；有智力游戏，也有体力游戏；有分输赢的游戏，也有不分输赢纯娱乐的游戏。

　　最简单的游戏要数藏老木儿了，也就是捉迷藏。不需要场地和道具，随时随处，人多人少都可以玩儿。

不过最好在晚上或者在隐蔽物多的季节。麦收秋收以后是捉迷藏的好时候，因为到处都是秸秆垛，随便一个地方，藏起来可以让人找半天。捉迷藏是需要智慧的。有意无意连三十六计都用上了。调虎离山、瞒天过海、声东击西、欲擒故纵、贼喊捉贼、金蝉脱壳等都会得到灵活运用。当年小伙伴中，有很多藏老木儿的高手，有藏者高手，经常一藏起来很多人找不到。也有找人高手，不管你怎么藏，不费多大功夫就会把你揪出来。记得一个伙伴，由于藏得太隐蔽，寻找者一直找不到便回家了，害得这家伙钻在一个麦秸堆里睡着了。结果全家出动，找了半天才找到。还有一次，一个同伴藏起来了，另一个同伴找了半天找不着，就吆喝说要下大雨了，不找了，回家了，于是那家伙就从树丛里主动跑了出来。这大概是听过《三国演义》故事而表现出来的智慧：故事说刘关张三顾茅庐，诸葛亮在茅庵中就是不露面。三弟张飞眉头一皱，计上心来，便大声吆喝道，大哥二哥快跑，我把茅庵点着了！诸葛亮一听，心想张飞乃一鲁莽汉子，激情之下火烧茅庵也不意外，边想边跑出茅庵。张飞也没想到他的这一计谋在一千多年以后被一群小儿运用得炉火纯青。

女孩子喜欢的游戏：抓子儿　王志军　摄

　　有些游戏则有冬季取暖的功能。比如叼鸡、踢家、杀羊羔、挤脓包、争高山等。天冷的时候做这些游戏，一会儿就会气喘吁吁，满身大汗。有些游戏甚至还可以开发智力，锻炼儿童们的思考和说话能力。比如有一个游戏叫劈劈拍，就是两人互相交叉击掌，边击边唱"你拍一我拍一……你拍二我拍二……"，直到"你拍十我拍十……"，这个游戏不仅需要灵巧的击掌动作，也需要语言表达能力和节奏感。当然也有一些纯体力游戏，比如搂轱辘也就是摔跤、赛跑等，里边虽然也有技巧的成分但主要是靠体力。也有一些，单纯就是

皮牛（陀螺）（图片来源：中原农耕文化博物馆）

取乐的游戏，记得有一个叫"打皮牛"的游戏，在一个光滑的地面上，用鞭子缠住皮牛，一甩皮牛就旋转起来，然后用鞭子不停地抽它，它就不停地旋转。皮牛可以一个人单独打，也可以两个人对打，叫"打过河"，就是中间画一道线，你从这边打到那边，他再从那边打到这边，皮牛不转了，重新开始。小时候一到冬天，坑塘的水面上石冻，在这上面打皮牛最省力，因为冰面光滑，打一鞭子可以让皮牛转几分钟。还有一些比如丢手绢儿、揣窝窝的游戏，几个人玩儿，也不用分输赢，纯粹娱乐而已。

在过去的农村，少年儿童还是有点封建思想的。

男孩女孩不能说授受不亲，但也基本上是各玩各的。即便是学校安排的游戏，男女生也并不是完全混在一起，通常也是分为男女阵营。一般体力游戏男生赢的概率就高些，智力游戏女生赢的概率就高些。女孩子们大多不愿意跟男孩子们一起玩游戏，也不怎么玩儿体力上的游戏，通常都是玩一些技巧性的游戏，如抓子儿、丢手绢儿、踢毽子之类的，这些游戏女孩子们玩起来更显得灵巧、活泼、可爱。

少年时期的游戏，娱乐的成分固然大些，但有些还是要讲个胜负的。输了怎么办呢？也简单。有在脸上贴纸条的，有在脸上抹墨水的，也有给点糖豆之类的小食物的；再大的，输了给对方一支粉笔或铅笔之类的学习用品；还有更可笑的是一输一锤，就是谁输了，赢者在输者的背上打一锤，就算结账了。还有一些兑现的物品，多是一堆无用的东西，有的还可以下次使用，有的一扔了之。

任何事情都有利有弊。童年时期的简单游戏可以提高智商，增强体力。但也有它的害处。比如因为玩游戏耽误上课影响读书，也有玩游戏上瘾，不上课不干活甚至不吃饭的。有为了争个输赢闹矛盾的，有动作太大失手导致对方受伤的，所以有些游戏老师家长一般是不让做的，以免出现意外。我母亲最反对我玩儿打皮牛和踢家的游戏，因为打皮牛容易把衣服的袖口甩烂，踢家容易把鞋子踢破。还有一些跟河呀水呀有关的游戏，母亲更是绝对禁止的，担心被水冲跑或被淹死。

现在回想一下少年时代，正是那些简单的游戏，极大丰富了我们的生活，也提高了我们的智力和体力。如今有了电子游戏，好处是智力水平更高，技巧性也更强，但是坏处也不少，对少年儿童的危害甚至远远超出了当年。有一些孩子因为玩游戏上瘾，轻则影响学业，重则失学辍学，玩物丧志、自毁前程。就这一点来说，是现代文明进步了，还是传统文明倒退了呢？

附：童年时期做过的游戏

藏老木儿、踢家、跳绳、抓子儿、打柺、叨鸡、推桶箍、打四角、走棟密、走轱辘、走锭子、走尿憋肚儿、杀羊羔、丢手绢儿、揣窝窝、挤脓包、打瞎驴儿、撞杨树、劈劈拍、打皮牛、漂油、争高山。

童年的理想

少年心愿，一说一串。

据父母说，我一岁就会说话，但是快两岁才会走路。父母后来给我讲，在我刚会说话时，他们在我面前放两样东西，一个白面馍，一本小儿书，让我指认喜欢哪个，试验几次我指的都是小儿书。这个说法也许是父母为了鼓励我以后读书给我设的圈套，或者本身就是善意的谎言。这件事我一直没有一点印象，但我非常坚定地相信，当时我一定是抓住白面馍就吃的。然而不管咋说，在我幼小的心灵中，出身贫寒的父母，很早就对我进行过一场朴素的理想信念方面的启蒙教育。

说是理想信念，听起来挺远大的，其实那时候的理想信念渺小得很。上学之前不记得怎么想了，刚上小学就有了人生的第一个理想：长大要当"聂老师"！聂老师是我们本村学校唯一的一名老师，也是我人生的第一位老师。那时候似乎不知道聂老师姓聂名克信，以为凡是当老师的都叫"聂老师"。为什么想当"聂老师"呢？因为聂老师啥都懂，村里人都很敬重他，而且他不用去农田干活儿，不用写作业，他想批评谁就批评谁。那时候不知道天高地厚，后来才知道"聂老师"不是随便谁都可以当的。想当聂老师，你得会写很好看的字，你得会念很好听的汉语拼音，你得会算术，你还得会改作业。越来越感觉想当"聂老师"几乎是不可能了。

随着年龄的增长，活动的天地越来越大，从家走向学校，从学校走向田野，见识也慢慢多起来。随之，理想也发生了变化和反复。当"聂老师"固然最理想，可是难度太大，需求也太少，全村也就需要那么一个，慢慢有了退缩的想法。接下来的选择是立志长大后做一个"牛把儿"，也就是生产队里养牛的饲养员。当时总结了一下，当饲养员的好处是：

1. 天天和牛打交道，牛太好玩儿了，威武雄壮而又温驯不伤人。

2.不用上学，也不用干锄地等农活。

3.冬天不冷。为了牛不受冻，牛屋冬天天天升火，一般保持恒温，当"牛把儿"自然跟着牛们享受温暖。

4.可以经常坐牛车。"牛把儿"们用牛车往地里送粪，或者拉庄稼，经常坐在牛车的前部，举着牛鞭，扬扬得意，那种神气劲儿，甚至比"聂老师"有过之而无不及。

为了实现这个理想，我也下了一番功夫。首先，经常上牛屋跑，观察牛的习性，了解牛饲料的搭配，熟悉牛用农具的构造和原理，有时候还要帮助干点活儿。冬天自然享受了牛屋的温暖，夏天也享受了不少牛虻的袭击。其次，经常跟着"牛把儿"们在地里跑，学犁地，看耙地，时不时替"牛把儿"扶犁子，帮助"牛把儿"套车牵牛更是常有的事。这种对"牛把儿"的向往一直到拖拉机在农村的出现，其实当一个拖拉机手才是更理想的奋斗目标。

最早见到拖拉机是大约1968年，那年村上来了一台东方红履带式拖拉机，说是公社派过来给我们大队耕地的。根据大队安排，轮流给每个生产队耕地一

"牛把儿"正在犁地　汪庆华　摄

天。拖拉机耕地一是耕得深，深度约 40 厘米，而牛耕顶多 25 厘米。二是把得宽，拖拉机拖了五个犁子，一趟可犁地近两米宽。三是跑得快，比牛拉犁子的速度快，而且中间不休息，百十亩地几个小时就可以完成。第一次见到这么厉害的玩意儿，感到新奇得很！小伙伴儿们除了吃饭和上学，基本在跟着拖拉机跑，从地这头跑到地那头。特别是看到两个拖拉机手交接班的时候，简直惊呆了：拖拉机手带着雪白的手套，穿着一种特别洋气的劳动布工作服，满面红光，神采奕奕，对周围看热闹的人群一副扬扬自得的表情。如果谁离拖拉机近点，他们就会大声呵斥，好像谁摸一下就会把拖拉机摸坏似的。那种神气，要比"牛把儿"牛一百倍！吃饭更是特殊。平时上级来人都是吃派饭，而对拖拉机手则是专门安排伙房，选择当地水平最高的炊事员给他们做饭，而且一天不仅仅是三顿饭顿顿吃肉，半晌还要送烙油馍。我亲眼看到给他们送油馍的情景。那时候，大家一天三顿饭都不能保证有白面吃，可为了让他们好好犁地，不仅三顿肉菜，还要额外加餐。后来听说，如果不招待好，他们会把犁子调得很浅，犁过之后，表面看不出来什么，实际还没有牛拉犁子犁得好，对此群众议论纷纷，也是有意见的。

不管怎么议论，大家当时对拖拉机手那是既羡慕又崇拜，发誓将来一定要当个拖拉机手，已成为当时一个崭新的理想。毕竟，拖拉机手可以改变我的命运；毕竟，拖拉机手可以改变农民的命运。

后来发现，当拖拉机手是一个根本无法实现的梦想。拖拉机手需要技术，而技术需要专门培训，去专门培训的人又要像上大学那样需要推荐。从现实情况看，现有的拖拉机手都是工人或干部家庭出身，在不同的工作岗位上经过长期的学习锻炼。而我这样的一个普通农民家庭出身的孩子，没有从事过任何与机器有关的工作实践，没有任何可以获得推荐的理由和渠道。加上年龄太小，当拖拉机手的梦想就这样随着拖拉机的离去慢慢磨灭了。随着升入高年级，见到的老师越来越多，高水平的老师也越来越多，特别是在上四五年级时，遇到了博闻强记的李文庆老师和多才多艺的符大京老师等，老师的学问、老师的风采，甚至老师的伟大、老师的神圣，让我崇拜老师，并立志做一名优秀教师，从此坚定不移！

时间过得好快。转眼到了上大学的年龄，幸运的是正好赶上了恢复高考，更幸运的是，我真的被河南师范大学（原新乡师范学院）录取。走进大学的校园，老师给我们讲的第一课就是如何当好一名人民教师，做一名优秀的人类灵魂工程师！大学期间，也真的天天琢磨如何讲课，如何把以前自己老师的特点发扬光大，直到填写毕业志愿的时候，我仍然要求留校做一名教师。只是在改革开放初期，各个方面都急需用人，这样就被组织上安排到行政单位，做了一名普通的机关工作人员，一干就是四十年，再也没有机会回到童年时期所盼望的理想岗位。几十年过去了，作为职业的"牛把儿"和拖拉机手已经消失，但教师队伍却越来越大，教师职业越来受人尊敬。虽然没有当上教师，但教师在我心目中的神圣位置从来没有改变过，我对我的老师的感恩之心从来没有减少过。

正月十五

　　春节过后的第一个重要节日，就是正月十五。有一些地方叫元宵节，有一些地方叫灯节。童年时期的家乡，既不叫元宵节，也不叫灯节，就是叫正月十五。其实，严格说起来，在我们家乡，正月十五还是春节的一部分，是过年的延续。因为这些天过年的气氛还在，农事活动还没有开始，农村的学校还在放寒假。过年走亲戚的也还在走。"走亲戚走到十七八，也没豆腐也没渣"。过了正月十五，过年的亲戚还没有走完呢！这也反过来说明，正月十五还在过年。但是正月十五的民俗活动，又有它独特的内容。

　　首先，要重复一遍吃年夜饭的内容。正月十四晚上，同除夕夜一样吃扁食，十五早上同样跟大年初一早上一样，也是放鞭炮吃扁食，到了中午还是跟大年初一中午一样，吃一顿肉菜和白馍。饭跟过年一模一样，只是规格低了一些，大多是过年剩下来的。过年的时候，家家户户都要煮一盆子肉，剁一盆子饺子馅儿，除招待客人以外，家人时不时也吃一次，一直吃到十五以后。初一到十五期间吃不吃扁食，是根据家庭情况而定的，剁扁食馅儿多了就多吃几次，少了就少吃几次。但是破五（即正月初五）和十四晚上、十五早上是必须吃的。当然，扁食馅儿也有新做的，通常都是素的。可能是过年吃肉吃腻了，也可能是不舍得吃肉了，我猜想后者居多。进城工作以后，城里人在正月十五都是吃元宵，我家依然保留着吃饺子的习惯，农历十四晚上和十五早上都要包饺子吃，当然饺子馅儿已不是春节留下的了。

除了重复吃过年饭，正月十五的一个重大活动，是挂灯笼，我们叫"拉天灯"。到了十五的晚上，各家各户都要在院内或门口挂上一个大灯笼，越高越好。拉天灯有两个看点，一是看谁家的灯笼挂得高。当年不像现在都住楼房，把灯笼挂在楼上就很高了。当年家里都是低矮土坯草房，在房子上挂灯笼显得太低。条件不好的家庭，只好把灯笼挂在家里长得最高的那棵树上。条件好的，往往会用一个竹竿之类的搭个架子，用绳子把灯笼拉上去。童年时候我家的条件虽然不好，恰好院里有一棵高大的楸树，父亲就会用绳子把灯笼挂到楸树的最高处，虽然挂的不是全村最高的，但也不算最低的。第二个看点是看谁家的灯笼做得漂亮，那时候没有电，只能用煤油灯，外加一个制作得很精美的框子，外面再糊一层红纸，再用红纸条做些点缀，既挡风，又透明，也美观。从外观上看，各家各户的灯笼，造型各异，千奇百怪，丰富多彩。但是一旦挂起来，因为比较高，造型啊，色彩啊，都朦朦胧胧看不出来了。谁家挂得最高，似乎谁家的就是最好的。又大又高的灯笼是当天晚上最吸引人的，也是大家第二天议论最多的话题。

在我们家乡，正月十五还有一个十分有趣的活动，就是"偷灯盏"。说来奇怪，"偷"在全国全世界来看都是一件极不光彩的事，甚至是违法犯罪的事。我的家乡那时候民风淳朴、社情安定。听老年人说，村上从没有出过一个小偷，也从没有被别人偷过，可就是偷灯盏这件事上是个例外。到了正月十五的晚上，家家户户都要制作几个小小的灯盏。这些灯盏，最简单的是用萝卜做的，也有用杂面蒸的，讲究的家庭灯盏也比较讲究，有铁质或瓷制的。大小像如今的功夫茶杯，里边放一些食用油，再放一根布条做的灯捻儿，点上明火，就这样摆放在屋里屋外一些重要的地方，通常摆在神像、门楼、灶屋、鸡窝、大树等旁边。有趣的是，放的灯盏要故意让人去偷，被偷的越多越吉利。当然，每家也都假惺惺地派人看守，来了偷灯盏的人，也假装驱赶，甚至装作很生气，但最后还是眼睁睁地看着来人把灯盏偷走。那些偷灯盏的也都是本村的孩子们。孩子们吃完晚饭以后，往往三五成群，先去看灯笼，看看谁家的大谁家的高，然后挨家挨户地去偷灯盏。偷完了灯盏，就会聚到一起，分享战利品。如果偷来的灯盏是用面蒸的，燃油又是食用油，大家就会把它分吃了，不能吃的，一扔了之。

　　我专门打听过偷灯盏这个民俗，好像只有我们的家乡一带独有，而且只在一个很小的范围内流传。听说外地也有类似的活动，但是时间不是正月十五，偷的灯也不是专门制作的小灯盏，而是各家照明用的煤

瓷制或铜制灯盏（图片来源：中原农耕文化博物馆）

油灯。目的那就更不一样了。只有我们的家乡一带是正月十五偷灯盏，至于为什么要偷，为什么故意让偷，老人中也没人说过，如今也无从考究了。我推测这个活动一定是一个喜庆和吉利的游戏，被偷的人家和偷到灯盏的人，来年一定会吉祥如意、万事亨通。

　　正月十五是月圆的日子，月圆象征着家庭团圆。但那时候的家乡，月圆似乎不是正月十五的主题，人们似乎也不怎么在乎团圆不团圆的，反正全家人常年都在家守着呢！我也不记得正月十五有什么"月圆""团圆"的故事。顶多就是正月十五是趁着月光偷灯盏、藏老木儿的好机会。

另外，正月十五这个节日一般是覆盖两天的，十六也是节日的一部分，叫"正月十六儿"，或直接叫"绿儿"。"正月十六儿，骡马闲一儿"，这一天除了做饭，什么活儿都不能干，连骡子马都不用上套。年也过完了，别的活儿也不能干，就在附近"游六儿"。那时候没有旅游这一说，其实就是该烧香的去烧香，亲戚没走完的再走走亲戚，附近有庙会了去赶赶会。总之，到了正月十六这一天，有工作的或上学的假期过完了，农田里小麦快返青了，需要中耕保墒，农民该下田锄地了，关键是歇了个把月了，从来都闲不住的干活人手也痒痒的了，所以古人们就设置了这么一个节日，让人们抓住过年最后一天的机会，走走转转，以便集中一下精力，全心投入到新一年的忙碌中去。

乡村谚语

　　我的家乡属于落后地区，但落后地区的文化却不一定都是落后的。回想一下少年时期的家乡生产谚语，颇感意外，也觉得很有意义。那些总结或预测大自然的谚语有很多独到之处，那些体现人的思想行为的谚语竟也入木三分，而那些反映生活习俗的谚语则朴素而富有哲理。这些谚语很值得认真研究一番。

　　首先，关于大自然的谚语是千百年来劳动人民对自然现象的总结和概括，简单实用。"一九二九不出手，三九四九冰上走，五九六九沿河看柳，七九河开，八九燕来，九九杨落地，十九杏花开。"这是关于冬天的描述。"九"天，从冬至次日开始计算，以"九"

为计算单位来体现冷的程度，由不太冷的"一九"开始，到"三九""四九"达到冷的高峰，然后气温回升，又回到了春暖花开的"九九"，历时八十一天。"冬至十天阳历年"看似一个简单的时间概念，但也有对时光飞逝的感慨，说明冬至到了，十来天就又是一年了。"正月雷，土谷堆；二月雷，麦谷堆；三月雷，粪谷堆。"这个谚语反映了自然现象与气候的关系。雷雨本来属于夏季的极端天气，容易造成灾害，不是时候更会带来灾难。土谷堆，是坟的意思。正月还在严寒的冬天，打雷就是极不正常的天气了。正月打雷往往预示着接下来一年的不顺，要么天灾，要么瘟疫，都会造成人身伤害甚至死亡。二月已过惊蛰，小麦正在分蘖，打雷下雨预示着风调雨顺，小麦丰收，所以是麦谷堆。三月打雷下雨应属正常，但此时的家乡，正是小麦扬花时期，雨水多了影响小麦开花结果，可能造成小麦前期长势很好，后期颗粒无收的现象，最后剩下一堆堆麦秸，只能用于沤粪作肥料，所以叫"粪谷堆"。"夏至三庚数头伏""三伏里头夹一秋"是说夏至到立秋之间与伏天的关系。古代是用天干地支来计时的，庚，属于天干范畴，用天干计日子十天一个循环，所以三个庚日之间就是二十天。也就是说，夏至以后的第三个庚日就是初伏。但是，第一个庚日，可能是夏至以后的第二天，也可能是第九天，每年的情况是不一样的，所以三个庚日，最少也要二十天，最多也不过二十九天。这便告诉人们，过了夏至，天就热了，一月之内就要暑伏了！同样，"三伏里头夹一秋"也是告诉人们，进入三伏就不太热了，因为就快要立秋了！不过最近我观察了近几年的历法，发现立秋往往在中伏的后半期，说明"三伏里头夹一秋"的说法已不准确。再查有关资料发现，不知什么时候开始，中伏已由原来的十天变为二十天，这样原来夹在三伏里头的立秋，就被夹在中伏之中了。至于为什么，这属于历法计算的问题，但凭直觉想起来，也许是随着气候变暖，夏天随之变长的原因吧。

"清明晒干柳，蒸馍扔给狗"，也是对未来天气与收成的判断，清明天气好就必然丰收，反之亦然。"白露早，霜降迟，秋分种麦正当时"是二十四节气与小麦播种时间的关系。家乡一带，完全按照这个谚语行事，秋分前后十天八天就把小麦播种完毕，如果天气不好，抢也得在秋分前后把麦子抢种上。"八月十五云遮月，正月十五雪打灯",是说明中秋节与元宵节这两天天气状况的内在联系,两者具有因果关系。根据我的经历,这个说法应该是比较准确的。"十月一儿,棉堆堆儿。"这个谚语是说进入农历十月,天气就冷了,提醒人们提前准备棉衣。"立罢秋,冷飕飕。"这是说,立秋节气一过,天气就变凉了。"冬盖三场被,头枕蒸馍睡",是说冬天如果下几场大雪,来年就是丰收之年。在我们家乡,"三"有时候是多的意思,三场雪,通常指三场以上。所以一进入冬天,农民们宁愿挨冻,也希望多下几场大雪。"桃三杏四梨五年。""樱桃好吃树难栽。"则是说水果好吃,但要管理和等待,不是白吃的,寓意是不管做什么事,都要有耐心,都需要付出劳动。

一些判断天气状况的谚语也是比较准确的。"云彩北,干研墨;云彩南,水涟涟;云彩东,一场风。"根据云彩飘动的方向看天气变化,是家乡人们土法判断天气变化的主要依据。虽然是土法,其实是符合气象理论的,风向代表着气流移动的方向,冷热气流的交织影响着天气变化。"早看东北,晚看西南""瓦碴儿云,晒死人""蜻蜓飞,河水涨"等等,这些都是观察天气变化的重要依据，屡试不爽。

与城市相比，农村社会关系虽然简单，但人与人之间、人与社会之间也存在着千丝万缕的联系。需要长期观察思考才能发现这种社会关系中的规律。好在有了谚语，就简单多了，可以依据这些谚语迅速做出判断。对个人来说，通过谚语可以判断其内心和未来命运。"锛䁖头，先住瓦房后住楼""耳根厚，一天三顿肉""仰脸老婆侵头汉"，这几则谚语都是通过相貌来推测一个人的人品及其命运的。所谓"锛䁖头"，指头型不同于常人，或脑门子大，或后脑勺高。据说明朝开国皇帝朱元璋就属于典型的"锛䁖头"，他早年曾是个流浪汉，25岁加入反叛队伍，35岁称王，40岁就当皇帝了，是一个典型的官场暴发户和大器晚成者。"雨淋墓辈辈富，雨淋坑辈辈烹"这则谚语有点迷信色彩，家里老人去世了，如果坟埋好了才下雨就很吉祥，如果刚打好墓坑就下雨，则是不祥之兆。其实是不是辈辈都富或者辈辈都烹恐怕也不好说，但是刚打好墓坑就下雨了，一帮子人等着而程序没法进行了，如果灌一坑水还得抽干，确实是很不顺利的。"左眼跳财，右眼跳挨"这则谚语也有未卜先知的意思。"狗改不了吃屎"是一种品格认定，有"江山易改，本性难移"的意思。"有好汉没好妻，赖汉娶个花娣娣""一朵鲜花插在牛粪上"这是指夫妻之间的般配问题。我认为要从深层次去理解"好"与"赖"，"鲜花"与"牛粪"的概念，因为很多时候外表和内心是不一致的，而我认为这里说的恰恰是综合素质，并不只讲"好"相貌或"赖"行为。"一拃没有四指近""人不亲行亲""远亲不如近邻"说的是人与人关系的原因，启发人们要珍惜眼前人。"你敬我一尺，我敬你一丈""礼多人不怪""维持个人修条路，得罪个人打道墙"是教人如何处理好人际关系的谚语。"天上下雨地上流，小两口打架不记仇""芝麻叶，哭咧咧，有后娘就有后爹""久病床前无孝子""麻野鹊，尾巴长，娶了媳妇忘了娘""一年土，二年洋，三年忘了爹和娘""家丑不可外扬""子不嫌母丑""外甥是舅家的狗，吃了就走"等等，这些谚语则说明了家庭和亲情关系的复杂性。20世纪五六十年代，农村家庭都是大人口，家庭关系很不好处理，这些谚语也是婆媳关系、母子关系乃至整个家庭、家族关系的写照。

有一些谚语是用来评价个人品行和能力的。有"饱汉不知饿汉饥""好了疮疤忘了疼""三天不打，上房子揭瓦""手不溜怨袄袖""善有善报，恶有恶报。不是不报，时辰未到"等等。也有不少谚语是提示性和启示性的，既有对民俗民风的朴素概括，也有对现实生活的讽刺和无奈，反映出家乡民众评价一些社会现象的价值标准，还有一些也是对生产生活的心理期盼和要求，反映了家乡民众的生活不易。

最长的一个谚语是说过年的习俗："二十三祭灶官，二十四扫房子，二十五磨豆腐，二十六割块肉，二十七杀个鸡，二十八贴尕尕，二十九灌壶酒，年三十包扁食，大年初一撅屁股作揖。"这样便把年前十来天的程序仪式安排得有条有理。"走亲戚走到十七八，也没豆腐也没渣""正月十六儿，骡马闲一儿"这是反映过年期间的一些现象，其实背后都有它的道理。

家乡人对官员的心理一直都是很复杂的，既有羡慕、向往，也有对丑陋官员的嘲笑与讽刺，千百年来人们一直被灌输的就是这么一种官本位思想。"朝里有人好做官""千里去做官，为了吃和穿""大小是个官儿，强似卖水烟儿""端人家碗，受人家管"这几则谚语具有讽刺意味，倒也说明了一定道理。

也有很多谚语是反映民众生活不易的，是家乡生活的真实写照："红薯面，红薯馍，离了红薯不得活。"我本人就是吃红薯长大的，对此体会极其深刻。一则吃香油的谚语"一滴光，两滴香，三滴不光也不香"和一则穿衣服的谚语"新三年，旧三年，缝缝补补又三年"既真实又具有节俭的正面教育意义。"面条烫三遍，拿肉都不换"则有自嘲的意味，有肉谁会把面条烫几遍当肉吃呢？

"庄稼活儿，不用学，人家咋着咱咋着"这些经典谚语本身就是人生启示录。"甘蔗没有两头甜""长铁匠，短木匠，能长能短泥瓦匠"提示人们，做任何事情都不能只想好处没有不足，生活中很多"尺有所短，寸有所长"的事例。"萝卜白菜，各有所爱"是反映人们兴趣爱好的广泛性。"人勤地不懒""人勤地生宝，人懒地生草""好记性不如烂笔头""能让嘴受穷，不让眼流脓"是教育人们要勤俭持家，健康生活。"兔子不吃窝边草""十里改规矩""没有不透风的墙""好事不出门，赖事传千里""隔着布袋买猫"则是生活中的一些善意提醒，告诉人们要诚实守信，不要自作聪明。

　　谚语，是对生活实践的总结和提炼，它用朴素的语言概括出了深刻道理，也用直白的方式告诉你生活中的常识。但它又不是科学研究揭示出来的客观规律，更不能说句句都是颠扑不破的真理，它有它的地域性、时效性，甚至也有一些可能属于文化局限性。既然是一种民俗文化，它就不会那么精细，那么准确，因此我们对它就不能太苛求。我相信，如果用历史的、辩证的思维去运用它，对我们生活、工作和人生的指导作用是显而易见的。

家常饭

　　20世纪五六十年代的家乡，家常饭是比较单调的。那时候不像现在，有了钱啥都可以买到，而是以生产队为单位，种啥吃啥，养啥吃啥，啥产量高就吃啥吃得多。家乡属于山岗薄地，主要粮食作物也就那么几种，除了红薯、玉米产量高些，小麦、大豆、绿豆、高粱、谷子等产量都非常低。好在地面宽，荒地多，人均好几亩，单产虽低总产量却不算少，尤其是有红薯扛着。因此从我记事起，即便灾害之年家乡也没有遭受过大的饥荒。

　　肉是极少吃的。养牛是为了耕田的，养猪养羊是为了卖钱的，养驴是为了拉磨的，养鸡下蛋是为了换点灯用的煤油或换盐的，都舍不得吃。过年以外的节日没有肉菜，平时更不用说，除非有特殊情况如红白大事才能吃上点肉，孩子们也只能在招待客人之余吃点剩菜，剩菜中肉却不多，因为被客人拣吃差不多了。至于蔬菜，虽然能吃上，但也少得可怜，几乎可以忽略不计。每个生产队都有几亩地的菜园，主要是种萝卜、白菜、大葱、韭菜、辣椒、茄子、大蒜。因为缺水，产量也很低，除了萝卜白菜每年成熟后一次性分给各家各户储存，从而平时可以吃到，其他的产量比较低，种的也比较少，偶尔分给各户待客用。那时候城里人都讲主副食搭配，在我们农村，只有主食而没有什么副食之说。

自给自足条件下，主要粮食作物和家庭养殖决定农民的食物结构。记得小时候在家乡，每天都在重复吃着这几种食物，即所谓的家常饭。可做家常饭的主要食物主要有：

小麦面，可蒸馒头、擀面条、包扁食、烙油馍、烙单馍、炸油馍、搅面疙瘩汤。

玉米面，可打糊涂、蒸窝头。

红薯，可蒸、煮、烧，红薯面可蒸窝头、煮面疙瘩、下蛤蟆蝌蚪、轧饸饹、打凉粉。

大豆面，掺白面可擀面条、蒸豆包、生豆芽。

绿豆面，可擀面条、生豆芽。

豌豆面，可做粉浆面条。

高粱面，可打糊涂、蒸窝头。

荞麦面，可烙油馍、蒸窝头、包扁食。

小米，可熬小米汤。

南瓜，可蒸、炒菜。

白菜，可炒菜、调凉菜、做菜包。

萝卜，可炒菜、调凉菜、做菜包、做扁食馅儿。

鸡蛋，可煮可煎，可炒韭菜蒜苗、做面疙瘩打鸡蛋。

芝麻油：主要是拌凉菜、调蒜汁用。

菜籽油：主要是炒菜、烙油馍用。

除了上述单独做，还可以混合做，比如好面红薯面花卷、好面玉米面花卷、好面红薯面面条、红薯面糊涂煮红薯、玉米糁糊涂煮红薯、小米汤煮红薯、蒸红薯面菜馍、煮红薯面萝卜丝疙瘩等等。

猛一看，上面这些花色品种还是挺多的，但实际上很多是不常吃的，比如纯麦子面做的馒头、烙馍等，只有过年或者平时招待客人才吃得上，平时比较少。还有那些小杂粮，本来就很少，偶尔吃一次就不错了。

比如绿豆面条或豌豆面条，一年也就能吃个三五回。大多数时间是吃红薯、玉米及其制品。我估算了一下，在20世纪五六十年代，如果一个人以每年吃1000斤食物计算，其构成比例大约为：

500斤红薯，200斤红薯面，100斤玉米，40斤小麦，10斤杂粮，150斤瓜菜。

根据我的记忆，我把当年的家常食谱罗列如下：

早饭：玉米糁糊涂放红薯、红薯面糊涂放南瓜、红薯面窝头或花卷，凉拌萝卜丝，凉拌小葱、炒辣椒、炒萝卜丝、炒白菜、凉拌白菜芯儿、炒南瓜。

午饭：捞面条、汤面条、咸面片、蒸窝头、蒸花卷、贴锅饼、蒸红薯、蛤蟆蛤蚪、红薯面饸饹、蒜汁辣椒汁。

晚饭：玉米糁糊涂、面片、蒸红薯、蒸南瓜、红薯茶、蒸菜馍、小米茶。

需要说明的是，上述食谱并不是每顿都一样，特别是午饭，虽然都是红薯玉米之类，但每天也都会改变花样。通常每顿一个主食，如果主食是咸的，就没有副食。如果是红薯糊涂，必须有菜，哪怕是凉拌萝卜丝或辣椒丝。所以早饭一般都有菜，或炒菜，或凉拌菜，或自己腌制的咸菜；午饭一般都是咸饭，比如捞面条、蛤蟆蛤蚪等，有蒜汁就可以了，没有炒菜；晚上一般没有菜，多数时候是咸汤就馍。一天三顿饭，翻来覆去就是这些。勤快而手巧的家庭主妇，每天中午经常变个花样，大多家庭每天都在重复那两三种饭菜。当然，特殊情况下也会稍有改善，比如有客人了，会用好面烙

红薯面窝头　许廷敏　摄

单馍或烙油馍。如果家里有人生病了，可能有好面搅面疙瘩打鸡蛋。我的记忆中，我家最常吃的早饭，主食一般是玉米糁红薯糊涂、红薯面发面窝头，副食是炒白萝卜丝，或凉拌萝卜丝，或腌芥菜丝；最常吃的午饭，主食一般是面条蛤蟆蛤蚪两掺拌辣椒蒜汁，因为是咸饭，所以基本没有副食；最常吃的晚饭，主食是蒸红薯、菜糊涂或红薯茶，基本没有副食。每天以红薯为主，但也都有少量的白面，主要用于面条、花卷馒头中。回忆起来，当年的家常饭以吃饱为本，不

讲究什么色香味，甚至营养也不怎么讲究，换来换去无非是换个花样，实质内容还是红薯玉米。如果有了客人需要改变一下，也顶多给客人增加一点白面馍和炒萝卜白菜之类的，自家人该吃什么还吃什么。

不同的季节、不同的时代、不同的地域、不同的民族都有不同的家常饭。随着科技进步，农产品产量越来越高，烹饪中添加剂的种类也越来越多，各类食品的色香味越来越好。即便是农村的家常饭，几十年来也变得越来越好，甚至城里人也喜欢起了农村的家常饭，城市里出现了不少以农村饭为主的家常饭。然而，回想起来，还是我们家乡的传统家常饭，令人百吃不厌。到城里工作以后，偶尔回到家乡，最喜欢的还是以麦子、红薯、玉米这三大主食为基本原料的家常饭，真正是绿色无添加，原汁原味原生态、粗茶淡饭手工造。如今的农村，食物花色品种更多了，选择性更大了，即便仍然是红薯玉米，也能加工出花样繁多的品种。城里人追求口感，加工者往往大油大盐大糖，还有各种添加，虽然满足了人们的多样性需求，但造就了一大批胖子和高血压糖尿病患者。这也许正是人们怀念传统家常饭、喜欢传统家常饭的原因吧。

最亲班主任

　　李文庆老师是我高小时期的班主任和语文老师。

　　我的小学是在三个地方读完的。第一个地方是本村的复式小学，读到三年级时复式小学撤销了，被分配到邻村的月台学校读三年级。月台村跟我村不是一个大队，因为大队里的学校也太小，容纳不下。月台学校比较远，中间还隔着一条小河，下雨大了就无法上学。后来学校调整，到四年级又被调整到大队里的养凤沟小学。月台学校比较大，有五个年级，学生和老师也比较多。因为在月台学校只读了一年时间，因此只记住了语文老师赵桂昌和算术老师牛向梅。实际上到养凤沟小学读书也就两年时间，接着读四年级和五年级，五年级读完小学就毕业了，这时候的月台学校增加了初中，我又通过考试升入月台学校。在养凤沟学校，因为是本大队的学校，又是小学高年级，学校也开设了体育、音乐和劳动课，课外活动内容也比较丰富，学会了打篮球和乒乓球的一些基本动作，加之离家也近，每天在学校时间比较长，认识的老师也多。记得当时的校长是三十多岁的转业军人李国锦，有文化，受过军事训练，又见过世面，虽然没当过老师，但是把学校管理得很好。记得当时比较严厉的老师是陈国栋老师，教什么课记不清了，字写得很漂亮，只记得学生们都怕他。比较和善的老师是韩庚寅老师。韩老师的父亲是远近闻名的老中医，可能受父亲的影响，韩老师是小学老师中不仅数学课讲得好，而且性格温和，不怎么批评学生的老师。当时学校只有两个公办老师，一个是符大京老师，一个是李文庆老师。符老师是个全才，字写得很好，懂音乐，会体育，教全校的音乐和体育课，而且经常被其他地方请去写标语和教唱歌曲。特别是他经常组织篮球比赛，而且亲自当裁判，球场上的动作非常潇洒。但他有一个在我当时看来比较大的缺点，就是课间休息的时候，爱吃东西，经常拿着花卷馍，一小口一小口地吃。那时候我们都是吃红薯面窝头，看见他吃花卷馍的时候心中一阵阵眼气，肚子也会咕咕噜噜作响，光想偷偷多看几眼。看过之后立马会产生一个心愿：长大一定要当一个公办老师！

说到这里，我要倾情介绍一下小学时期对我影响最大，一直像长辈一样精心指导我、严格要求我、热情爱护我的四、五年级班主任兼语文老师——李文庆老师。

李老师首先是一个优秀的语文老师，他可以称得上是语言学专家。他对语法、修辞、句子成分、词组结构都有很深入的研究。我们每学一篇课文，李老师都要总结出课文的中心思想、段落大意和语言特点。特别是把主要的句子成分分析得非常透彻，主、谓、宾、定、状、补以及课文中词组的几种结构也讲得十分清楚，并通过课堂提问和课后作业，把语言知识非常完整地教给学生。我能够考上大学，最基本的语文知识主要是来自四、五年级的语文课学习，也可以说，李老师是我汉语知识的启蒙者。

李老师还是一个优秀的班主任。据说，我到养凤沟学校上学之前，李老师曾是该校的校长，不知什么时候什么原因辞去了校长职务，专门教高年级的语文课并兼做班主任。当时他除了给几个年级上语文课，恰好还担任我们四年级的班主任，直到我们五年级小学毕业。李老师做班主任最大的特点是他的亲情教育法。他对待学生就像对待他的孩子一样亲、一样严。他经常把全班同学的课内课外时间都利用上，尽可能给大家传授更多的知识。比如组织大家做智力游戏，让大家分角色朗读文章，给大家讲历史和文学方面的故事。记得最清楚的是他常常在课余时间给大家读小说。印象最深的是他给同学们读《闪闪的红星》，这是我第一次接触小说，曲折的故事情节描写，细腻的人物刻画，特别是潘冬子、胡汉三等活生生的人物形象在我的脑海中留下了深刻的印记。李老师读小说非常有技巧。他用不同的声调表现不同的人物，有时候把同学们感动得流泪，有时候把同学们逗得前仰后合。他读小说不拘泥于时间，而是按情节读，每次读一个相对独立的情节，而且总是读到关键地方突然停下，且听下回分解，经常搞得同学们心里痒痒的，天天都盼着李老师读小说。正是通过听李老师读小说，我从此喜欢上了小说。在那以后，通过各种渠道借小说看，先后看了《烈火金刚》《铁道游击队》《野火春风斗古城》《青春之歌》《苦菜花》《迎春花》等一批长篇小说，有的还不止看了一遍。

李老师在抄小字和写作文上给我的鼓励和指导让我终身受益。到了五年级，李老师特别重视让学生抄小字和写作文，在语文作业中，除了要求各类作业写字工整，还特别布置抄小字，写作文的第一要求也是字迹工整。对于这两个作业，李老师批改得特别细，要求也特别高，而且每次都要挑选几个写得好的同学的作业让大家传看。我的小字和作文经常被李老师挑出来让同学们传看，李老师还多次让我站到讲台前给大家读我的作文。我清楚地记得李老师对我写字的评价，他说我的字已经基本定型，工整、规范、结构合理，今后就在这个基础上发展提升就行了。而且号召全班同学按照我的写法写字。记得我当时写的字，就是方方正正，紧靠田字格的一侧，单个字不一定好看，一页一页看确实整洁、规矩、干净。班上几个同学模仿我的方法，也经常受李老师的表扬。现在回想起来，李老师对我的鼓励和表扬对我此后在写字和写作方面起到了巨大的作用。而且他的示范教学方法也促进了全班整体水平的提高。至于我的字和我的作文，也真的从来没有那么好。李老师说我写的字定型了，当时也不怎么理解，可能就是方方正正规规矩矩吧，就像学书法要从楷书开始一样，体现了打基础的重要性。在小学那个层次上看也许值得提倡，但更多的则是一种鼓励和鞭策，并不是真的有多好，因为直到现在，我对我写的字从来都是不满意的。

　　课堂上的李老师很严肃很严格，校园外的李老师却是一个很宽厚很慈祥的长者。在养凤沟小学，他是最年长的老师，是老师中的前辈。他很有亲和力，平易近人，丝毫没有知识分子的架子。无论是他的同事、学生还是当地的老百姓，都能与他和睦相处。同学们通常是怕见老师的，可是路上遇见李老师大家都会主动上前与他说话。李老师见了学生家长会主动打招呼，如果他骑自行车在路上遇到了熟人，他会下车子主动与人搭腔。特别在校外见了他的学生，他会一改课堂上的严肃，会很亲密地跟学生谈笑。在我的记忆中，多次在校园外见到李老师，他总是拉着我的手，有时甚至会用一只胳膊搂着我，亲昵得像对待自己的孩子一般。

李老师虽然是公办教师，但是有劳动人民的本色。也许是家庭负担比较重，他的生活和当地农民一样节俭，穿着十分朴素，吃饭也很简单。在学校自己做饭吃，常常也都是红薯汤红薯馍。特别值得我们尊重的是，他很喜欢体力劳动。每当带领同学们在校劳动或者到当地生产队劳动，他都能扑下身子和农民一样熟练。记得一次帮助当地生产队割麦子，他比一些农民都割得快。还有一次学校的厕所墙被大雨泡塌，他带领同学们在劳动课和泥、拓坯、垒墙，他不嫌脏不嫌累，动作熟练，俨然就是一个泥瓦匠。

"师者，所以传道授业解惑也。"李文庆老师不仅仅是传道授业解惑者，他在他的学生身上还播撒了宝贵的友情和亲情。多少年以后，每当同学们说到他，都把他称作"我们最亲的班主任"。

乡村庙会

　　小时候，家乡一带有好几个庙会。这些庙会不知道何时起源，大多是在春天特定的某一天举行，所以又叫"春会"或"老日子会"。每年农历的这一天，来自四面八方的赶会者，一齐涌进庙会会场。如果有社戏，就会提前几天搭台子，一般会请剧团在庙会的前两三天开唱。有唱三天的，有唱两天的，最少也要唱一天，使庙会达到高潮。如果没有社戏，庙会通常大半天就结束了。

　　过去的庙会，没有如今这样各种琳琅满目的商品支撑起一场庙会的，就是摆满会场的小买卖摊点。这些小买卖，多是当地农民自产自销的东西，也有当地供销社送货下乡的。主要有食品、布料、锅碗瓢盆等日常生活用品，骡马、牛、羊、鸡、鸭、鹅、兔等家禽家畜。遇到农忙季节，也有卖大件农具的。

童年时期赶庙会，注意更多的是吃的和玩儿的。记得比较好吃的东西，有花米坛儿、甜秆儿、炸油馍、杂嗑、熟食肉、包子等。庙会上叫卖声主要来自这些卖吃食的。"热哩油馍！""来了来了，热哩杂嗑！""热哩包子！""甜秫秆啦，甜秫秆啦！又甜又解渴的甜秫秆啦！""花米坛儿，哄小孩儿"等。听说有些卖杂嗑的，在锅底上扣一个碗，上面是菜，大火一烧，锅里冒着气泡咕嘟咕嘟作响，卖杂嗑的拿着勺子，一边敲着锅边一边吆喝，让人馋得直流口水，禁不住买半碗吃。比较好玩的，有气球、琉璃卟噔。卖气球的举着几个吹圆的气球，后边跟着一群买不起气球的娃娃们看热闹。卖琉璃卟噔的嘴里总是噙着一个琉璃卟噔，边走边吹，后边同样跟着一群孩子。我也经常是这群孩子中的一员。更好玩儿的就是那些卖当的、耍猴的、玩魔术杂技的江湖贩子。当然，这些卖当的耍猴的，也不单纯是为了逗乐，而是为了卖点小商品，如绣花针绣花线、锥子顶针松紧带，还有虎皮膏药、老鼠药之类的。江湖贩子口若悬河、喋喋不休，做一些奇怪的动作，有的故作痛苦状，甚至有的还故意伤害自己的身体，以此博得更多人的注意和同情，最后让大家买他的东西。而围观者除了阵阵喝彩，真正买东西的却很少。因为大家都知道，那些东西是不敢随便买的，大多真假不分。以前也传说有人就是买了这些，轻则不治病，重则伤了身体，轻则毒不死老鼠，重则毒死了家禽家畜。最关键的，那时候前来赶会的人们，十有八九是看热闹的，拿不出多少钱更舍不得花钱上当买东西。

庙会上除了戏台，最巍巍壮观的，要数牲畜交易市场了。牲畜交易市场又叫"绳"，去做买卖的叫"赶绳"，大概是因为交易场地拉满了绳，便于绑牲口吧。牲畜交易市场往往不在主会场，而是在和会场保持约半里地距离的空地上。说它壮观，一是场面壮观。买卖交易的多是生产队里养的骡马牛羊，和一家一户圈养的鸡鸭鹅兔。大约中午时分，买者卖者们到齐了，牲畜禽兽们叫声各异，响成一片。二是情节生动。那些买者卖者，表情各异，神色匆匆。买卖者中，有想卖而

牲畜交易　梁冠山　摄

假装不卖的，有想买而假装不买的，目的就是讨价还价。更有甚者，卖也卖了，然后坐在一旁大哭不舍的。更好看的也是最滑稽的要算行户的表演了。我们当地把经纪人叫行户，就是买卖双方的中间人。行户一般见多识广，能说会道。在没有成交前，行户会把买卖双方分别拉到一边，两人的手放在上衣下边，用衣服遮挡着，也不知道摸的什么，叫"比码子"，大概是用双方都懂得的暗号讲价格。然后，卖者装着不同意，买者也装着不同意。而经纪人再把他们分别拉到一边，假装生气再吵几句骂几句，就这样，半真半假半推半就的就成交了。其实，无论买者卖者，都是各得其所，对结果也许都是满意的，背后都要感谢行户。的确，生意成交，最大的贡献者是行户，而最大的收益者一定也是行户。一场交易结束，行户接过佣金就去做下一场说客了。会后回家的路上，如果有人肩上扛着一个长杆儿扎鞭，扎鞭上挂一捆油馍，那一定是行户。

我在十来岁的时候，很喜欢逛庙会，不喜欢看戏，因为个头矮小总是挤不到戏台前；也不喜欢买东西，因为手里没钱。更喜欢去看热闹。每次去赶会，父亲就会给几个小银圆，一路捏在手中，逛了半天，再捏

庙会上唱大戏　张培林　摄

着回家。有时候手里都捏出了汗。我喜欢看的热闹有
两个重点，一是卖当耍猴玩杂耍的，二是牲畜交易市
场。前者看那些江湖艺人的一张好嘴和一手好功夫。
虽然看不出啥门道，但总觉得他们都是能人，是高人，
是民间高手，甚至有些几乎是自己的偶像，看完之后
回去自己还要琢磨琢磨。后者则是爱看经纪人在买卖

双方之间周旋和表演。尤其是附近庙会上经常出现的几个行户，技巧性极高，表情非常丰富，一会儿哄一会骂儿一会儿喜一会儿怒一会儿软一会儿硬，结果总会把双方都搞得溜溜转，最后终能成交。说起来好笑，我的一个本家十爷也是一个很有名的行户，听说他经手的牛马交易成交率极高，可是我从没有在附近的庙会上见到过他。听说他总是到很远的地方去赶庙会做经纪。我这个爷爷平时慈眉善目，斯斯文文，不在附近庙会上做经纪，可能是不想把他的江湖嘴脸暴露给家人和乡亲吧。

最后再说说这庙会的"庙"字。当年也不知道，也没想过为什么叫庙会，现在回想起来，也都有其道理。我们邻村的几个庙会都与庙有关，如二月初五的塔上会，古代曾有过著名的佛塔，叫塔和寺。二月十二的白庙岭的庙会，三月初九老虎庙的庙会，原来都是因为有大庙小庙存在的，只是后来经过战乱或内乱被毁坏了。由此我猜想到了庙会的起源，因为有古塔古庙，有许多香客前来烧香许愿，久而久之，除了烧香拜佛磕头许愿的，看热闹的做吃喝买卖的也就多了起来。后来虽然塔啊庙啊都不在了，但每逢农历的这一天，那些上香者、买卖者、游玩者、看戏者却形成了赶热闹的习惯，这个习惯也慢慢保留并流传了下来。一些农村的庙会延续了几十年甚至几百年，如今一些老庙会还在延续，又出现了新的庙会。不过现在庙会，已经不是传统意义上的庙会，赶会的人更多的是来交易、旅游、休闲、购物，过去庙会上最具特色的那些卖当的玩杂耍的江湖人物，曾一度消失得无影无踪。随着这几年国家政策放宽，各类江湖艺人又有了大显神通的乡间舞台，甚至一些变魔术的、玩杂耍的从庙会登上了央视春晚，一些能人通过拍抖音、直播带货更是大赚特赚，比在当年庙会上的那些类似小丑的买卖，可是风光多了。至于为什么庙会总是在春天举行，大概是因为春天既不是农忙季节，又是为农忙季节做准备的大好时光，不管是休闲娱乐还是为夏种秋收做准备，春季也就是最好的时候了。正所谓"一年之计在于春"。

家乡的老房子

对家乡老房子的最早记忆是土坯草房，我就是出生在那样的房子里。那种房子，如今的农村基本找不到了，但住草房、建草房、修草房和后来住房变化的记忆，在我的脑海中一直是清晰的。

20世纪60年代以前，老家基本都是清一色的土坯草房。主房也叫堂屋，大多是三间头，少数四间头和五间头，陪房多是一间灶房或再多一间小杂物房。以下以三间头的堂屋为例，介绍一些基本情况。

三间头的房屋的面积大约为55平方米左右，即长约11米（3.3丈），每间约3.6米（1.1丈）宽，屋深约5米（1.5丈）。老房子都是起脊房，前后墙高约4

米（1.2丈），山墙最高处（即房脊）约6米（约2丈）。通常用两种形式把房子分为三间。一种是"实山"，即直接用两堵山墙把房子分割成三间，另一种是通过架两挂"梁"的方式把房子分割成三间。也有通过一墙一梁把房子分割成三间的。用梁分开的一般要在梁下垒一堵薄墙，叫"界墙"，或者用麻线把高粱秆穿起来代替界墙来遮挡里外间的，叫"玻璃儿"。

别看三间房子只有五六十平方米大小，但功能齐全，最多可住七八口子的三代家人。中间的一间属于中堂，叫"当门儿"，"当门儿"通常要摆放条几、方桌或菜柜、椅子，以及其他杂物，很多家庭还要摆放一张床，白天放物件，晚上睡人。"当门儿"也是接待客人的客厅，冷天更是一家人的围坐之地。左边的一间是上房，一般住最长辈，有爷爷奶奶的爷爷奶奶和孙子孙女同住，没有爷爷奶奶的由父母和最小的子女住。另外还有米缸面缸之类，家人多的还要加床。右边的一间属于机动用房。说是机动，其实是其余的家人和杂物也只能安排在这一间里边了。家里男孩子结婚通常也都在这个房间。这样看来，你一定会认为房子里塞得满满的，其实不然。贫穷落后时代，农村家庭没有多少物件，生活也没有那么讲究，很多条件蛮不错的殷实人家，按照现在的标准衡量也是特困户了，哪来的东西摆放呢？

简单的房子建造过程却不简单。建造房子主要用四种材料：石头、泥土、木材、草。石头是做墙基的，墙的底部要用石头砌三四十厘米高，叫"根脚"，目的是防水泡墙。"根脚"以上就是土墙。建土墙也有三种方法，一是用土坯垒起来，二是用泥块垛起来，三是用"壳子板"打出来。土坯垒的好理解。泥块垛，就是从野地里挖一些坚实的土块，用土块垛成墙。也有就地做土块的，就是把土集中起来，加上麦秸之类的"捻子"，再加少量的水反复翻腾，直到形成比较瓷实的泥堆，然后再铲成块状垛到墙上。这样的墙最结实，但也最麻烦。记得我家盖两次房子都是用这种方法。用板打墙是最简单的一种方法，用一种专用的"壳子板"，放在墙基上，把潮湿的土放进去，用一种叫"杵"的工具把土夯实，再加土再夯实，直至把"壳子板"装满夯实，去掉"壳子板"往后移动，这样一板一板地接下去，这一层接平了，搞下一层，一层一层地把墙打起来。这种办法做的墙不太结实，而且留下很多洞（"壳子板"的轴留下的）。这种方法一般用于建陪房或院墙。

墙建好后，要选个黄道吉日上梁。房梁是支撑屋顶的重要部件，上梁是建房的重要程序，而且颇具仪式感。梁是一根比其他檩条更粗壮的木头，架在两个房间分界处的前后墙上，在它上边还要加两根举木形成三角形，两根举木分别和梁形成约45°的夹角，立起来形成房脊。梁和这两根举木起骨架和承重作用，对整个房子起到一个稳定、结实的作用。正是因为梁的作用非常重要，所以建房者对上梁非常重视，不仅要选一个黄道吉日，选择一个好时辰，还要举行一个重要的仪式。先是在没建好的房屋后墙正中贴一幅大条幅，上写着"姜太公在此诸神退位"，然后在梁上也要预先贴上对联，内容往往是"青龙扶玉柱，白虎架金梁"。准备完毕后，房主燃放鞭炮，跪在"姜太公"条幅前，磕头作揖，口中念念有词，许愿祈福，这时候众人便抬起梁来稳稳地架到墙上。加固稳定后，在举木上还要架上五根檩条，房脊一根叫脊檩，相对比较粗壮，两边房坡上每边各两根叫坡檩。梁、举木和檩条全部固定好了，还有一个"撂蒸馍"的仪式。即木匠师傅把房主事先准备好的一篮子白面馒头从梁上抛过去，边抛边说一些"蒸馍过梁，金玉满堂"之类的吉利话。抛过去的馒头大家谁抢到谁吃，吃了也会吉利。在缺吃的年代，村里谁家建房，哪天上梁，大家都打听着，一到这天便会有不少人来图吉利，抢"蒸馍"，来人越多，房主也越高兴。

梁和檩条都固定好了，上梁仪式也就结束了，休息片刻后，进入下边的程序。檩条上边先要摊一层"箔"，然后从房檐开始缮草，自下而上，摊一层薄薄的泥，缮一层厚厚的草，直至屋脊。箔，就是用"麻经子"把秫秆织在一起的东西。箔和泥的作用是把上边铺的草相对固定起来。房子上缮的草，常用的是专门种植的黄梅草，也有用茅草和麦秆的。一般新建房用黄梅草，维修时用茅草或麦秆。房顶缮草很有学问，既要铺结实经受风雨不脱落，又要铺好角度，下雨时能让雨水沿着房坡流下去，房坡上不能存水。草缮好后，还要沿着屋脊和四周摊一层捻子泥，起防风的作用。捻子泥由泥土与麦糠和在一起，耐雨水冲刷。到这里，建房子的主体工程就完工了，只剩下几道杂活儿。

——安装门窗。门窗都是本地木匠打造的，所用

瓦镶边的三间头房子　汪庆华　摄

木材，有些是自家的树木伐掉放干，有些是买的。堂屋门一般由门框、过门石、门墩儿和两扇门组成。过门石和门墩儿一般都是请石匠专门锻造的，也有从集市上买的。窗户稍微精细一些，由框架、两根横木条和若干竖木条穿排在一起，木条制作比较讲究，有的还要刻上简单花纹。过去没有玻璃，窗户安上以后，贴上白纸，以挡风雨。

　　——搅泥墙。就像如今粉墙一样，用比较细的稀泥在内外墙上涂一遍。外墙要用捻子泥，可以防裂防雨。内墙用土越细越好，让墙壁光滑、好看。

——垫地。就是把屋里的地坪整理好，一般用好点的土或者土和白石灰混合，把地面整平夯瓷实。

——搭复棚。就是在屋里适当的高度，搭建一个平层，用处一是把不好看的房顶遮住，二是防止房顶掉泥土，三是可以存放一些简单的物件。到此，建房子的全部工序已告完成，随时可以入住了。至于"四间头""五间头"除了面积大小、所用材料多少不同，建造工序大同小异。

农村这样的房子建设工序应是千百年来不断优化的结果，到这个时候已经非常完美了，即使用数学、美学、力学原理衡量，几乎也是完美的。虽然不需要图纸，但包括建造工序过程、各类尺寸、所用材料，基本形成了一套完整的土标准，这套标准就储存在村里几个"老师儿"的脑海里，不论谁家建房子，这些"老师儿"都要现场指导甚至亲自下手。如果不按"老师儿"提出的这些标准建造，就有可能轻则出现透风漏雨等简单问题，重则出现房倒屋塌等人命事故。我记事起，因操作不当出现轻微漏雨现象是有的，但从来没有听说村上因建房出现重大事故。

建造老房子的方法存在了多少年谁也说不清楚，

后来有了砖瓦，在基本框架不变的情况下，新花样开始出现了。先是"三层砖""五层砖"，就是在石头根脚上垒三层或五层青砖，这种改进应该纯粹出于好看；后来出现了"砖镶门口"，就是在"五层砖"的基础上，在屋门的四周用青砖装饰一下，约四五十厘米宽，使门脸看上去大方美观，另外沿着房檐再铺一两层青砖，起到加固房檐的作用。再往后来，出现了"瓦飞头"和"瓦镶边"。瓦飞头是把小蓝瓦用盖瓦房的方式架在屋脊和房子两头，其他地方仍然是草。草房的房脊往往容易被风雨破坏，换成瓦飞头就会起到保护作用。当然，为了增加美观，瓦飞头上往往会做一些鸟兽类的雕饰。我见过的最好的瓦飞头是屋脊两头和四个房角处增加了龙头或虎头雕饰，所谓五脊六兽。这大概是过去农村最好的建筑了，因为如果说谁家富裕，就会用五脊六兽去形容，说谁谁家烧得五脊六兽。瓦镶边，则是在瓦飞头的基础上，用瓦把房坡下部的草换掉，这样，屋脊和房坡的周围都用上了瓦。如果再进一步，把所有的草换成瓦，那就是标准的瓦房了。盖瓦房的标准和程序，从框架上看，同草房大体是一样的，只是草换成了瓦，重量增加了，梁、举木、檩条都要更粗壮的，在"箔"下面还要加装椽子，每间房子大约要加装 30 到 50 根。当然，盖瓦房对墙基、墙体、门窗的要求也更高。

以上就是农村建房的全过程。

20 世纪 70 年代，家乡的居住环境开始发生变化。农民手里有点钱了，机砖机瓦出现也降低了建瓦房的成本，没几年的光景，家乡一带农村的草房就被瓦房取代，后来出现了水泥混凝土建的平房。前几年回到家乡，偶尔还能看到过去的那种老房子，如今都被别墅式农家院取代了，而且村容村貌都发生了很大变化，规划得比较整齐，环境也比较干净，村里也出现了竹子、银杏、月季之类的高档花卉苗木。我曾有意到乡亲们家里走访，多数家庭还不太注意室内装饰装修，有的房子外观虽然漂亮，屋里却空空如也。当然这也需要一个过程。我相信，过不了几年，农村会更富裕，家乡会更美丽。

二月二

中国的传统节日比较多。毫无疑问，最重要的传统节日是春节和正月十五。这两个节日既有相对独立性，又都在农历正月，因此也都是过年的一部分。按说出了正月，年就算过完了。但是，紧接着就来了个二月二。于是有人便把二月二也算过年的一部分了。

家乡有个顺口溜故事，说的是一个好吃懒做的女人，天天盼着过年过节。顺口溜的前几句忘了，记得后几句是："过罢十五没啥扒，仰着䐴（xìn）脸去纺花。突然想起二月二，一下笑个仰白叉。"这当然有点调侃玩笑的意思，但也说明二月二和过年还是有某种关系的。其实二月二在家乡传统文化中，并不是一个重要的节日，为什么还那么受欢迎呢？

二月二这天之所以成为传统节日，大概跟二十四节气的惊蛰有关。历史上很多时候的惊蛰和农历二月二是同一天或者前后相差一两天。惊蛰表示万物复苏，休眠一冬的动植物开始萌动复活。复苏复活当然是吉利的事情，比如中华文化中最高贵最吉祥的动物龙要抬头了，所以民间为了图个吉利，就要在二月二这天开展一些对生活、身体都健康有益的活动。同时惊蛰也带来了不吉祥的事情，天气变暖，毒蛇猛兽乌烟瘴气也要随之出笼了，所以也要开展一些消杀肃毒的活动。这样久而久之就成了节日民俗。

二月二主题活动有四个：一是扫地。二月二一大早，要把屋子院子全部打扫一遍，意在通过扫地把那些复活的毒虫扫进垃圾堆。其实，按我的猜想，过年期间都在忙着走亲戚或接待客人，还有就是看戏打牌，到了二月二，年过完了，该收心了，屋里院里也好久没打扫了，于是就扫扫地打扫打扫卫生，跟蝎子啊蜈蚣啊没有多少关系。二是撒灶灰。早上起来把院子打扫干净以后，从灶台里边取一些草木灰，再从锅底上刮下一些细灰，掺和一下，先在院子里撒最大一个大圆圈，象征着一个大麦圈，边撒边念叨：二月二，龙抬头，大圈满，小圈流。祈祷小麦丰收。然后是用灰撒墙根，也是边撒边念叨：二月二，撒墙根，蝎子蚰蜒死一堆儿。记得小时候，母亲经常把这两件事交给我，交代灰圈撒得越大越圆越好。有时候，我会边撒边想，用烧火的草木灰去烧蝎子蚰蜒好理解，用灰撒麦圈就不好理解，是不是预防麦子生虫呢？至今也没有答案。

三是炒豆子。除了正常早餐，家家户户都要炒一锅黄豆或玉米，说是"炸蝎子肚儿"，意在希望通过炒豆子把所谓的蝎子蚰蜒等毒虫炒死。豆子和玉米虽然属于粗粮，平时豆子汤玉米馍也是经常吃的，但炒一炒吃起来还是别有一番风味的，尤其是农村孩子们最喜欢的零食。记得这几天，同学们衣兜里都会装些炒豆子或炒玉米，上学路上大家交换着吃，甚至课堂上会偷偷地吃，课堂上不时响起"咯嘣""咯嘣"的声音。其实，人人都知道，炒个豆子是难以把蝎子蚰蜒炒死的，只是许个愿，图个吉利，顺便弄点吃的换换口味罢了。记得二月二还有一个摊煎饼的习俗，据说寓意也是把野虫子煎死。摊煎饼比较麻烦，又用好面又用油，很多家庭条件不好，能省则省了，所以这个习俗不知道什么时候就消失了。四是男人们剃头理发。"二月二龙抬头"，是剃头理发的吉祥日子。按照家乡风俗，正月是不能理发的，理发对舅舅不利，俗语说"正月剃头死舅舅"，为什么对舅舅不利没人知道。以前农村没有理发店，就是附近的理发匠人担着剃头挑子轮流到各村为男人剃头理发，可能是因为理发匠人也要忙于过年，没时间到各村去给人理发，于是就编了个理发不吉利的理由。到了二月二这天，理发师傅就忙起来了，甚至还要加班加点，因为男人们都想图个吉利，跟龙一起抬抬头。特别是家里有刚出生的男孩子的，平时也就算了，这一天是一定要剃头的。孩子大哭大叫，几个人勉强按住，理发师一不小心就会碰出口子流出血来，这对理发图吉利的愿望来说，不能不说是一个小小的讽刺。

二月二的这几个习俗，除了吃炒豆和理发如今在家乡还保留着，其他基本都消失了。如今的农家小院，都进行了绿化和硬化，也没有以前的粪堆和柴火垛了，每天都干干净净，用不着到了二月二才去打扫。家家户户都用上了煤气罐，没有灰可撒了，撒麦圈撒墙根的习俗也早已消失，连我都差一点回忆不起来这件事。

剃头挑子（少了一根扁担）（图片来源：中原农耕文化博物馆）

吃炒豆也由买来爆米花代替了。而理发却越来越受到重视。二月二这天理发，不仅传给了城里人，也传给了女人们。这天，男人女人，城里人乡下人都要争先恐后地去理发，而且也远远不是当年的那种剃头了，融入了很多健康与美的元素。不仅理发，青年人为了追求美，往往到发廊发屋去精修一番。剃头匠被称为美发师，场地、工具也由原来的剃头挑子升格为美发室、美发屋。总之，传统的印记越来越少，现代的东西越来越多，在二月二这个节日表现得最为明显。

乡村手艺人

20世纪70年代以前，我们家乡农村基本上是自给自足的小农经济状态，需要购买的东西不多，吃、穿、住、用基本全靠自己动手，少量的靠互相帮忙解决，而那些有技术含量的活计，则要专门请各类匠人或手艺人有偿解决。所谓有偿，也不都是用钱，有管饭的，有给粮食的，也有拿自家东西换的，只有少数是需要付钱的。能称上匠人和手艺人的不多，而且基本都是农民身份，附带从事某一种职业，所以我把他们称作"乡村手艺人"。下面我按照职业身份，对乡村匠人和手艺人做一些简单介绍。

木匠。在乡村手艺人中，木匠最多，他们几乎涉及农村生活的方方面面。他们用现在看来比较落后的锯、锛、刨子、斧头、木钻、凿、墨斗、拐尺等工具，制造和维修了人们吃、住、行甚至死亡所需要的床、柜子、桌椅板凳、门窗、棺材等价廉物美的木制品，为建房子加工梁、举木和檩条并主持上梁仪式。木匠作业主要在家庭或工地现场，谁家需要加工、维修木制品或建房子上梁，就会把木匠请到家里。请木匠不需要专门报酬，管饭即可，当然是招待性的而不是家常饭。有些活儿如定制棺材、建房子上梁、制作新婚家具等，还需要给木匠封个红包，以图吉利。木匠除了帮助别人，自己也加工一些社会需求较多的木制品，到附近庙会上出售。相比其他匠人，农村的木匠比较多，像我们三百多口人的村子，就有四五个木匠。有两个关于木匠的谚语："长木匠，短铁匠。"意思是木匠可以把长的截短，铁匠可以把短的搞长。"鲁班门前耍锛"，是讽刺那些耍小聪明的人或爱卖弄的人。鲁班是春秋时期鲁国人，是木匠的始祖。看来木匠的历史已有两千多年了。

　　铁匠。铁匠是从事铁制品加工和维修的手艺人。

他们的主要工具为非常笨重的火钳、大锤、小锤、砧
（zhēn）子等，还需要火炉子和风箱配套。主要加工
和维修镰刀、铡刀、粪耙子、粪杈、菜刀、铲子、抓
钉、方钉等。与铁匠不同，木匠基本是一人作业，根
据需要有人打下手就行。铁匠至少需要两个辅助人员，
即一个拉风箱管炉火的，一个抢大锤的。大的铁器需
要两个抢大锤的。抢大锤的基本是一个准专业人员，
通常是铁匠的徒弟。铁匠开展作业需要专门场地，有
的在自己家开一个铁匠铺，有的在活儿多的地方临时
搭建场地。因请铁匠的方式不一样，支付报酬的方式
也不一样。自己有废铁的可以送到铁匠铺加工，或支

木匠用具：斧子、凿、锉（图片来源：中原农耕文化博物馆）

付加工费，或以废铁抵费，自己没废铁的支付现金，相当于买铁匠的产品。另一种方式，是把外地铁匠请到村里，搭建临时场地，专为有制铁需求的村民们打铁，吃住大家轮流安排，最后给铁匠封个红包，或者给一堆废铁做报酬。铁匠技术含量较高，但非常辛苦，工作环境恶劣，又脏又累，所以干铁匠的人比较少，三里五村也就是一两个。当然，铁制品寿命比较长，对铁匠的需求相对也少些。关于铁匠的谚语"长木匠，短铁匠"前边已有述及，成语"趁热打铁"则是鼓动人们做事要一鼓作气，不能有中途歇口气的思想。在很多人眼中，铁匠并不是一个好的营生，但却有一个谚语把铁匠说得挺吸引人："开过药铺打过铁，别的生意都不热。"

泥瓦匠。泥瓦匠相当于现在的房屋设计建造师。因为过去建房多是草房，瓦房极少，所以设计并主持建造的技术人员称为泥瓦匠。泥瓦匠的工具很简单——瓦刀、灰铲和泥抹。泥瓦匠精通建房的各种尺寸和原材料配比，注重房屋安全和施工安全的各个环节。其作业方式是在工地现场。一般是被建房者请到建房工地，只管饭没有专门报酬，中间泥瓦匠起关键作用的地方，为图吉利，建房者会给泥瓦匠封数额不等的红包。通常，建造一座房屋需要三到五个泥瓦匠，有负责总体设计的，有负责垒墙的，有负责房顶处理的，另需要若干打下手的。20世纪50年代，农村建房修房活动比较频繁，需要泥瓦匠也比较多，像我们三百来口人的村子，就有十来个泥瓦匠。我的大哥原来在平顶山市建筑公司工作，属于土木建筑师，后来城市人口下放，他被放回原籍。回乡以后，他和他的几个徒弟经常被修房盖屋的乡亲们请去帮忙，土木建筑师就沦为了"高级泥瓦匠"。大哥这方面确实是一把好手，凡是经他手盖的房子，美观实用，特别是他会用泥巴在房屋外墙抹一些雕饰花纹，使外表看上去光鲜亮丽。泥瓦匠的主要职责就是把泥和好并在墙的表面上搅泥平，使墙看上去更好看。

石匠。石匠是从事石器制作的手艺人，部分石匠兼锻磨人。主要工具是锤、锻磨锤和钢钎。主要产品为石磨、石磙、碾盘、花磨儿、碓杵窖、碓杵、蒜臼、门墩、过门石及其他石制品。石匠一般是山里人，工作场地就在山里石头多的地方，就地取材，有时候也会把石头搬回家，一些小型石器具在家里制作。成品通常拉到庙会或集市上出售，也接受顾客定制。不少石匠都是大力士，有一双巨大而又灵巧的手和一副宽厚而有力的肩。我姑姑的儿子金玉表哥，个头又粗又矮，脾气特别倔强，爱和人抬杠子，大家经常用"茅司里的石头——又臭又硬"来形容他，但他却是一个好石匠，他的石头作品在方圆几十里都很有名，就因为有一手石匠活儿，又臭又犟的表哥才讨到了一个如花似玉的媳妇。

理发师。20世纪五六十年代的乡村理发师大多是半职业的，有一些甚至是家族式的。说他们是半职业的，是因为他们的身份是农民，干的却是一门技术活儿，一般人不会，而社会需求又比较大，使得他们基本脱离农活儿，常年轮流在附近几个村子里理发，理发成了他们的主业。乡村理发师通常由二至三人组成一个小组，多数由父子、弟兄或翁婿组成，通常一个小组负责附近十来个村子的所有男人理发。理发师使用的工具有推子、剪刀、剃刀、磨刀石、匕刀布、洗发盆、火炉。他们通常会将这几件工具组合为一副"挑子"，一头是火炉，另一头是其他工具，所谓"剃头挑子——一头热"。冬季和其他季节天气不好的时候在牛屋，其他季节一般露天进行。每个村子二至三天，每天由有成年男人的家庭轮流管理发师吃饭，大约每个月把几个村子轮流剃一遍。理发师只管男人理发，不管女人，刚出生的女孩子例外。理发师因为几乎没有时间种地，所以他们的报酬是从所服务的村里收取的粮食，收取的粮食不是由个人承担，而是每个生产队根据成年男人的人数由集体承担，未成年男人理发不计算在内。说起理发师，也不得不说说当年对他们的称呼。五十年前，家乡还没有理发师的称呼，对理发师就叫"剃头老师儿"，通常简称"老师儿"。这里强调一下：不是"老师"而是"老师儿"，把"师"字儿化了。叫"老师儿"似乎是对那些理发师们的尊重。记得因不懂这个称呼的意思，叫错称呼还挨过一顿打。有一次"老师儿"轮到我家管饭，母亲做好饭后让我去请他们吃饭，我没到地方就远远地喊："剃头的吃饭了！"话音刚落恰好被二哥听见，二哥跑过来一巴掌打到我的头上，接着又拉着我去给"老师儿"道歉，回到家里母亲听说后又差点打我一顿，幸亏我跑得快才及时躲过。可见理发师在很早就已经是人们尊重的职业了。关于歇后语"剃头挑子——一头热"，是说合作共事也好，谈论感情也好，都要两情两愿。

星秤师。星秤师在我们家乡一带极少，一般都是流动的南方人，我们俗称他们"老蛮子"。我对星秤不懂，没有更多的发言权。据说秤在我国已有几千年的历史，从秦始皇统一度量衡开始，就出现了早期的秤。杆秤是使用时间最长的秤之一，而星秤只是相对杆秤而言的。杆秤历史上也几经变化。最近的变化是由十六两秤改为十两秤，新中国成立后这两种秤曾一度同时使用，后来国家发布强制性标准，十六两秤就慢慢被淘汰了。秤是极讲究公平准确的，因而对星秤的要求极高，星秤师必须有很过硬的技术和非常高的道德伦理标准。我没见过制作新秤的过程，只见过一个星秤师傅维修旧秤，他手持螺旋钻，钻星眼儿的速度飞快而准确，插铜丝和截铜丝更是眼疾手快，几乎同时完成，而且带着明显的节奏，看上去赏心悦目，也是一种艺术享受。

厨官儿。20 世纪 50 年代的生活虽然不富裕，但很多民俗程序却没有减少，婚丧嫁娶事宜中最重要的一个环节设宴待客也一直保留着，从而催生了一批厨官儿。厨官儿，是专门为各类宴席做菜的师傅。厨官儿通常自带一两把切刀和一个磨刀石，其他工具由主家准备。为了宾客们吃到美味，厨官儿可是很辛苦的。虽然只是一顿宴席，但他们一般要提前介入食材的采购，并在头天下午进行"唠桌"，也就是把需求量比较大，需要蒸、煮、炸的食物提前备好，第二天一早就开始操作，客人多的，厨官儿甚至天不亮就要开始，直到做完最后一道打蛋汤才能结束当天的工作。通常，十桌八桌客人一个厨官儿加一两个帮手就可以完成。厨官儿一般也都是当地的农民，基本没有报酬，除了发个"利身儿"之类的，最后临走时主家送一点烟酒或者送一兜熟食肉也就算报酬了。

还有几种过去农村离不开的营生。有轱辘锅钉盆的小炉匠，有抢刀磨剪子的磨刀师傅，有补鞋掌鞋修鞋的鞋匠，还有阉割猪仔的劁猪匠。这几种匠人师傅的共同之处都是走街串巷流动营业，不同的是有的靠吆喝有的靠随身携带的标志招揽生意。小炉匠一般挑两个工具箱，里边有小风箱小坩埚及其他焊接工具，边走边吆喝"骨碌锅钉锅，钉盆了！修搪瓷茶缸！"有活儿了就地设摊儿。抢刀磨剪子的工具更简单，肩扛一个板凳，板凳一头固定一个磨刀石，另背一个帆布袋子，里边装着抢刀的工具，也是一边走一边吆喝

"抢刀磨剪子喽！"京剧《红灯记》上一个我党的地下交通员，公开身份就是一个"抢刀磨剪子的"，他是这么吆喝的："磨剪子来——抢菜刀——！"抢刀磨剪子有活儿的时候更是随时随地，凳子一放即可开始。鞋匠连吆喝都不用吆喝，也不要什么标志，到一个地方摆好摊儿，有人看见就把要修的鞋子拿过去，鞋匠一开始工作就叮咚乱响，马上就会把需要修鞋的人吸引过去。相比来说，劁猪匠的收入应该是比较高的，因为他们都是骑着"洋车"走街串巷的。在20世纪50年代，自行车很少，只有在外边当工人或当干部的才有，各类匠人也都没有，唯独劁猪匠有自行车，他们也不用带繁重的工具，一把劁猪刀走遍天下。他们之所以不用吆喝，是因为自行车上有一个明显的职业标志——在自行车把上竖着绑一根粗铁丝，顶部挂两缕胡须和两个红布条，人们一看便知是劁猪匠来了。劁猪匠看似粗野，但其祖师爷却是大名鼎鼎的名医华佗，只是历史书上从没有说过华佗还会劁猪。其实劁猪匠身份也是很特殊的，明朝开国皇帝朱元璋曾为其撰写一联："两手劈开生死路，一刀斩断是非根。"

最后再说说手编艺人。我把从事手编的匠人称作

木匠工具（图片来源：中原农耕文化博物馆）

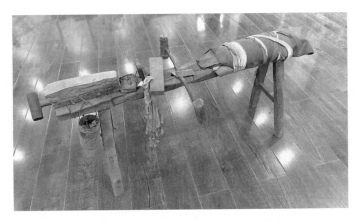

抢刀磨剪子工具（图片来源：中原农耕文化博物馆）

艺人，是因为他们用双手编织的不仅仅是生产生活用品，也是形形色色的艺术品。他们不仅手艺高超，化腐朽为神奇，也是美的创造者和普及者。看似最简单的编筐窝篓，其实也非常讲究质量和美观，对于箩头、簸箕、簸箩、壳篓等，匠人们都注重枝条粗细和色泽的均匀，在结构比例上自觉渗透了黄金分割之美。即使最简单的箩头，不仅讲究枝条的花色纹路，握边也讲究"双眼皮"。编席、编凉帽的更不用说。席可以编织出很多花纹和文字，最典型的就是结婚用席，很多吉祥图案和"双喜"字体现了实用、吉祥与美的统一，编者应是很具有匠心的。凉帽不仅追求自身美，更注重戴在人身上的比例美，搭配美，整体美。至于草编、竹编，虽然重点在用途和质量，但匠人们都非常重视作品的美感，体现了劳动人民朴素的审美情趣。

"高手在民间。"这是现在最流行的一个说法。我想说得更准确一点，其实真正的高手在乡间。因为，城市生活追求的更多的是形式的美，是为美而美，只有乡村手艺人能手才真正通过体力劳动和美的创造，把美融合到日常生产生活中。因此，匠人之美，是原始的美，朴素的美，更是大众的美。

瓜园·果园·菜园

　　20世纪50年代，集体的土地集体耕种，种什么、种多少都是以集体为单位决定的，农民家庭和个人没有任何自主权。除了粮食作物，连瓜、果、菜都是生产队统一种植、统一管理、统一分配，每个生产队基本上都有自己的瓜园、果园和菜园。

　　先说瓜园。生产队每年都要选一块适合种瓜的耕地种瓜，派两位有经验的劳力专门管理，叫"瓜把儿"。一般在农历三月份种瓜，五月端午前后就可以开园，六月大量成熟，到七月也就差不多该罢园了。我们家乡是一个缺水的地方，从不种黄瓜。只种菜瓜、甜瓜、西瓜，还有一种类似于西瓜，没有西瓜大的叫打瓜。

菜瓜最早成熟，五月端午前后就可以吃到了。还因为菜瓜熟不熟都可以吃，老点嫩点都没关系，所以可以随时成批地采摘。而甜瓜和西瓜就不一样了，甜瓜摘早了是苦的，西瓜摘早了没任何味道，只有在最佳时间摘下来才有最佳的味道。所以，甜瓜和西瓜的种植面积一般都比较大，这样才能成批成熟、成批采摘。记得每年第一次或前几次是分菜瓜，随后是菜瓜甜瓜一起分，往后菜瓜甜瓜西瓜一起分，再往后菜瓜就没有了，只分甜瓜和西瓜，到了最后就只有西瓜了。大自然好像也了解人性，轮番成熟，互不争宠，让人们想吃的时候成熟，不想吃的时候退场，把好吃的留到最后。刚吃到菜瓜时觉得特别好吃，甜瓜熟了，就觉得菜瓜不好吃了，菜瓜正好也摘完了。西瓜熟了的时候又觉得甜瓜不好吃了，这时候甜瓜也摘得差不多了，最后剩下最好吃的西瓜。

分瓜是村民们特别是孩子们等待已久的事。分瓜前"瓜把儿"跟生产队长商量，找一两个帮手摘瓜。生产队选"瓜把儿"和摘瓜的也有讲究。"瓜把儿"除了有经验，还要铁面无私，不能随便摘瓜给人吃，更不能私自摘瓜往自己家里拿。帮助摘瓜的也是一样，不能趁机多吃多占。我的父亲一生正直无私，生产队曾让他去当"瓜把儿"，瓜熟了，小伙伴儿们总想拉我到瓜园附近割草拾柴，企图从我父亲那里弄到瓜吃。父亲则是在瓜园附近见我一次训我一次，后来我们再也不敢去了。

瓜熟了，要及时摘下来分给群众。摘菜瓜、摘甜瓜都叫"摘"，而摘西瓜则叫"卸"，可能是因为西瓜较大的原因吧。瓜摘完了，由生产队长、会计去分瓜，摘瓜人抬秤。一般是分成一堆一堆的，再标上户主名字，然后才通知大家。有时候分瓜的消息会提前泄露，大家会扛篮子担挑子提前涌入瓜园，影响分瓜秩序，甚至会发生偷瓜的现象。最后分好了，大家便各取自家的，边吃边说边笑，满载而归。

美好的事总是很短暂。瓜园从开园到闭园也就一个多月时间。临近闭园的时候，瓜的大小、成色、味道就开始下降，可是好像越到这个时候人们越稀罕。闭园那天，还会有很多人到瓜园"堎"（liù）瓜，说是即使不能生吃也可以炒菜，其实根本不舍得炒菜，还是要生吃的。

再说果园。当时并不是每个生产队都有果园，有果园的品种也不一样。最多的是桃园和柿子园，苹果园却很少。可能是桃树、梨树和柿树既耐旱又好管理，苹果树修剪技术要求较高而且需要经常浇水的原因。小时候我们的生产队不同时期曾有两个果园。先有桃园，因为品种不好，结的毛桃子太酸，加上病虫害严重，没几年就把树砍了。后来换成柿树园，柿树自动生长、自动结果，不需要修剪，不需要管理，它不能生吃所以不怕有人偷吃。但是，柿子成熟了也不能生吃，需要"烘"或者"懒"，都比较麻烦，那时候不能卖，"烘"多了吧吃不完都坏了，"懒"掌握不住要领也会坏。因此没有坚持几年，柿树园疏于管理，慢慢地也就消失了。记忆中分过几次桃子和柿子，没有瓜的印象深刻。对桃园和柿子园最深的印象就是在园子里割草拾柴捉迷藏。

最后说说菜园。生产队的菜园是田野里最有生机的地方，一年四季绿油油的。菜园一般三五亩地大小，会选在离坑塘比较近且处于下游的地方，方便浇灌。种的菜也都是葱、韭、芥、蒜之类的小菜。大路菜如萝卜、白菜、冬瓜、南瓜，一般种植面积比较大，会单独种在别的地方。菜园的管理者叫"菜把儿"，常年住在菜园的菜庵里，白天管理，晚上看菜。生产队选"菜把儿"要求比较高。一般是选单身汉，住菜园不用牵挂家人，也免得把菜往家里拿；同时"菜把儿"也需要勤快、能吃苦耐劳且懂得种菜技术；还要讲原则敢于管理不徇私情，不能谁要菜都给。记得当年我们生产队的"菜把儿"是我的一个本家叔叔，单身汉，嘴爱叨叨。但他勤快、任劳任怨，处事公平且铁面无私，谁都难以无故从菜园里多薅一棵菜。

生产队虽然有个菜园，但村民们并不是每天都有菜可吃。分配的办法是"集中分配＋平时照顾"。一般是传统节日到了会集中分一回菜，通常是大葱、韭菜、芫荽、玉米菜等这些小菜，这些小菜如果长势好了，时不时还会分。分的菜年终是要用工分抵扣的。所谓平时照顾，就是谁家有客人了，或者谁家修房盖屋请有匠人了，或者轮到谁家管理发师傅吃饭了，或者生产队有接待给谁家派饭了，谁家就会到菜园寻菜。寻菜，不需要抵扣工分，这就要靠"菜把儿"公平掌握，使各家各户寻的菜保持大体均等。寻菜的事每家都会发生，但因为不抵扣工分，也有不自觉想多吃多占的，如果"菜把儿"不公平，群众就会有意见。不管怎么说，当年一个菜园子，不同程度调剂了村民们的生活，为家常饭增添了不少新口味。

说起瓜园、果园、菜园，也想起一些有趣的往事。有个叫廷照的远门哥哥，性格比较刚烈，平时爱吵架骂人，村上的孩子们没有不怕他的。有一年村里让他管理桃园，桃园内外每天都能听到他的叫骂声，但桃园管得很好，群众也很满意。因为我们两家是邻居，两家的关系也比较好，有一天他对我说，你要想吃桃，看着没人就去偷偷地摘，我看见也装着没看见。如果有别人看见了，我只管吵你，你只管摘，多摘点拿住就跑，我装作撵不上你就行了。办法不错，我心里也想试试，可总是在打算行动的时候又退缩了！你想啊！平时看见他、听见他的声音还害怕呢，哪敢到他的地盘上去偷啊！即便明知他吵是假的，撵也是假的，但预想一下他那骂声和追赶的影子，一切念头也就吓跑到九霄云外了。

还有一件事至今难以忘怀。我的一个表伯，是我父亲姑姑家的儿子，平时对我就很好。有一年生产队让他当"瓜把儿"，瓜快熟的时候他告诉我：你要想吃瓜，可以在晌午头儿或者擦黑儿的时候去找我，那时候人少，我给你摘几个，你找个僻静地方坐那儿吃完就走，啥时候想吃啥时候去。表伯对我那么好，我也真动心。无奈每次想去的时候总是感觉附近有人看着，试了几次最终也没成功。后来表伯埋怨我说："你这孩子太胆小，有人你都不敢去了？人家知道你去干啥？"事后想想，后悔莫及！不过现在回想起来，这件事应了一句话，属于典型的"心里有闲事，老怕鬼敲门"吧。

看电影

　　说起小时候看电影，20 世纪五六十年代出生的人可能印象都比较深刻。那时候城乡差别特别是文化生活差别比较大，农村没有电，当然也就没有电影院，也没有送戏下乡这回事，乡下人很难享受到城里人的文化生活。但是，电影是个例外。当时每个公社都有一个电影放映队，到各个大队轮流放映，城里看什么电影农村也很快可以看到，而且比城里还要好，都是免费的。不同的是，城里是在电影院，有城市供电，效果比农村好多了。农村没有电，用的是小型发电机发电，万一发电机有点故障，就会影响放映。有时候演着演着发电机突然坏了，要么修一修继续播放，要么就要等到白天修，第二天晚上再播放。不过这种情况还是比较少见的。常见的是，几个放映点放同一部电影，一部电影又是几本拷贝组成，往往是第一个点先开始，其他点放新闻纪录片，第一个点演一本往下传一本，就这样按顺序分别一本一本地往下传。这就避免不了中间出现断档等片的现象。上一个点的机器出故障了，或者传片手路上有什么事了，都会影响下一个点的放映。不过，大多观众看电影就是图个热闹，对故事连贯不连贯好像也无所谓。

农村放电影都是露天的。如果哪个村要放一次电

几十年前的农村电影放映机（图片来源：中原农耕文化博物馆）

影，消息就会提前几天传出去，到时候三里五村的人都要来看。所以露天场地都比较大，而且大多是开放性的，前低后高，前边照顾老年人和孩子，后边可以无限制地站人。如果哪天晚上有电影，村上的老年人和孩子们就会提前搬着凳子占位置，也为外村的亲戚朋友占位置，往往电影还没开始人就已经挤不动了。露天电影最怕遇到下雨。特别是夏天，开始的时候天气好好的，忽然间电闪雷鸣，观众经常被淋成落汤鸡。记得有一次母亲带我到外村看电影，突然下雨，而且雨一直不停，没办法只好住到母亲的一个好姊妹家。那时候人多房子少，本来居住拥挤，有了客人更没法住，只好打个地铺。好在是夏天，将就一下天也就明了。

20世纪70年代的电影多是战争题材，那时候我们叫"战斗片"，印象最深的战斗片是《地道战》《地雷战》《南征北战》《奇袭》《渡江侦察记》《英雄儿女》《三进山城》《林海雪原》《打击侵略者》《侦察兵》《小兵张嘎》等。后来有了样板戏电影，最喜欢的也是像《智取威虎山》《红灯记》《沙家浜》那样的战斗片。那些电影不知道看了多少遍，啥时候有啥时候看，从来不嫌重复。以至于学会了不少电影台词，认识了不少电影明星，电影一开场，马上就能认出他们是谁。我最喜欢孙道临，也最喜欢他主演的《渡江侦察记》和《永不消逝的电波》，这些电影看了无数遍，后来有了电视，还专门找来再看，里边有些台词至今还记得。还有很多只是记住了电影中的名字，《南征北战》中的高营长、《奇袭》中的方连长等，都是小伙伴们崇拜的偶像。究竟演员是谁反而没那么关心了。后来京剧电影中，杨子荣深入虎穴，智擒座山雕的英雄形象更是让我们崇拜得五体投地。侦察英雄杨子荣的扮演者、上海京剧院童祥苓先生目前仍然健在。我喜欢京剧以后，更是成了童先生的粉丝，经常在网上看他以前的演出和生活小视频。青少年时期正是崇拜英雄的年龄，正是电影中一个个的英雄形象，成为我们那一代人永久的记忆，而无论是英雄，还是英雄的扮演者。

除了上述这些所谓的战斗片，也有一些爱党爱国爱社会主义的故事片，还有反映工人农民爱劳动做贡献的教育片，电影名字大多记不住了。青少年时期重故事情节，追求新奇，对于重说教的东西和反映农村的文艺节目确实是没有那么用心地看，更没有用心记忆。

正如前边说过的，电影正式开演之前通常要放映一些重要的新闻纪录片，这也是我最喜欢看的。有时候即使遇到不喜欢的故事片，但还是坚持去看，最主要的是想看新闻纪录片，因为纪录片可以看到一些新奇的人和事。

现在回想一下，其实当年农村演电影的时候并不多，一个大队每个月轮不到一次，只是附近几个大队都离得不远，这里看过看那里，才觉得看了很多，实际上转来转去也就是那几个片子。但是，在文化匮乏的年代，那一点点文化星火也起到了燎原的作用。它对人的教育意义是巨大的。因为处于文化朦胧期、政治启蒙期的一代农民，不仅渴望知识，渴望文明，更渴望了解外面的世界。电影，便是一个便捷而重要的途径。

秋明儿

家乡有个节日叫"秋明儿",和二十四节气的清明节是同一天。至于为什么不叫"清明"而叫"秋明儿",我问了不少人,谁都说不清,我估计是"清明"的土话发音,时间长了就变味儿了。家乡的说法,秋明儿是鬼节,是祭奠先祖亡灵的日子,在世的人都要到已故的前辈坟前,焚香摆供,引燃鞭炮,烧纸上坟。

秋明儿上坟有"早秋明儿晚十月一儿"的说法。说是早秋明儿,其实就是扫墓的时间可以提前,至于提前几天,虽然没有绝对的时间界限,但也不是越早越好,提前三五天还可以,太早也就失去了秋明儿的意义,应该还是当天最好。而当天是绝对不能晚的,午时以前必须完成，否则就会被视作对亡灵的不敬。和城里不同的是，在我们家乡，秋明儿这天的祭祖扫墓活动，女性是不参加的。即便是父母刚刚去世，女儿、儿媳也不在这天到坟上去祭奠。

四五十年前的秋明儿，扫墓非常简单。如果是给父母上坟，会烙个油馍摆在坟前，点燃几张烧纸，放个鞭炮，跪下磕三个头、作一个揖，仪式也就结束了。如果是给爷爷辈以上的祖先们上坟，那就更简单，一般是在与自己最近的亲人坟前点燃烧纸，其他的在坟脊上压一块烧纸便可以了，油馍、鞭炮也都免了。大的家族，祖坟比较多而且连成一片，也多是在父母和亲爷爷奶奶坟前摆供烧纸，其他的伯伯叔叔以及叔伯爷爷们，也只是在坟脊上压块烧纸就可以了。

按照传统的说法，烧纸是给先人们送钱花，这烧纸怎么变成钱，也很有讲究。上坟用的纸原本属于包装纸。过去到商店买东西没有如今的塑料袋，大多用这种土黄色的、非常粗糙的、不能用作书写的纸作包装。人们也往往用这种纸去上坟，就叫"烧纸"。当然，包装纸变成烧纸，需要加工。把一摞整张的包装纸一裁为六，再用一种专用的打钱器在纸上打满古铜钱的印记，然后把一摞纸旋成扇形折叠起来就可以了。烧纸的时候要在坟前画一个和坟连在一起的半圆圈，把纸烧在圈内，以免钱被其他坟里的人抢走。烧的时候还要念念有词，叫"愿噫"，大概是说："秋明儿了，来给您送钱了，收下吧，别仔细，该买啥买啥。"边"愿噫"边用树枝挑着火苗，让纸烧得更旺。这时候如果恰好来了一股风，把烧过的纸灰吹起来了，那就太好了，因为纸灰飘起来，说明坟里的祖先们拿到钱以后笑了，这样便皆大欢喜了。烧过纸之后，烧纸的人们再行磕头作揖之礼，人少的一起跪拜，人多的按辈分先长后幼分批跪拜。

同时，除了扫墓祭奠，秋明儿正是植树的好季节，通常这一天也都是清朗的天气，所以打算在墓地栽树的，需要迁坟的、立碑的一般也选择这一天。

家乡的秋明儿还有一个习俗，就是在家门前插柳枝。家乡的说法是，清明节是鬼节，到了这天，坟里的鬼都出来了，鬼也有好鬼邪鬼之分，邪鬼多了容易附人身体，引起发病。柳树有辟邪的作用，插在房子上，那些邪鬼看见了就会躲开。还有个说法是，用柳条判断当年的收成，"秋明儿晒干柳，蒸馍扔给狗"。"蒸馍"，就是麦子面蒸的白馒头。意思是说，秋明儿天气好了，预示着小麦的丰收。这个说法倒是有一定道理。秋明儿前后正是小麦抽穗扬花的时候，也是小麦容易发生病虫害的时候，最怕阴雨连绵。晴和的天气，灿烂的阳光，光合作用强，有利于促进麦子的成长和麦粒灌浆成熟，有利于杀除病虫害，确保小麦丰收。不过，说把蒸馍扔给狗那是夸张，那个时代，即便小麦丰收了，人们顶多也就是多吃几顿花卷馒头而已，连人都舍不得天天吃蒸馍，哪舍得扔给狗呢！

秋明儿，春天已经过了一半多，不过仍然春花烂漫，大片盛开的油菜花自不必说，扫墓的路上也到处都是开着的小野花。这似乎冲淡了秋明儿的主题，难怪一些地方秋明儿这天除了扫墓还有踏青的活动。家乡虽然没有踏青的说法，不过扫墓的路上，欣赏一下仲春的田野景色，采摘一束绚丽的野花放在坟前，也不失为一种浪漫的追思。我想这也是历代文人喜欢在清明这天写诗、写游记的原因。在二十四节气中，清明节是被古代文人写诗文最多的节日，然而，似乎写扫墓上坟、祭奠祖先的却寥寥无几，而写踏青、写郊游、写未亡人的甚多，雨、花、酒成了他们写作的主题。春色美景让古代文人们诗兴大发也属正常，不正常的是为什么不写一写对先人们的怀念呢？我甚至怀疑大诗人杜牧在闭门造车，这天那么多人要么在上坟，要么在上坟的路上，怎么能说"路上行人欲断魂"呢？这也许是古代文人的另一种浪漫吧，故人已去，活着的人要好好地活着，这才是对先人们的最好纪念。

野生动植物的命运

童年时期在家乡，常与野花野草做伴，也常与野虫野鸟嬉游。那些野花野草，野虫野鸟，是我一辈子都忘不了的童年小伙伴。近日回乡小住，有意地观察一下那些小伙伴，大多都找不到踪影，也打听不到下落了，未免心生惆怅，勾起阵阵回忆。

一

我的家乡在丘岭地带，荒地多，坡地多，是一个天然的植物园。一到春天，万芽齐萌，百草竞发。夏秋两季更不必说。如果雨水好，那些野生植物甚至会和庄稼争水、争地、争肥，经常压住庄稼的生长成熟。说来也奇怪，那些野生植物生命力太强，真是野火烧不尽，春风吹又生。农田里的常被连根拔掉，坡地、荒地上的，也常被一茬一茬地割掉，或做肥料，或做饲料，或做柴草。但是到了来年，春风一吹，又是满山遍野。即便是连年干旱，也挡不住它们顽强的生命。

野花野草也有他们的价值，有的可作为食物，常言说，一季野菜半年粮。旺季的时候挖出来，吃不完的简单加工一下，晾干备用。我就是吃野菜长大的。野菜中最好吃的就数辣菜，长相类似油菜，吃起来也并不辣，而是略带甜头，用大油一炒，浓香无比。最难吃的是刺角芽。刺角芽学名小蓟。刺角芽满叶子都是刺，嫩点还好，稍微老点，吃起来扎嘴。可母亲偏偏喜欢吃刺角芽，经常和面条放在一起煮着吃。我因为不喜欢吃，被母亲责备是常有的事。

有的可作为中药材。小伤小病，自己挖几棵熬水一喝即可解决。刺角芽，就是一种止血的好药材。干活割破皮肤，或火气大流鼻血，拽一棵嫩刺角芽揉一揉，按在伤口上或塞在鼻孔里，可以立即止血。病情稍重点的，中医们配一些加工过的野花野草煎几剂让病人服用。各家各户家里都备有车轱辘棵（车前草）、黄花苗（蒲公英）之类的中药材，头疼发热的就不用找医生了。

多数的野花野草则作为青饲料喂猪喂牛喂羊，或晒干了烧火做饭及取暖。还有的可以烧成灰或者扔在粪坑沤烂做农家肥。最没用的也可以固土护坡，防止水土流失。

小时候与这些野花野草做伴觉得很苦，现在回想起来，更多的是一种乐趣。说苦，是因为几乎每天都要扛上箩头，下地割草打柴挖野菜。累不说，到了秋冬季节，花儿没有了，野草早被割光了，只好捡一些干草，挖一些草根儿，关键是，天天到处都是割草捡柴挖野菜的，每个角落不知道被搜罗了多少遍，往往奔波半天收获甚少。但也有有趣的时候。割草拾柴间，偶尔会发现一个无人涉足之地，草茂柴丰，这时候就会忘记疲劳，挥镰飞铲，一蹴而就，不多时即可满载而归。更可喜的是，时不时还会碰到野瓜野枣之类，便可以把活计放在一边大快朵颐。日落归家，一路小曲，回味无穷。

二

20世纪六七十年代的家乡,野生动物还是很多的,而且一年四季都有。不仅给我们的生活增添了很多乐趣,而且在食物不足的年代也改善了乡民们的生活。记得童年时期最喜欢干的就是捕捉动物。掏过鸟窝,捕过马唧鸟儿(即知了),逮过蜻蜓,抓过蚂蚱、蟋蟀,捣过马蜂窝。雨水季节,捉鱼摸虾更是家常便饭。

捕虫逮鸟的手段多种多样。一般是直接下手,即便是有一些手段,也多是土法上马,比如抓蜻蜓摸泥鳅就是直接靠手,而抓马唧鸟儿,就要在一根竹竿儿的一端抹上桃树胶去粘。当然也有一些需要一定的技术含量。比如用弹弓打鸟,制作弹弓就需要技术,使用弹弓也需要技巧。打野兔子更需要技巧,得会用土枪才行。学会打兔子需要经过长期观察,知道兔子什么时候卧在哪里,头朝哪边,这些只有经常捕猎兔子的老人才知道。有时候,我们也会跟着打兔子的猎人们看,但始终也看不出名堂来。记得小时候用筛子扣麻雀,大雪天试验过不少次,一次也没有成功过。听老年人说，有一种捕大雁的方法，就是夜晚在雁群落地的附近，生一堆篝火，等大雁看火把眼睛看花了，就可以从大雁的背面轻轻躺下身子，滚过去，出其不意地抓捕大雁。有的人还为了多抓几只，在腰间系一根绳子，抓一只塞进腰里一只，抓一只塞一只，尽可能多塞几只。这个方法听起来很有道理，也很诱人。我和小伙伴儿们多次尝试，也没有成功过一次，也从来没有听说哪个人成功过。倒是听过一个故事。说从前一个精明人，用这个方法，倒是抓到了好几只，但是由于太贪，腰里塞太多了，结果这几只大雁同时飞起来，把他也给抬跑了，最后不知下落。这个人到底是谁？讲故事的人从来都不知道。估计也只是一个美丽的传说。

　　抓捕这些小动物的用途，当然也值得说一说。其实对童年时代的我来说，这些小动物最大的功用无非两个：好吃和好玩。像鱼呀虾呀，青蛙呀麻雀呀，这些能吃的，就不必说了。好玩的，那就更多了。比如从地里抓到的斑鸠、角儿即（也叫云雀），一般都要做几个笼子装起来，每天看它们蹦蹦跳跳的，还会唱歌。也有一种叫蛐子的小动物，学名叫蝈蝈，抓到了也会用麦秆编个小笼子，把它装进去，里边放点辣椒，它一吃辣椒就会吱吱地叫个不停，挺好听的。还有一种叫纺花翁的小动物，经常生活在榆树上，逮下来之后，做个又扁又细的小木签儿（通常用高粱秆的皮做），插在它背部的一个硬壳缝里，然后拿在手中它就会"嗡嗡"不停地叫。天热的时候，我们还会把它放在面前，一股凉风扑面而来，起到了一点防热的作用。还有一些既好吃又好玩儿的，活着的时候玩儿它舍不得吃，玩死了就炒炒吃了。当然也有一些动物，是不能随便捕捉的。如恶老雕，也叫老鹰，被称作神鸟，不能冒犯。喜鹊呢，又被称作吉祥鸟，也是不能乱捕乱抓的。还有像老鸹这些动物是不吉祥的，看见了还要躲一躲，甚至骂几句。当然像搬藏（田鼠）老鼠这些既难看又不能吃，甚至有破坏性的动物，则是见一个打死一个。

我生性胆小，母亲虽然不信佛，但也反对杀生，当然更担心我受到伤害，如果发现我摸鱼捕鸟便非打即骂。所以童年时期的我，一般都是跟着胆大的伙伴们一起，打个下手，倒也享受了不少野生动物的美味，至今难以忘怀。

三

前边，分别回忆了童年时期家乡常常遇到的野生植物和动物。因为是对四十多年前的回忆，有很多已经记不住、记不清或记不准了。有些甚至回忆起当时的样子，也回忆不起它们的名字了。而且我写到的这些很可能只是少数，多数都漏掉了。为什么会漏掉呢？一是确实忘掉了，二是现实中在家乡确实见不到了。而我更想念的，恰恰是那些忘掉的和找不到的。四五十年，不到半个世纪的时光，只是历史长河的一瞬间，可是那些曾经伴我成长，甚至养我生命的野生动物植物们，就在这短短的四五十年间一去不复返了。这些现象，引起我深深思考，究竟是谁的错呢？

是大自然的错吗？似乎是对的。气候在变化。在今日的农村，风调雨顺的日子越来越少，自然灾害却越来越多。河干了，井枯了，山坡上的土被冲跑了。缺少了水和土，那些脆弱的小生命怎么能生存下去呢？有了现代科学和技术，人们虽然战胜了自然灾害，能够把受害程度减轻到最小，甚至能做到大灾面前不减产不减收不降低生活水平，可是动植物们呢？耐得住干旱吗？顶得住水冲吗？经得起冰雹的袭击吗？

是贫穷的错吗？也有一定道理。20世纪五六十年代，那是一段贫穷落后的历史。因为贫穷落后，乱捕乱杀，乱砍乱伐，乱挖乱采，可以说是肆无忌惮的。对野生植物恨不得斩草除根，对野生动物恨不得赶尽杀绝。那些动植物们，也是生命，而生命是经不起长期追杀的。可是，为了高等生命的延续，猎杀这些低等的生命，似乎也符合自然的法则。

是人类的错吗？更值得我们反思。人类在贫穷落后的时候，对动植物的杀戮毁灭，原因似乎不能简单地归之于愚昧和无奈。然而，文明程度得以大幅度提高的人类，为了追逐利益最大化却变得很残酷，很凶恶。有时候文明的成果反而会成为文明的杀手。剧毒农药杀死的都是害虫吗？除草剂除掉的都是野草吗？过量地施肥、过量地添加，增加的仅仅是产量、质量和美味吗？这些难道不值得我们深思吗？

人类的繁衍生息，需要一个良好的环境。大自然中的动物和植物也需要。如果说大自然是一个巨大的生物链，人类和动植物一样，都是其中的一个环节，少了哪个环节或者说哪个环节被破坏了，大自然都是不完整的。而不完整的大自然就会反过来伤害和报复生物链的其他环节。其实，人类的生命是这个生物链中最脆弱、最容易受到伤害的那个环节。所以人类在延续和发展自身文明的同时，保护生态链，从而实现人与自然的和谐与良性循环，是不是在保护自己呢？这一点，越来越成为决定人类前途命运的关键。

婚俗与婚礼

20世纪六七十年代，家乡的婚俗和婚礼都是严谨而富有情感和情趣的。所谓严谨，从媒妁之言到相亲，从谈婚论嫁到"看好儿"，从置办嫁妆到婚礼，都有一套比较严格的礼仪程序。所谓情感情趣，从法理民情到风俗习惯，从曲折过程到各种结果，都充满着浓浓的乡情、亲情和人情，都体现了时代的印记、变化和特点。

家乡地处偏僻山区，改革开放前的乡亲们封闭而保守，一套婚丧嫁娶的老规矩不知延续了多少年而且还在延续着。当然，在不断舍弃一些不合时宜的内容的同时，也不断增加着新的内容。就男女婚事而言，已没有了男女授受不亲的老观念，也极少有父母之命的包办婚姻，但自由恋爱可是少之又少的，或者说基本是没有的。媒妁之言，应该是那个年代男女婚事的显著特点。

那个年代，说媒是一种崇高、神秘，有时候又很尴尬的差使。说崇高，说媒成全了无数青年男女的婚事，成就了无数美满的姻缘。一个好的媒人好似一方神圣，到谁家都是高接远送、待若上宾。不光男方有求于媒人，女方如果希望找一个好婆家，也求助于媒人，所以媒人来了都得好吃好喝好招待，还要陪笑脸。记得当年哥哥姐姐们没结婚的时候，经常有媒人到我家来，母亲总是做最好的给他们吃。说神秘，媒妁之言往往真真假假，一桩婚事媒人要跑很多趟。甚至前几趟只问你家情况而不说对方情况，可能是保密的需要吧，媒人也是很讲职业道德的，不能随意透露对方的情况。比如问你家孩子的年龄、属相，还有家庭条件等等，如果这家的孩子是女孩儿，还要问问对男方的要求。有时候还要顾及当事人的面子，白天不能到家里去，晚上才能去。特别是大龄青年，媒人天天往家里跑，确实挺没面子的。当然，说媒也很辛苦。有时候为了一桩婚事跑来跑去不知道跑了多少趟，最后还是没说成，特别是双方开始都同意，最后尽管双方家长也都同意，有一方孩子突然不同意了，怎么说都不回头，这时候最尴尬的就是媒人了。传统戏曲中往往把媒婆打扮成类似丑角的形象，而在我的家乡，做个成功的媒人还是很光荣的，历来都是一个正面角色。

对媒人介绍的情况如果双方都认可，那就进入婚姻的第一个环节：相亲。相亲是比较正式的一个环节。通常由媒人带着女方的相亲者，到男方家里，见见男孩儿和男孩儿的父母，吃顿饭，顺便也看看男方的家庭条件。相亲者多数情况下是女孩儿本人加女孩儿的姑姑或婶子，也有女孩儿一个人的，还有女孩儿不去纯粹由家人代相的。到男方家里相亲只是一个形式，其实很多事情在此之前已经基本完成，比如要提前互相打听一下，还有的要在不同场合偷看对方，基本条件都认可了，这时候只是再走一个过场罢了。正式相亲之后，如果双方都没什么意见，这桩婚姻就基本定下来了，然后是婚前的深入了解阶段。这个阶段有长有短，短的几个月，长的几年。当然也有中途终止甚至临近结婚时分手的，这都是少数。

家乡农村没有求婚和定亲这一说。了解一段时间后，男女双方都觉得可以，就开始谈婚论嫁。那时候谈婚论嫁不是未婚男女本人，而是双方的父母，但前提是未婚男女双方都同意了对方，父母的作用是沟通操办接下来的具体事宜。强调一下，那时候父母的意见很重要，但决定权已经到了青年男女的手中，他们才具有一票否决权。这个环节有三个重点事项，一是"看好儿"，就是找那些懂得生辰八字和黄道吉日的"先生"选择结婚的好日子。双方家庭各看各的，选择对自己最好的日子。二是"商量好儿"，就是双方父母带着各自选好的日子进行沟通协商。这个过程中，双方选择的日子也都不止一个，最后确定一个对双方都好、对对方也没有任何不利的日子，作为结婚的正式日期。第三是"送好儿"，就是男孩儿的父亲带着彩礼到女孩儿家，告诉对方儿女结婚的日子。其实这是一个典型的过场，本来就是双方家庭已经沟通确定的日子，不说对方也知道。而女方父母还要假装不愿意，难免再讨价还价一番，最后不仅同意，还要热情招待，条件好的还要喝两杯。至于彩礼，多少有个意思就行。

　　大喜日子确定了，接下来就是举行结婚典礼。结婚典礼是人生一个重大事件，男方要隆重地把女方娶回家，但是，我的家乡没有新郎亲自到新娘家迎娶的规矩。远点的，借个自行车，找个骑车能手，跟个放炮的，去把新娘驮回来；近点的，干脆走路：男方派两个年轻女性到新娘家，陪着新娘一起走路回来。对女方来说，女儿结婚叫"出门"。女儿出门本也是个大喜日子，可是姑娘被接走以后，父母们总不免要悲伤一阵子，甚至要当着众人的面大哭一场。这哭，有真哭，有喜极而泣，也有假哭的。因为女儿出门，父母"兴哭"，这倒也是个民俗，不哭反而不近人情。

20世纪六七十年代的婚礼非常简单，新娘到了之后，鞭炮齐鸣，新郎新娘在村里有名望的人的主持下，先拜毛主席像，然后拜男方父母，最后再互拜一下就入洞房了。拜天地不知道啥时候就免掉了。

新婚典礼之后有两个细节，一个是闹房，一个是听房。新郎新娘入洞房之后，一群闹房者随之涌入洞房，对新郎新娘推推搡搡。闹房者多是新郎新娘的晚辈，也有本家爱乱的嫂子们。他们也只是捣乱而已，并不是真要怎么样，乱一阵子也就罢了。到了晚上，闹房的阵势就更大了。晚饭后，摆一桌酒菜，还是以上午那帮闹房者为主，也有不少是看热闹的，把新郎新娘拉到桌前，有的灌他们喝酒，有的让他们讲恋爱史等。如果不从，闹房者就用各种方法捉弄他们。不过新郎新娘一般都会选择顺从，能应付的就应付，应付不了的就任大家摆布。最后把新郎新娘折腾得精疲力尽，才把他们送入洞房。

闹房还有一个内容，就是从新婚之夜开始，三四个新郎的叔伯弟弟、远房弟弟或晚辈男孩儿，与新郎新娘同住三天，直至新娘回门。不过通常只住一个晚上，第二天就没人再去了。如果没人去，新郎也会主动叫一叫本族晚辈，让他们过去同住。其实这也是个礼节，如果真没人去，他们也会觉得没面子。与闹房有关的还有一个听房，就是在新婚第二天或第三天没人去闹房的时候，夜深人静之后，在门外或窗下偷听新婚夫妻说话。参与偷听者不光有闹房那帮人，甚至传说有的新娘的公公婆婆也会参与其中。有句俗话：结婚头三天不论辈。说是这样说，实际没有哪个长辈真的参与闹房，而公公婆婆听房的事应该是发生过的，不为别的，为了了解儿子媳妇的感情交流情况。

关于闹房和听房的起因，即使当年的老年人也没人能够说清楚的。我猜想，也许是为了加快新婚夫妻增加了解和增进感情的过程。那时候，新婚夫妻在结婚前是见不了几面的，不像如今的年轻人谈对象那样天天黏在一起。两个几乎陌生的人当天就要同床共枕，如果其中没人撮合撮合，很难和谐相处，甚至会产生隔阂。经闹房人那么一折腾，两个人也就熟悉了，增加了了解，增进了感情。所以从这个意义上说，闹房是有一定道理的。

按家乡的习俗，婚礼当天男方家里要大摆宴席，一来庆贺，二来宴请"送客（即新娘家人）"，三来答谢亲友。但是，20世纪六七十年代正是破除陈规陋习的年代，不少习俗都是从简的。贺礼不计多少表个心意即可，宴席也很简单。那时候人们不大喝酒，每桌酒席十来块钱就置办得很好了。婚礼的第三天，还有个吃"喜面条"的风俗，全村男女老少，带着碗筷，中午涌入新郎家吃喜面条，新郎家则在院里支起口大锅，做几锅肉丝面，让大家分享喜事的欢乐。

用现代文明的眼光看，当年家乡的婚俗有规范、传统，甚至文明的一面，这一点不能抹杀。按照新中国的婚姻法和当时的社会道德标准，家乡的婚俗并没有越线，有些今日也不过时，值得倡导。比如，礼仪从简，花费从俭，基本没有彩礼，也没有陪嫁，有些婚礼甚至就是一个简单的仪式，双方父母吃一顿便饭，连酒席都免了。

不过却也有不少陋习应当改进。闹房、听房等虽有一定道理，但过分了肯定是不文明的。况且，如今的情况发生了很大变化，如今的新郎新娘都是自由恋爱，婚前基本都经过充分的了解，感情也早已成熟，根本不需要再通过闹房那样的方式来撮合了。再用那种不太文明的方式撮合，甚至可能起到破坏和谐的作用。

那些"消失的"老物件

　　最近刷抖音，发现一些奇奇怪怪的东西，各种各样的小玩意儿覆盖了工作和生活的方方面面。比如一个 20 厘米左右见方的小盒子里装了几十件工具，一个个小巧玲珑，好看、好放、好使，省时、省力、省钱，家里各种家具、电器、管线、厨具的维修都能用得上，即使一个原来什么都不会干的人，现在有了这套工具，干什么都得心应手了。还有那些厨房辅助用品，房间挂钩、胶贴等等，一应俱全，凡是你能够想到的，网上一查保准能找到！这在过去是不可想象的。20 世纪五六十年代，在农村生活过的人都知道，那时候吃穿用都十分简单，一物多用，而且重要物件、关键技术都掌握在各类匠人和乡村能人手里，很多东西不留意是见不到的。其实那些物件都是时代的产物，到了如今的新时代，那些宝贝永远都见不到了。出于怀旧的心理，我把它们分类记述如下：

一是工具类：

扁担，知名度比较高，很多人都读过《朱德的扁担》吧？

钩担，扁担的改进版，在扁担两头固定两根带铁钩的链子，解决扁担上的重物容易滑脱的问题。

笊篱，用柳条或荆条或其他树条编织的圆形容器，直径约40厘米，深约30厘米。

笊头，笊篱的改进版，由圆形改为椭圆形，加一个稍粗点的树枝做成的弧形"系儿"，叫"笊头系儿"，用于手提。

秤，用于称重的工具，秤杆标有秤星，一端固定秤钩或秤盘，在秤杆上移动秤砣以确定物品的重量。

锛，木匠用具，用于粗略整理和加工木头。

刨子，木匠用具，用于把木头刨平并符合设定的尺寸。关键部件叫"刨刃"，钢制。

斧头，木匠用具，钢制加木柄，用于砍木头。

木钻，木匠用具，由钻杆、钻头和钻绳组成。钻杆木制，钻头钢制。

凿，木匠用具，用于木头打榫。

墨斗，木匠用具，用于标记木头的尺寸。

拐尺，木匠用具，用于量木头尺寸和做垂直标记。

砧（zhēn）子，铁匠用具，用于放置烧红的铁器并接受铁锤敲打。

打墙板，由两块木板加两根木棍组成，用于筑墙。

夯（hāng），木制或石制，用于打地基，两人以上操作使用。

杵，作用同夯，一般是铁制，并带有木柄，多用于筑墙，一人操作使用。

碾，石头制作，用于粮食粗加工，由石磙和碾盘两部分组成，可以用牛或驴拉，也可以人推。

石磙，石头制成，直径约 40 厘米、高约 50 厘米的圆柱体，用于平整地基或与碾盘配套用作粮食加工。

石磨，用于磨面或磨豆腐。

罗，磨面时用于把细面粉和粗渣分开。

筛子，容器，底部有网眼，用于筛掉沙土和杂质。

泥抹，泥瓦匠用具，用于把稀泥搅和再抹到墙上。

石碾（图片来源：中原农耕文化博物馆）

坯模，木制，制作土坯的模子。

棒槌，木制，用于棰布，使布平展。

碓杵（duì chǔ）窑，石头制，用于捣碎红薯干、玉米等。

碓杵，石头制，有木柄，与碓杵窑配套使用，用于捣碎红薯干、玉米等。

箔（bó），用麻经子将高粱秆织在一起，用于房里子或晾晒物品。

摇车儿，木制，手持摇动，用于纺麻经子。

风掀，即风箱，木制，用于家庭灶台或打铁炉，为火炉吹风加氧。

算盘，手动操作的一种计算工具。

烟斗，木制，手工卷纸烟用具。

二是农具类：

架子车，家庭人力运输工具，由一人驾驶。

牛车，集体畜力运输工具，由两头牛驾驶。

犁子，畜力耕地用农具，由两头牛牵引。

耙，平整土地用农具，由两头牛牵引，通常用于对犁过的耕地进行平整。

镰刀，铁制木柄，割麦子工具。

锄，铁制木柄，用于人工除草。

铲子，铁制木柄，用于除草。

烧火做饭用的风箱（图片来源：中原农耕文化博物馆）

剜铲儿，铁制，用于挖掘带根的植物。

拖车，木制，用于放置或运输犁子、耙等农具，由两头牛牵引。

木锨，木制，形状与作用同铁锨，常用于叉（chā）粮食。

杈，麦场上翻挑秸秆的工具，通常由桑树制成，也叫"桑杈"。

铖子，割麦工具，由一人操作，与网包配合使用。

网包，收麦工具，由一人操作，配合铖子使用，铖子铖下来的麦子须倒入网包。

铡，由铡刀和铡墩两部分组成，用于切碎青草、麦秸等。

牛套，皮绳和木头串在一起，牛拉犁或拉车的专门用具。

牛笼嘴，竹制，在牛耕作时套在牛嘴上，防止牛啃庄稼。

马勺，铁制木柄，为牛添加饲料和水的专用工具。

驴套，类似牛套，驴拉磨用具。

驴扎脖，细长的布袋，内装杂草碎布，驴拉磨时环状扎在驴脖子上，起固定驴套的作用。

收麦用的钱子和网包（图片来源：中原农耕文化博物馆）

壳篓、簸箕、簸箩（图片来源：中原农耕文化博物馆）

驴碍眼，粗布制作，用于驴拉磨时遮盖驴眼的小布片，以防止驴偷吃粮食。

三是家什类：

花磨，石磨的缩小版，装有手柄，通过手工转动，磨碎芝麻、绿豆、海盐等颗粒较小的食品。

蒜臼，石头制，用于捣蒜。

火镰，铁制，在火石上碰撞可以打出火花。

火媒儿，棉纸卷起来，配合火镰使用，用于引燃火镰打出的火花。

火石，火镰打火用的石头。

席，高粱秆皮编织而成，用于铺床。

帕儿，坐具，麦秸秆或高粱叶编制而成，圆形，直径约50厘米，厚约5厘米，多用于老年人纺花时坐。

织布机，人工织布器具，由元朝女科学家黄道婆发明。

纺花车，将棉花加工成棉线的器具。

月儿，木制，类似于四柱花架，约30厘米高，20厘米宽，织布之前缠线的工具。

提锣儿，石头或陶瓷制，鸡蛋大小的圆锥体，上插一约10厘米、长5厘米粗的木制手柄，通过旋转使

纺花车（图片来源：中原农耕文化博物馆）

棉线收缩更细更结实。

缯（zēng），织布机配件，用于把逐根经线均匀分开，使溜子通过。

溜子，即织布机梭子。

龙腹儿，织布机配件。用约5毫米粗细的竹子截成约8厘米长的小段，缠棉线装入溜子，织布时穿引纬线。

箸，织布机配件。用于把经线逐根分开。

煤油灯，玻璃制，装入煤油，通过点燃捻线来照明。

瓢，成熟葫芦竖着一分为二，挖去内瓢，晒干后舀水或挖粮挖面用。

鏊子，铁质烙饼器具，平面圆形，直径约 30 厘米，中间部分稍微隆起。

箆子，竹制，用于刮掉头发内藏的虱子。

簸箩，柳条制，圆形碟状，直径约 1.2 米，深约 15 厘米，用于淘洗或晾晒粮食。

簸箕，柳条制，略呈扇形，长宽各约 40 厘米，三边有抓手，一边有缺口，通过簸动去除粮食杂质。

壳篓，柳条制，比簸箩小，但比簸箩深。

半升，量粮食的木制容器，容量为一升的一半。

提斗，为产妇送米面专用的木制容器。通常下面放面，上面放鸡蛋。

盒子，专门用于装礼物的器具，使用时须两人抬着。通常用于送米面、新婚夫妻大年初二看望岳父母。

锥子，带木制手柄的钉子，用于穿孔。

顶针，钢制，缝制衣服时戴在中指上，顶住缝衣针底部，使缝衣针用力。

扫帚，两米高左右的竹子，根部捆扎在一起，梢部连叶子散着，用来打扫院子或较大的场地。

笤帚，成熟的高粱穗去籽后捆扎为扇状，用来打扫屋子或较小的场地。

炊帚，材料同笤帚，圆状，专用于刷锅、打扫案板等厨具。

四是其他类：

碾道，即碾房，碾粮食的地方。

磨道，即磨房，磨面的地方。

牛屋，生产队专门用于养牛的房子。也经常用于开会等多种用途。

牛槽，石头制，长约1米，宽、深约30厘米，槽状，搅拌草料用于喂牛的器皿。

猪食槽，石头制，类似并略小于牛槽，用于喂猪。

蓑衣，用麻线将玉米叶或高粱叶根部穿起来，披在衣服外面做防雨用。

横挂锁，铜制。根据弹簧原理制成的门锁。

旱烟袋，吸烟器具，由竹制烟袋管儿、玉制烟袋嘴儿、铜制烟袋锅儿组成。烟袋杆儿一端安烟嘴儿，另一端安烟袋锅儿，并配附装烟末用的烟口袋。

水烟袋，铜制，一种高级吸烟器具，主要由烟管、吸管、盛水的水壶、烟盒、烟针等构成，在烟管和吸管之间连接一水壶，使吸入的烟雾通过水壶，以减少热量，起到清热去火的效果。烟盒存放烟丝，烟针挑烟灰用。

搭包，约 30 厘米宽、150 厘米长的布腰带，其用途一是为了扎紧腰便于干活发力，二是扎在腰里便于腰间插带工具。

这些老物件大部分已不再使用，但民间仍有留存，本文用"那些'消失的'老物件"作题目，意在强调这些老物件虽已在使用环节消失了，但在博物馆、收藏馆，甚至在民间仍可以看到。

五月当午

　　五月初五的端午节，是全国范围内知名度较高的一个节日。通行的说法叫端午节，而我们家乡叫五月当午，最大的可能是口音问题，把"端"念作"当"了。按照通行的说法，端午节起源于古代星相学。按照天干地支学说，五月是午月，初五又是午月的第一个午日，古人在这一天的午时也就是正中午要进行祭祀活动。后来各地又根据当地风俗习惯增添了许多新的内容。比如：按《易经》的说法，五月初五正午的时辰是"飞龙在天"，一些地方就搞起了赛龙舟的活动；屈原在五月初五投江自尽，屈原家乡一带增加了纪念屈原的内容；还有一些地方因为"五"和"恶"（即厌恶的恶）发音相同，则把五月初五念作"恶月恶日"，看作一个邪恶的日子，因而要举行一些驱邪辟灾的活动。类似的情况还有很多。随着文化交流和民族融合，也随着经济社会发展，端午节的各类民俗活动越来越多。

在我们家乡，五月当午虽然没有赛龙舟之类的大活动，但富有特色的民俗活动还是不少的。太阳出来之前，人们先到塘边河边洗洗手、洗洗脸，然后到田地里采野茶和艾叶。所谓野茶，并非真正的茶叶，而是一些可以熬水喝并具有清热解毒功能的野生植物。记得有车前草、蒲公英、猫猫眼等。据传说，每年的五月初五的凌晨，王母娘娘把炮制了一年的中药洒向人间，这天早上用河塘里的水洗脸可以除百病，用早上采的野菜野草煮水喝可以清热解毒，防病治病。洗脸和采茶必须在太阳出来之前进行，太阳一出来，王母娘娘洒的药就失效了。所以，每到五月当午的早上，乡民们早早起来，成群结队地到河边洗脸，接着采艾叶和野茶，然后把艾叶扎成小把挂在门口，可以驱虫辟邪。再把采来的野茶放在家里晒干备用。野茶一般都是到了夏天特别是在收麦的时候熬茶喝。我记得，真正煮水喝的野茶，也只有蒲公英和车前草，这两种野茶本来就是中药材，什么时候采都可以熬茶喝，而五月当午采的都是刚刚生长出来，更嫩更小，似乎不符合中药材越老药用价值越高的道理，我也不知道为什么要在五月当午刚一发芽就挖出来。

端午节吃粽子是很多地方的风俗，而我们家乡没有。原因可能与家乡不产大米有关，因为粽子一般都是用大米和大枣包成的。但是，既然是个节日，总得搞点吃的，改善一下生活。于是，早上这一顿饭，除了正常早饭，要煮几个鸡蛋和大蒜，据说这也和败毒有关。大蒜败毒好解释，吃鸡蛋的原因就说不清楚了。对于平时只舍得拿鸡蛋换盐、用大蒜调菜的年代，这也算是节日带来的好处吧。

五月当午还有个习俗，就是家里有孩子的，早上起来要给孩子们戴上香布袋和五色线。香布袋就是城里人说的香囊，一般用五颜六色的布片缝制成三角形小布袋，也有制作成老虎或猪狗等小动物形状的，里边装上用雪草根和艾叶制作的香料，再缀上一根五色线挂在孩子们的脖子上。蒪草是一种野草，根部有一种怪怪的香味。艾叶是一种著名的中药材。这两种东西在家乡的路边到处都是。五色线就是用五种颜色不同的棉线搓合在一起，除了挂香布袋用，还要在孩子们刚一起床绑在孩子们的手脖和脚脖上。因为装满艾叶和雪草根的香布袋确实有一种异常的香味，据说戴上可以驱虫辟邪，这个说法似有道理。手脖脚脖戴五色线则是为了吓长虫（蛇），传说长虫见了五色线就会吓跑，不再害人。这个说法就有点牵强了。还有个说法，这五色线要戴到下雨天才能解下来，雨下大了，把五色线解下来，扔到水道眼儿（院墙下边的排水洞）里顺水冲走，等于把蛇、虫子冲走了，以后就不会碰到蛇虫之类的东西了。针对这个说法，我和小伙伴们比较好奇，曾经用五色线吓那些真蛇真虫，实验证明自然是没有丝毫作用。

民俗是反映民情的，在科学并不发达的过去，民情风俗是应对自然灾害的无奈之举。进入农历五月，天气变热了，有毒气体越来越多了，毒虫毒草也都陆续出笼了，人们受到侵害的可能性越来越大了，于是人们就借助于王母娘娘的恩赐，借助于大自然的力量来驱虫辟邪、消灾祈福。从这个意义上说，一些地方把端午节说成是"恶月恶日"似乎也有一定道理。

儒者九儿哥

从传统意义上说，我们村在新中国成立前出生的人当中，九儿哥是唯一的读书人。他不仅读过《三字经》《百家姓》之类的普及性读物，而且读过"四书""五经"之类的国学经典。特别是熟读了《论语》和《孟子》等儒学经典，属于典型的儒家传人。

九儿哥官名刘明权，小名九儿。弟兄三人，他排行第二，不知道为什么叫个九儿。奇怪的是，村上比他辈分高的，或同辈分年龄比他大的，都叫他的官名明权，而同辈分比他小的或者辈分比他低的，反而用小名称呼他为九儿哥、九儿伯或九儿叔。我跟他属于同辈分远房亲戚，年龄又比他小，自然叫他九儿哥。

九儿哥出生在新中国成立前，一生未娶。打我记事起，他就住在一间小房子内，山头留门，吃饭、睡觉，包括招待客人都在一个屋子里。有个四四方方的小宅院，没有院墙，靠树丛围着，村里人有时候为了抄近道，老从他院子里过，时间长了就成了一条小路。他是个五保户，不用种地，但附近有个自己的小园子，种点葱、蒜、倭瓜之类的自己吃。他似乎眼睛和耳朵都不太好使，基本不与外人打交道，过着自给自足的生活。

九儿哥家里有很多古书，都是线装古版印刷，我少年时期经常到他家翻看，大多看不懂，连书名也没有记住。只有一本叫《玉匣记》的书记得最清楚。《玉匣记》内容半文半白，图文并茂，细心看能够略知其大意。书中内容包罗万象，从祭祀、嫁娶、赴任、出行、开张、耕种、眼跳、耳鸣、占梦、秤骨……各种奇奇怪怪的占卜之术都可以在其中找到相关资料。九儿哥很爱惜他的这些书，总是把书放在很密闭的地方，只有他自己知道，时不时拿出来自己看，别人不经过他允许是无法看到的。只有那本《玉匣记》平时放在小书桌的抽屉里面，只有我可以随便拿出来翻看。别的书我也很难看到，也多次提出想看别的书，他高兴的时候会拿出来几本，不高兴的时候一句"你看不懂"就打发了。

　　九儿哥性格孤僻，不爱主动与人说话，别人主动与他说话他也爱搭不理。家乡有个习俗，吃饭的时候如果遇到有人从跟前路过，要礼貌性让一句"来吃饭吧？"或问一句"吃了没有？"他不喜欢这些虚话，他从来不说，别人说了他要么不搭理，要么会回呛一句"说那不是如哩（即白搭）嘛！"所以除了他哥哥弟弟们的孩子时不时去看看他，村里和他交往的人不多，而我是个例外。我喜欢到他那里看他的古书，去多了他也不怎么烦我。时间长了他还会和我讨论一些问题，很多问题我也能和他说到一起。有时候为了去看他的古书而讨好他，故意说一些他喜欢的话题而回避一些他不喜欢的话题。比如他喜欢出门看日子，我凡需要外出时就会问问他，想看他的古书的时候找个理由说要看书解梦，这样他会认为是尊重他，尊重书本上的知识。他会看黄道吉日，也经常有人找他"看好儿"，有的他给看，但从不收费，有的则会拒绝，因为在他看来，找他的人心不诚。但对我却总是很主动。考大学的时候他经常为我提供一些出行日期方面的参考和相关注意事项。有一年高考之后做了一个梦，第二天一早就去问他，他说这个梦对你不利，结果不幸被他言中，名落孙山。后来上了大学，每次开学之前他都会主动给我说一个最佳返校日期。为了尊重他，我也尽可能按照他提供的日期出行。

严格说，九儿哥不算很有学问的人，但是他很有文人的气质和骨气，我称他为村上最后一个儒者。他爱书爱知识，爱干净爱节俭，喜欢有知识有修养的人。他爱憎分明，不讨好人，不附和人，得理还不饶人。这也注定了他一生的孤独和孤僻，同时也造就了他一生的儒雅。特别老年的时候，耳聋眼花，更不怎么与人交往。我到外地工作以后，每次回乡都会去看望他，与他絮叨一些往事。后来再回去，听说他已去世，心中不免一阵惆怅。不管咋说，我从他那里看到了不少古书，学到了不少学问，我认可他在很多问题上的看法，我认可他是一位乡村儒者。

粗布衣

　　20世纪五六十年代的家乡，人们穿的衣服基本都是粗布做成的，甚至帽子、袜子这些小穿戴，也是粗布加工而成，天天使用的手巾，则是直接在织布机上织成的。一身衣服，除了扣子（那时候拉锁很少）是买的，其他的完全可以做到自给自足。记得在10岁前后，几乎全身都是母亲缝制的粗布衣、粗布鞋。最早穿过一件蓝士林布做的棉袄，是母亲给我做的新年衣服，过年走亲戚后就得脱下来放着下个新年再穿，穿着它度过了好几个新年。后来实在太小了，也破破烂烂了，母亲就把它送给村里一个没有母亲的孩子继续穿，那是我第一件取代粗布的衣服。后来又穿过一件化肥袋做的裤子，再往后来，哥哥姐姐穿破的洋布（当时把凡是在商店撕的、粗布以外的布统称为洋布衣服），母亲把它改一改给我穿，我的洋布衣服才陆续有所增加。尽管如此，上大学之前，身上一直是以粗布衣服为主的。

中国农村妇女的伟大就在这里，她们的一双双巧手，不仅可以让全家人吃饱吃好，还要全家人穿暖穿美。千百年来，从棉花到衣服都是一个非常复杂而又非常漫长的过程，而这个复杂漫长的过程就是要靠一双双女人的手去完成。让我们回顾一下这个过程吧：

摘棉花。棉花花瓣打开后，把棉花一朵一朵摘下来，晒干备用。摘棉花几乎是女人的"专利"。

轧棉花、弹棉花。用轧花机把棉花籽轧出来，再用弹花机把棉花整理虚化、均匀。这是一个唯一由男人完成的环节，但轧花机、弹花机却是元朝女纺织专家黄道婆发明的。

搓花捻儿。用一根约1厘米粗30厘米长的"条儿（高粱秆最上部的一段枝条）"，在门板上把棉花搓成约3厘米粗25厘米长的花捻儿。

纺花。用纺花车把一个个花捻儿纺成线，缠在锭子上，形成线穗。

拐线。用"拐子"把线穗上的棉线像绕线圈一样缠在"拐子"上。"拐子"约60厘米长，工字形。

浆线。把棉线从"拐子"上取下来，在很稀的小米汤中揉搓一下晒干。

染线。根据要织布的花色品种，把一部分棉线染成想要的颜色。

倒线。把浆过的棉线倒腾到"月儿"上。"月儿"，类似如今的木制四柱立体花架，四根柱子用上下两个十字架安装在一起，高约30厘米，宽约20厘米。

经布。根据要织布的长度和宽度，在地上钉两排"木橛（jué）儿"，再把若干个缠棉线的"月儿"放在一起，把每个"月儿"的线头合并起来，绕来绕去挂在两排"木橛儿"上，最后把合起来的线束挽起来，这就是织布的"经线"。"月儿"上的线是经线，因此"月儿"的多少决定织布的宽度，两排"木橛儿"的距离和多少，决定要织布的长度。如果要织的布是竖条花布，则"月儿"上的线也要用不同的颜色。

掏线。把合并的棉线一根一根地穿过"缯（zēng）"和"箸（zhù）"。"缯"和"箸"是织布机上的部件，掏线的时候可以拿下来。掏好后放在织布机上。"缯"的作用是把每根经线交错分开，织布时让纬线穿过；"箸"的作用是为了织布时把纬线挤得更密。

打"龙腹儿"。把一部分浆过或染过的线缠在"龙腹儿"上。具体方法是，把"龙腹儿"安在纺花车的锭子上，通过转动纺花车把线缠在"龙腹儿"上。"龙腹儿"是织布机梭子里边的一个小部件，用5毫米粗细的竹子制成，长约八厘米。"龙腹儿"上的棉线是织布的纬线。

织布。上述环节准备好了，就可以织布了。织布机是手动的，结构挺复杂，织起布来需要手、脚、眼并用，据说织布机也是黄道婆发明的，在广大农村一直沿用到20世纪五六十年代。

染布。根据做衣服需要的颜色，土法印染。染料需要购买。

剪裁。做家常衣服上点年纪的妇女都会剪裁。老式服装也比较简单，上衣叫"对门儿"，下衣叫"大裆裤"，这些一般家庭妇女均可剪裁。做制服则需要找专门的裁缝剪裁。

缝制。老式服装多用手工缝制。后来个别家庭有

织布机（图片来源：中原农耕文化博物馆）

了缝纫机，衣服则用缝纫机缝制。单衣缝制比较简单，用密密麻麻的针线连到一起即可。棉衣先缝制成双层，然后填入棉花或套子（用过的棉花）。

纳鞋底。用破布条布块一层一层铺约5厘米厚，根据穿鞋人脚的大小收边或裁边，再用细线绳一针一针密密麻麻地纳成鞋底。

上鞋。用针线把做好的鞋帮和鞋底缝制到一起。

缝制床单。用两幅或三幅织好的布，缝制在一起可以做床单。

套褥子和被子。把被里子和被表缝制在一起，装入棉花或被套。如果装棉花还要用针线把被里子和棉花"绗（háng）"到一起。

这就是粗布衣制作的全过程。这样分类不一定准确，但也足以说明妇女劳动的复杂、繁重与艰辛。其实这还只是一般程序，具体的内容和工作量更要复杂得多。棉花质量的好坏，布织成什么颜色、做被子还是床单，做单衣还是棉衣，做长裤还是短裤，衣服的大小款式以及缝补浆洗等，五花八门，可以说没有一件是重复的！记得当年穿过的粗布衣，单色的居多，但也有竖条子的，有花格子的，有些还有很复杂的条纹。

这些复杂过程的背后，需要时间，需要体力，需要智慧，需要心灵手巧，需要任劳任怨！而这些都是由女人们默默地完成的！如今，随着现代文明水平的不断提高，这一套老工艺早已不复存在。不知道这个过程还能有多少人了解，特别是其背后的付出还有谁能够理解。我曾写过一篇文章叫《失传的庄稼活儿》，表现男人的不易，

女式对襟棉袄（图片来源：中原农耕文化博物馆）

再看看这篇文章你会感叹：真正不易的是女人！

老粗布的优点是穿上贴身舒适。过去刚有洋布的时候，看着好看，但穿上去不如粗布，所以只适合做外衣，贴身的还是粗布好。但是粗布毕竟是一路手工制成，粗糙不说，还不结实，不经穿，一年两年就烂了，特别是膝盖、胳膊肘、屁股的部位，最容易磨破。好不容易做成的衣服，有几个磨破的地方，扔了可惜，只能补一补继续穿。所以，老粗布衣服几乎都是补丁摞补丁，实在没法穿了，也不舍得扔，还可以撕成小块做鞋底用。

常言道：要穿还是粗布衣。这是一句流行在20世纪的老话。过去这样说并不是因为老粗布有多好，而是因为当时并没有选择的余地，好不好也没有别的可以取代。今天看来这句话也并不过时。今天说这话才是对老粗布的真正怀念，怀念原来那种老粗布的手工、绿色、原生态的优点，是真正的怀旧与留恋。只可惜，过去那一套制作粗布衣的手艺几乎失传了！虽然用现代的方法也可以制作出来，但已不是原来意义上的粗布衣，过去的那些手工、绿色、实惠的特点如今已被流水线和价高物美所取代，看似粗布，其实是自动化的成果。

牛屋逸事

刚记事的时候，我家离生产队的牛屋很近，牛屋是我童年时期除学校之外的主要活动场所。个别时段，甚至超过了在家的时间。当年牛屋里的逸闻趣事和本人与牛屋的深厚感情至今难忘。

牛屋，是农村生产队的产物。实行初级社、高级社和人民公社化以后，农业生产资料及其成果，是以生产队为基础集中使用和分配的。当时的农业生产资料有三类，即土地、大牲畜和大型农具，这些均由生产队集中统一管理和使用。劳动力虽然分散到各个家庭，但也由生产队统一调度，统一管理，统筹使用。当时家乡一带的大牲畜主要是骡子、马和牛。具体到我们生产队，没有骡子和马，只有牛。记得当时我们村共有三百来口人，分为两个生产队，即北队和南队，我家属于北队。北队共有五六百亩耕地，夏秋两季的种和收，中耕锄草和管理，主要是靠劳动力，而土地耕作和大量的运输作业，则主要是靠耕牛。根据老年人讲，一犋（ju，即可搭配使用的两头牛）牛，可以承担大约 100 亩土地的耕作和运输任务，这样，像我们有五六百亩土地的生产队，要养五六犋牛，也就是十几头牛。养牛，需要专门的房屋，这样，每个生产队都建有专门的牛屋——这就是牛屋的来历。

牛屋的户型一般是"四室一厅"，即农村所谓的"三间头"房子，分为五个部分，中间的"一厅"相当于集体空间，是摆放工具、料缸和"牛把儿"休息活动的地方，两头的两个房间分别分为两个部分共四个空间，一个用来堆放冬季的主要饲料——麦秸，其他三个是喂犋牛的地方：三个牛槽和三个牛铺。通常是一犋牛公用一个牛槽和牛铺。这是一个牛屋的基本格局。当时我们生产队共有六犋牛，连带建了一栋六间的房子，分隔为两个牛屋。另外还多建了两间棚子，平时放牛车、犁子耙等农具，大牛生了牛犊，在长大之前

牛槽（图片来源：中原农耕文化博物馆）

也在棚子里边暂时喂养。

　　"牛把儿"是牛屋的主人。一个牛屋也就是五六十平方米，三个"牛把儿"6头牛，已经够热闹了，可是很多人都爱往牛屋凑，特别是冬天。为了给牛取暖，牛屋一到冬天便火堆不断。这就吸引了不少人，有来打牌的，有来听"瞎话儿（讲故事）"的，有来坐麦秸窝取暖的，有来烧红薯烧玉米的，还有纯粹来凑热闹的。人多的时候每个牛屋挤进去十来个人，以至于经常有人提前去抢位置，好在大家都不怕空气不好，闻惯了其实也没那么难闻。"牛把儿"们反而经常自嘲说，当"牛把儿"长寿，牛粪可以烧火，牛尿还可以治病呢!

　　牛屋的好处似乎都是对大人的,其实孩子们对牛屋更有兴趣。当年和小伙伴们都是牛屋的常客。我曾经对长大当"牛把儿"有过极大兴趣,不少小伙伴也有同样的"远大理想"。其中重要原因来自对牛屋的兴趣。能吃烧红薯是喜欢牛屋的一大原因。当时的红薯并不稀罕,问题是家里的火不方便,而烧红薯又是红薯中最好的吃法。"牛把儿"们不知道哪儿来那么多红薯埋在麦秸堆里,你只要愿意,每天都可以去烧红薯吃。去看大人们的活动也是一个原因。雨雪天或农闲季节,特别是年关前后,每天一个牛屋至少有一场打牌的或推牌九的大人们,还有下象棋的和支招的,也够热闹的了。还有一个原因是听"瞎话儿"。村里有几个能人,记忆力特别好,能把看过的戏听过的书或者听别人讲过的故事全都记住,并能够原原本本讲给别人听。我的近亲振德表哥就是一个高手。平时干活大家都喜欢听他讲故事,下雨天或冬天农闲时候大家会拉他到牛屋讲故事。他讲的大多是《七侠五义》等古书上的内容,用白话讲出来特别吸引人,有时候能在牛屋讲几天几夜。"到牛屋听瞎话儿去!"成了小伙伴甚至大人们的一个口头禅。

冬天的牛屋，还有一个很重要的好处就是钻麦秸窝取暖。20世纪五六十年代的农村还非常穷，穷到没棉裤穿没被子盖的家庭还不少，特别是多子女家庭，春夏秋三季还好说，到了冬天，棉裤不够穿，棉被不够盖。那时候的天气比现在冷多了，坑里一到冬天就上石冻。取暖怎么解决？到牛屋钻麦秸窝去！白天坐麦秸窝说"瞎话儿"听"瞎话儿"，晚上就睡在麦秸窝。坐麦秸窝就是坐在麦秸堆里，用麦秸把全身都盖住；睡麦秸窝就是躺麦秸堆上，上边盖上麦秸。当然，再烀（ðu）上麦糠熏着，牛屋里便非常暖和了。也有的单身老年人，一到冬天就住在牛屋里，除了中午回家做饭，早饭晚饭就在牛屋烧个红薯也就解决了。

乐趣并非只在冬天才有。小伙伴们一年四季都爱去牛屋门口的土堆上玩儿游戏。在牛屋的门前，一年四季都堆着一两个四五米高的圆锥形大土堆，用来垫牛圈，土堆上的土边用边添，不能断档。这便给我们十来岁的孩子们提供了一个做游戏的好舞台。在土堆上常玩儿的游戏有两种，这两种游戏的名字都是小伙伴儿们自己取的。一是打秃噜，在土堆的斜坡上扒几道类似滑道的浅沟，孩子们排着队爬到土堆上，再轮流沿着滑道秃噜下来，就像如今城市公园里的滑梯。另一种游戏就是争高山，争高山是一个集体项目，通常要4个人以上，多者不限，通过甩黑白手的方式分为人数相等的两班，如果多出来一个人，就补到稍弱点的一方。然后两班人马分散站到土堆的周围，有人喊"预备——开始！"大家便争先恐后往土堆上爬，先爬上去的把对方爬上去的人往下推，爬上去晚的也可以把先爬上去的往下推，就这样，哪一组的人都上去了，而且把对方的人都推下去了，哪一组就算赢了。哪怕把对方都推下去了而本组的人没上去完，或者本组的人都上去了对方有一个人没推下去，就不算赢。争高山的好处是，竞争性强，一年四季都能玩儿。因为土堆松软，玩起来很安全。特别是冬天，玩儿起来还有驱寒的作用，因而深受小伙伴们欢迎。

小小的牛屋，也发生过一些重大历史事件。冬天或下雨天的群众会，需要通过抓蛋儿解决问题的重要活动，红白喜事的酒桌，突然传来最高指示要立即传达，等等，通常都要在牛屋进行。

牛屋也发生过不愉快的事。偷牛草料的事时有发生。牛料是碾碎的黑豆，在牛吃草时用牛料加水泼在草上，以增加牛的营养。牛的草料人是不能吃的，但是对驴、羊和猪来说是一种很好的饲料。那时间家庭虽然不能养牛，但可以养驴、羊和猪。于是就有人偷草料喂自家的驴、羊或猪，甚至个别"牛把儿"监守自盗。有时发现牛料少了，大家互相怀疑，因为没有证据最后都不了了之。只有一回，一个偷牛料的被"牛把儿"抓住。他的办法是弄一只大硌镂碗，装满牛料扣在肚子上，然后用绳子把碗绑在腰上，外边穿上大点的衣服把碗盖住，晃晃悠悠就要回家，恰好饲养员到了，一看缸里牛料少了，而那个人穿的衣服可疑，就跑过去掀开衣服抓个现行，交给队长。因为偷牛料的还是个孩子，队长批评一顿也就不再追究了。

　　牛屋是一个男人的世界，吵架打架的事也在所难免。因为打牌耍赖，因为推牌九欠账不还，因为看象棋的观众插嘴支招，等等，都有可能成为吵架打架的缘由。好在牛屋历来就像一个角斗场，吵完打完一切恢复如初，继续着打牌下棋的业余生活。另外牛屋也是个信息源，村里村外发生的大事或鸡毛蒜皮的小事，大多在牛屋汇集，再传到四面八方。

少年的我，从牛屋得到了不少物质享受，也从牛屋里外增长了不少见识。坐麦秸窝、烧红薯、听"瞎话儿"、争高山，我一直都是个主力成员。遗憾的是，在我上大学之前的 1978 年，生产队的土地承包到户了，牛也分到各农户喂养，牛屋也就寿终正寝了。工作以后，每每回乡追寻牛屋时代的旧梦，看到的、想到的，却都是葱郁的竹林，成排的农家小院，和对家乡未来的憧憬。

我的高考

20 世纪 70 年代末恢复高考以后，我一共参加过三次高考，即 1978 年高考、1979 年高考和 1980 年高考。尽管结局是比较理想的，但过程是备受煎熬的。

一

第一次参加高考是 1978 年 7 月。这次高考是恢复全国统考的第一次。1977 年虽然恢复了高考，但属于省考，而且文件下来比较晚，大家都没来得及准备。第二年恢复了全国统考，但高考时间提前了半年，通知 7 月 7 日开考。过完年决定参加，准备时间也就 5

个月，复习资料连一遍都没翻完即仓促上阵。结果小有惊喜，竟然考了 257 分，超过了许昌考区文科 251 分的预选分数线。接着填报了志愿，接受了政审，然后是漫长的等待。一个月过去了，两个月过去了，三个月过去了，全国各地的学校都开学了，也没有等到个结果。但是，第一次参加高考就能入围，不仅让我信心大增，而且也赢得了周围人的刮目相看。一个没有正式读过高中的考生，竟然差几分就考上了大学，连我自己都不太相信！可是事实就是这样，而结果又是那么残酷！

虽然最后没有被大学录取，但谁谁谁"考上了"已名声大噪。大队学校的校长动员我去当代课老师，我喜出望外，因为我一直的理想就是做一名民师。正在这个时候，刚刚恢复的公社高中办补习班的通知也发下来了，我的名字名列前茅。我犹豫，我纠结，当民师好呢，还是继续复习考大学好呢？内心想复习考大学，又怕考不上了当民师的机会也错过了。正在犹豫不决，父亲一锤定音：去复习考大学！

二

决定返校复习已是十来月份了。结果刚到学校，得了一种十分奇怪的病：嗓子突然像刀割破一样疼痛，只能喝稀饭，其他任何东西都咽不下，也不能大声说话，公社医院医生们毫无办法，只好回到家里。找了几个老中医，吃了中药仍然没有好转，后来二哥骑自行车带我到鲁山县磙子营医院，医生诊断后开了一种叫什么糖浆的药回家服用，结果有所好转，直到春节才完全恢复。这时候学校已经放假，半年就这么过去了。过完春节立即返校投入复习。所谓复习，就是和文科应届毕业生一起听课，等于学习了应届毕业生学过一遍转入复习的内容，说到底就是老师划重点，考生们背习题，天天如此。学理科的天天要做习题，所以他们讽刺文科生都是"背书机"。复习了大约5个月时间，眨眼间到了7月高考。关于第二次高考，我只想说几个细节：第一，复习期间得到了当时常村高中校长张景祥老师的直接关照，这一点我在另文《亦师亦友张景祥》中有较为详细的记述。第二，非常巧合的是，又以与上年同样的分数，即文科 257 分进入预选分数线，更巧的是许昌考区文科的预选分数线仍然是和上年一样的 251 分，不用说，结果也是一样的，经历了报志愿、政审、等待录取等一个漫长的过程，依然名落孙山，即便比我多 1 分的考生上了叶县师范，尽管根据当年的政策，我给许昌地区教育局领导写了一封愿意走读的信……然而一切都落空了！第三，说一件神奇却也真实，并非迷信的趣事。就在等待录取通知书的过程中的一天夜里，我做了一个奇怪的梦，梦见在雷雨交加的天气中我在路上奔跑，突然一声炸雷，我看到天上伸出一只龙爪朝我而来，我立即趴下，趴在泥窝中，醒来惊出一身冷汗。第二天我跟村上读过私塾的九儿哥说起来，他连连摇头叹气，半天说了一句"对你的考试不利啊！"我失望至极，不久即得到应验！第四，这样一个结果，竟让我在短短几个月尝到了荣辱俱来的滋味。说光彩也真够光彩的。虽然没有被录取，却浪得虚名，成了十里八村最有学问的年轻人。说媒的三天两头往我家跑；学区负责人找我父亲商量愿意让我去任何一个学校当民师；马上通电了，公社招一批电工，把我列入了培训名单；征兵马上开

171

始了，民兵营长动员我报名参军，连大队支部书记都找我谈话……已经20岁的我，真的有点飘飘然，愿意接受上述的任何一种选择。可最后还是父亲一锤定音：只能复习考大学，别的什么都不能去！

光彩过后便是屈辱。在当时的农村，几乎所有人都不知道中专、大学的区别，只要被录取了，不管是什么学校，就是考上大学了。也不知道预选这一说，只知道过线了就是"考上"了。像我这样两次"考上"，两次都没有被录取的情况，并不是所有人都能正面看待。多数人是安慰、肯定，鼓励继续努力的。也有人是冷嘲热讽、讥笑挖苦甚至是极尽羞辱的。当时的邮递员经常骑着摩托到各村送信，有时候突然路上过来一个骑摩托的，就会有人讽刺道：快看看是不是给你送录取通知书的。有一次在地里干活，和一个远门老兄争论一个问题，最后他理屈词穷了，就来了一句"快看快看，给你送录取通知书的来了，快去上大学去吧"。遇到这种情况我就会心如刀割，甚至泪如雨下，但也只能忍气吞声，默默咽下。这时候我就会想：坚决不再复习考试，如果再考不上，会被那些人给羞辱死！

说话间又到了开学季。不仅公社高中发来了复习班开学通知，县办高中也就是如今的县一高也发来了复习班开学通知——他们都把我列为复习班的学生。公社高中的张景祥校长还专门给家里捎信，让我免学费参加学校的高考复习班。这时候我已心灰意冷，无论谁说都不再复习。背着家人，连行李都没拿就跑到罗圈湾大队参加了公社在那里举办的电工培训班。

刚到培训班的第二天，家里捎信来，父亲病了让我快回。我当天晚上就回到了家里，到家以后发现气氛异常。父亲虽然身体不好，却也没有什么大病，一家人没人搭理我。吃过晚饭，二哥告诉我要开家庭会。这时候屋里已点上了煤油灯，母亲哭哭啼啼，父亲铁青着脸，大哥二哥三哥一个个满脸严肃，我也悄悄坐在屋角。人齐了，二哥首先发言："谁让你去电工班了？不准再去，明天就送你去复习班，如果不去复习班，给你买个架子车，就在家干活儿，哪儿都不准去！"短短几句话把我立刻吓哭了！这时候三哥接着说："去复习吧，你要考上大学，我送你一块手表！"大哥抢过话题："你只要去学校复习，我现在就把手表给你！"那时候，大哥在平顶山的一个建筑公司工作，三哥是个兽医，在公社兽医站工作，俩人都有了手表。这时候二哥又插话说："你要去复习，家里的自行车给你，不用你跑路。不去复习，今后不准骑自行车，只能拉架子车！"

家庭会时间并不长，父亲始终没说一句话，结果只有一个，我只能乖乖地接受全家人的一致决定：重回公社高中复习班，踏上第三次高考的征程。这时，已经进入1979年10月，离下一年高考也就是七八个月的时间。

三

家庭会的第二天，二哥用自行车驮着我的被褥和伙食（红薯面、玉米糁和好面），把我送到了公社高中的复习班。返校以后，张景祥校长首先接见了我，叮嘱了我一些注意事项，诸如插到应届毕业生班里，跟他们一样上课一起作息，遵守纪律之类的话。还特别告诉我，不要光往家里跑，星期天也不要回去了，缺什么直接找我就行了！如果嫌教室乱，可以到我的办公室自习，如果怕集体宿舍睡不好，就住到我的办公室吧！我不能说校长多么爱才，因为那时候我还没

174

有成才。我只想说，作为一个校长，为了我能够成才，跟我的父母、我的哥哥对我的要求和关怀，还有什么区别呢？

插班复习的好处是和应届生一样有更多的机会听老师讲课，作业有老师批改，也有学习氛围。不足的是，对于没有系统学习过高中课程的我来说，很多课是听不懂的，因为老师讲课也是复习功课，不可能像讲原始课程那样按正常进度讲，而往往是讲重点，点到为止。而很多重点只有在全面熟悉课程的情况下才能理解。所以插班一段时间以后感到力不从心。我当时的心态是怀疑我的理解力，但我不怀疑我的记忆力。文科更需要记忆力，开动"背书机"，死记硬背就是了。于是在拿到所有文科复习资料后，我有了退却的念头，打算回家，或找一个僻静的地方发奋背资料。正好这个时候，遇见了一位叫杨献的老兄。他是原来公社农大的食堂管理员，农大撤销以后，他和另一个炊事员留守在农大的一个院子里。杨献老兄说，农大的老房子天天空着，那可是个读书学习的好地方，有房子住，基本没人打扰，还可以跟我们搭伙吃饭。我去实地进行了一番考察，一下子就喜欢上了那个地方。说着说着春节就到了。回家过了一个短暂的春节，就直接搬到农大老院子去了。

四

过完春节，已是春暖花开。直到高考，我在农大老院子度过了一段最充实的时光。农大建在距离公社高中以西不远的一座山坡上。说是个院子，院墙早已半半截截地坍塌了，几栋房子也都破旧不堪，多数跑风漏雨。但是周围的环境很美。房屋坐落在半山坡上，周边丘陵起伏，野树、野花、野草遍地都是。往西再往南大约半里地，曲折蜿蜒的漂麦河及沿河的绿树带环绕而过，西南的远处是巍巍的伏牛山余脉。传说这一带曾是唐朝道士元丹丘隐居炼丹和明朝清士高文通隐居读书的地方，高文通读书入迷，家里晾晒的麦子被大雨冲走的故事就发生在这里。真是一个读书的好地方！也许这正是农大选址这里的原因吧。

杨献兄给我选了一间相对完好的屋子安顿下来。虽然土墙土地板满屋尘土，倒也不影响睡觉，不影响背书。以后的几个月里，我在这里只专注于一件事：

常村农大已被一片美丽的小树林所取代　张运通　摄

每天背各类复习资料。饿了吃饭，瞌睡了睡觉，实在烦了在山坡上跑一圈，其他时间都在背书，真正成了"背书机"。因为我的存在，杨献兄他们两个便可轮流回家，院子里总能保有两个人。同时也解决了我的吃饭问题，顶替了其中一个人的伙食。虽然没有肉菜，但山里野菜、野蘑菇经常成为我们的盘中美味。我的一个最要好的同学张运通，他家就住在附近，经常来陪我聊天，偶尔还会带着自家制作的小菜去犒劳我。

　　并不单调的生活也不显得漫长，又是一年7月7

日高考日。1980年的高考题比预想的容易，一切顺利！三天考完，彻底解脱！当时的心态是，考上了算幸运，如果考不上，无颜面对家中亲人，无颜面对父老乡亲，从此将离家出走，浪迹天涯，永不返乡！结果真是苍天佑我！也真应了一句谚语：功夫不负有心人！没几天就接到了高考成绩通知，竟然比上年高考成绩整整提高了100分，达到357分，竟然超过了当年的第一批录取分数线！直接说结果吧，当年我被第一批录取的新乡师范学院政治教育系录取。接到录取通知书的时候，我正在一个工地当民工，马上被突如其来的幸福包围，辞别了工友，告别了工地，开始忙碌着办理与入学有关的事宜。1980年9月7日，我第一次乘坐火车，第一次离开家乡，第一次把户口迁入城市，也是第一次踏入梦寐以求的高等学府。

到这里，我的高考故事也该讲完了。突然想起一件奇怪的事需要补充一下。根据我的高考分数，报志愿时老师指导我第一志愿报了华中师范学院的经济系。有一天下午常村高中通知我，已经被华中师范学院录取，让我第二天到县教育局领取录取通知书。第二天一早坐公交车跑到县教育局，接待我的一个老师告诉我，说通知书还没到，再等一天吧。然后他把我领到当时的县委招待所，给我安排住了下来。当时激动得一夜没有睡好。第二天上午去一问，他说还没有到，下午来取吧，结果下午给我通知书的时候，录取学校变成了我并没有报志愿的新乡师范学院。当时只顾高兴，也没想那么多，就按通知书的学校报到上学去了。后来跟别的同学吹牛，说领通知书那天，教育局把我免费安排在县委招待所住了一晚。吹牛的意思是想说明县教育局对考生多么重视，没想到人家都没有这样的待遇，而且都是去高考报名所在学校领取的通知书。联系我报的志愿和最后录取的学校，他们怀疑我的录取通知书被调包了！是啊，我报的第一志愿是华中师范学院，我的分数也超过了第一批录取的分数线，口头通知也是被华中师范学院录取。可领通知的时候却变成了新乡师范学院，而且让我等了一天，而且教育局免费把我安排到县委招待所，这个待遇是够高的。

　　我现在把这件事说出来，只是觉得发生在 40 多年前的这件事的确有点蹊跷，但并不为录取到新乡师范学院而遗憾。新乡师范学院也是我当时最喜欢的大学，能被新乡师范学院录取也是我的幸运，我正是从那里起步迈向了真正的人生。其实，一个年轻人通过努力奋斗终于考上了大学，从根本上改变了自己的人生，这就是努力奋斗的必然性。至于通过哪条路实现自己的最终理想，确实有很多带有偶然性的因素。但只要有努力，有奋斗，不管在哪条路上，即便是险峻崎岖，即便是长路漫漫，请你相信，那必然是一条能带你到达理想彼岸的成功之路。

麦收时节

　　家乡处在山岗薄地，麦子比平原地区要早熟几天，20世纪六七十年代没有收割机的时候，一般在五月当午（端午节）前后就要开镰了。其实，如果加上准备环节，进入麦收时节的时间还要早些，二十四节气的小满便是一个标志：小麦会。乡下老日子会比较多，多是固定在农历的某一天，但小麦会在小满这天——实际是小满会。小麦会好像就是为麦收准备的，主题与麦收密切相关，会场上摆放的商品以收麦的农具为主，所谓"杈把扫帚咔笼嘴"。集体经济时代，小麦从收割到颗粒归仓，是使用农具最多的农作物，这些农具除了镰刀需要社员自己购买，其他都由生产队在小麦会上统一购买，平时统一保管，收麦时统一使用。

收麦前的准备工作，首先要购买和修理农具，然后要提前糙（cāo）麦场。那时候每个生产队都有一个百十米见方的打麦场，收麦前要把打麦场的地整理干净、平整、瓷实，叫"糙场"。糙场也是个技术活儿，先在场地上洒水，用牛拉石磙，石磙后边拖一个"崂子"，石磙起碾瓷的作用，崂子起平整的作用。经过反复碾压，达到场地平展、光洁，没有浮土，没有裂纹即可。开镰割麦的前几天，生产队要召开群众会进行动员准备，队长要领着有经验的社员进行巡视查看，一是准确把握开镰时间，排一下收割的顺序；二是估产，分地块估计亩产和总产量。

"蚕老一时，麦熟一晌。"麦熟确实很突然，昨天看上去还是青黄不接，一夜之间就会变得一片金黄。开镰当天，队长敲钟吆喝社员们在村头集合，然后领着大家一起到地头，举行一个简单的仪式，其实也就是队长说几句吉利话，接着郑重宣布"开镰！"随着队长一声令下，社员们迅速挥镰杀入麦田，只听一片沙沙作响，不多时，滚滚麦浪便会变得风平浪静。就这样割一块换一块，换一块割一块，一周左右割麦大头儿落地。同时，生产队几辆牛车一起出动，把割的麦子当天拉到麦场，垛成大垛，等待脱粒。割麦子也算一种力气活儿，有趣的是，那些号称大力士的男人们往往没有女人割得快。那时候多数农活儿都是按天记工，只有割麦子是按"垄"记工。因为我还不算个劳力，所以队长总是安排我替记工员给大家记麦垄，半天一汇总后交给记工员。每次汇总后我发现，女劳力总是比男劳力割得多。这也说明，割麦子不仅是力气活儿，更是技巧活儿。

割麦还有一个比较高效的手段就是铍（pō）麦。铍麦由两个力气比较大的男劳力一组，一人抡铍子，一人推网包，把铍下来的麦子倒在网包里。抡铍子的和推网包的两人要配合默契，还要进行轮换。抡铍子的比较累，一铍子下去可以铍掉十几行麦子，一组每小时可以铍2亩地，相当于十个男劳力用镰刀割麦一个小时的工作量。但是用铍子铍麦有两个缺陷，一是留麦茬太长，既浪费麦秆，又影响麦茬地的耕作；二是只能铍那些长势不好、麦秆细的麦子，麦秆粗的就铍不动。

就这样边收割边运输，一般需要十天左右的时间。

生产队的牛车把割下来的麦子运到打麦场，为了防雨，先把麦子垛成垛，等麦子全部收割完了，再统一开打，也就是进入脱粒环节。

小麦脱粒环节时间比较长，一般要一个月左右。脱粒在麦场进行，麦场有很多禁忌，比如不准带火进麦场，不许妇女儿童进麦场，严禁说不吉利的话。脱粒环节有五个重点：摊场、放磙、扬场、入仓、上垛。摊场比较简单，一般男劳力都会，就是将刚割下来带秆儿的麦子摊成直径十来米的圆形滩状，厚薄均匀即可。一个麦场一般可以摊2至3个圆形滩状同时进行放磙。放磙需要专业人士，通常是生产队的牛把式赶两只牛拉一个石磙，石磙后面拖一个崂子。放磙的要点是碾压均匀，不能有漏点，把每一粒麦子从麦穗中都碾出来。碾压结束后，把麦秸挑开，剩下的麦子和麦糠混合堆积起来，通过扬场把二者分开。扬场更是技术活儿，用木锨把麦子和麦糠混扬起来，通过微风的作用把麦糠吹开，麦粒留下。年轻人大多不会扬场，一个生产队也只有那么十来个年龄较大的老人会。扬场的难点在于天气和技术。必须是晴天微风天气，没风不行，风大了也不行。技术上，要把握扬起的高度，太高了容易扬撒，太低了麦粒和麦糠还没有分开；还要在扬的过程中用好手劲儿，使木锨本身也带有微风，让麦粒垂直落在正中间，麦糠中途被风缓缓吹到旁边。麦粒和麦糠虽然分开了，但是往往在麦粒的旁边有一个交叉地带，会有一些麦糠和脱粒不干净的"麦鱼儿"落在麦粒堆的边缘上，这时候有一个"打掠"的，用扫帚把"麦鱼儿"和麦糠轻轻扫开。打掠也是个技术活儿，要做到轻重适当，轻了麦鱼儿扫不走，重了连麦粒都扫走了。扬场和打掠也要配合默契，一个人不停另一个人就不能停，尤其是打掠的人，中间如果突然停下来，扬场的也必须停下来，不然麦粒就会和麦鱼儿混在一起，过后便不容易分开。从摊场、放碌到扬场是一个循环，也基本是一天的工作量，进行几天以后，遇到好天气，再把脱粒过的麦子晒多半天，下午开始入仓。入仓没什么技术含量，是个力气活儿，把麦子装入一个个口袋，100多斤重，由青壮男劳力扛入村中仓库，倒入麦圈集中存放。入仓虽然是个力气活儿，却是一道美丽的风景线。装满小麦的口袋像一座座树桩子，所以扛装满小麦的口袋又叫"挈（nǎo）桩子"。装口袋的一般是年老体弱的劳动力，装满一袋放在一旁，只见青壮年们肩上搭着空口袋，排成队到装好的口袋前，放下空口袋，有人专门帮助把口袋抬到他的肩上，然后扛起一溜烟扛回仓库。这时候，装口袋的，抬口袋的，掌桩子的，像一个流水线，大家又似乎带有比赛和表演的成分，在落日的余晖下，既有劳动的繁忙，又有丰收的喜悦，真像一台精彩的戏，又像一幅美丽的画！

上垛，是麦收的最后一道工序。粮食归仓了，麦秸要上垛。麦秸垛是丰收的标志，上级检查麦收工作最后要看麦秸垛，哪个生产队的麦秸垛大了，产量自然就高，干部工作做得就好，就要受表扬。麦秸垛的大小有时候也是衡量一个村富不富的标准。女孩到外村相亲，要先看看村上的麦秸垛大小，小了就拒绝婚事。可见上垛的重要性。同时，麦秸又是养牛的高级饲料，是耕牛一冬天的粮食。垛好了才能防雨水，防住雨水才能保证麦秸不发霉变质。所以，上垛是要诀窍的，就是如何让麦秸垛显得更大更富态更好看，如何让麦秸垛防雨防水不变质，往往需要策划一番，也需要村上懂点立体几何的文化人出谋献策。

上垛是一个集体项目，大家干起来非常快乐有序，

麦秸垛　王志军　摄

个中有丰收的欢喜，有麦收季节收尾的快乐，还有一个更实惠的好处：放开肚皮吃油馍。上垛的几天里，生产队里会在麦场旁边支起一口大油锅，每天炸油馍，大家工作时闻着油香，工作后可以放开肚皮，大吃一顿，怎么会不欢喜！怎么会不快乐！

　　麦收季节是繁忙的，麦收季节也是辛苦的，麦收季节更是欢喜快乐的！然而，丰收快乐很短暂。因为一场喜雨过后，秋种就该开始了，又要进入繁忙、辛苦、欢喜快乐的一个新轮回。

民工回忆

　　1975年初中毕业以后，因为公社高中撤销，我就无学可上了，直到1980年考上大学。这一时期，我当过四次民工。那时候的民工不像现在的农民工，现在的农民工是可以自由流动的，到哪儿打工，打什么工都是自己决定，收入也完全归自己。那时候的民工是以大队或公社为单位组织，为了完成某一项特定任务而从各个生产队抽调的。20世纪五六十年代，一些大型水利工程全是把任务层层分解，以公社或大队为单位组织民工队进行施工。以公社为单位的施工队，是先把抽调的民工数额分给大队，大队再分给生产队；以大队为单位的施工队，直接把抽调的民工数额分给各生产队。二者都是由生产队抽调人员组成。记得小时候修建孤石滩水库、昭平台南干渠及五支渠，都是由全县抽调各地民工组成施工队完成的，全是人海战术。但不管多大的工程，通常都是以大队为单位组成施工队。上级抽调民工，要求必须是整劳力，也就是每天10工分的男劳力或每天8个工分的女劳力。不过当时的各种施工任务基本上都是重体力活儿，抽调的一般全部是男劳力，个别时候也抽调少量的女劳力做些辅助性劳动。生产队根据大队分配的民工人数，从本队劳力中选调，通常会在劳力质量上打点折扣，把强壮的留下，把体力弱点儿的或者不怎么听话的劳力抽出去。有时候还会把年龄不到10分的男劳力抽出去凑数，我便属于这一类。几次抽我当民工，我都是7工分的半劳力，即参加一整天的劳动，早上记1分，上午和下午各记3分。不知为什么，每次抽我，大队的民工队长也并没有因为我是7分的半劳力而拒绝。

第一次当民工是跟着大队的施工队上山打石头。时间大概在1977年冬天。那年刚满18岁，虽然是成年人了，但身体还比较瘦弱，生产队抽调我纯属凑数。昭平台南干渠路过我们大队的双庙村，因为干渠水位较低，据说本来没有在双庙村开挖支渠的规划，而五支渠在下游，且只能灌溉到本大队四个村之一的，也是离干渠最远的四家营村的南半部，却灌溉不到本大队的北边，也是离干渠最近的三个主要村庄——刘庄、双庙和杨凤沟，而这三个村恰恰有比四家营村更好的资源：刘庄村就在干渠边上，用不上干渠水太亏了！经过多次努力，县上终于提议可以在干渠双庙段搞一个提灌站，再修一条贯穿四个村的引水渠，实现四个自然村的水浇地全覆盖。这真是一个宏大而又造福全大队农民的设想。按照这样的设计，建设提灌站需要大量的石头，我们本地又没有，所以大队就专门组织施工队，住在10公里外的高庄村，开山取石，我便是这支施工队的成员之一。

高庄村是一个美丽的小山村，地处伏牛山脚下的一个小山窝里，四周都是浅山，村子周围到处都是栗树林、酸枣林、野竹林，还有那些不知名的野树木。村前一条小溪一年四季淙淙流淌，增加了山村的灵气和秀气。有谚语说深山出俊鸟，此言不差。高庄村虽地处山区，村里的男女却都很洋气，我们的房东马先福大哥浓眉大眼，皮肤白皙，身材高挑，据说是方圆几十里有名的美男子。我们的施工队便是借住在马先福大哥家里。

工地比较远，在与驻地隔一个山头的山沟里。我们施工队的十几个民工每天伴着日出爬过山去，首先把头一天放炮崩开的石块转移到山上的路边，便于运输，然后就是打炮眼灌炸药装雷管，到下午收工的时候点炮崩山。最美的一个镜头就是放炮的时候，为了让行人避开危险，施工队有一个吹号手，站在附近的最高处，反复吹一个很动听的旋律。忘记是谁了，只记得吹号手是复员军人，身材魁梧。每当放工的时候，他就会站在夕阳余晖下，手持军号，一曲嘹亮的旋律响彻山野，那种潇洒只在电影的战斗片中看过，让人很是羡慕。大概山里人都知道，听到这个旋律就是要放炮崩山了，都会自觉避开危险区域。

因为年龄小不懂爆破技术，也不会抢大锤打炮眼，所以我的基本任务是扛石头上山。大家为了照顾我，尽量让我做一些轻微的辅助性的小活儿。特别是大家喜欢听我唱歌和唱样板戏。那时候除了革命歌曲就是样板戏，大家最爱听样板戏。石头扛完了，大家在抢大锤的时候，或者在上工来回的路上，总要让我唱一段歌曲或样板戏。身小力薄的我，不能干重活，能给大家带来歌声，也算是一种贡献吧。

还记得一个生活中的小趣事。施工队的炊事员是一个说话幽默但又表情严肃的老兄，特别爱和我开玩笑。有一天的晚饭是汤面条，大概饭做少了，怕不够吃，又怕吃饭慢的人吃亏，这位老兄就亲自掌勺。等到我吃第二碗的时候锅里已经没有了，这时候他从别处端出来一碗，给大家说："这个老弟虽然年龄小，但是干活和大家一样，所以吃饭也不能比大家少了，他吃得慢，也没有经验，所以我给他私存了一碗。"并且告诉我："饭少的时候第一碗不能盛太多，抓紧吃完再来第二碗。你要第一碗吃时间太长，等回碗的时候就没有了。今后再当民工，要记住我的话。"眨眼40多年过去了，这句话我至今还记得清清楚楚。干活的时候受照顾，吃饭的时候也受照顾，回想起来仍然让我感到阵阵温暖。

第二次当民工是参加孤石滩干渠施工。孤石滩水库是在澧河源头修建的，主要是用于拦洪蓄水。干渠则是沿着澧河的右岸修建。施工队是公社组织的，但仍以大队为单位，我们大队施工地点在出水库往东约

2公里处的放牛山下，任务就是就地打石头砌成水渠。我们的工地在澧河东岸，紧贴着山腰。施工队住在澧河西岸关房村的打麦场里，距离施工地1公里多。因为孤石滩水库筑坝拦水，澧河水流不大，平时沿着"达石儿（摆在水中又能露出水面的大石头）"过河，我们施工的时候正是秋天，雨水比较多，"达石儿"经常被水淹没，上下工都需要蹚河而过。有时候水并不大，大家也爱蹚水，顺便打个水仗。因为我年龄小，大家都爱逗我，所以衣服经常被弄湿，但也觉得非常快乐。

因为不会技术活儿，我的任务就是搬石头、扛水泥袋、和水泥、掂水泥桶。施工队长陈国富，又名陈赖孩儿，原是大队的什么干部，被派到工地领工。这老兄烟瘾比较大，两毛钱一包的烟每天吸两包。他虽然是个小头头儿，但和大家一样干活，脏活儿累活儿什么都干，因此能得到大家的认可。他开会讲话比较严厉，但也喜欢开玩笑，对我这个小民工也挺照顾。他经常批评那些不听话的是"头上长角身上长刺"，但从来没有这样批评过我。我到外地工作以后，回老家经常碰到他，给他递上烟，我们俩有时候会聊到这一段愉快的经历。

这次民工经历中，有件趣事记忆犹新。民工比较辛苦，但生活要比家里好，吃的都是花卷馍，经常有萝卜白菜，时不时吃一回肉。有一次改善生活蒸肉包子，炊事员剁好了大肉馅儿，一个老兄急不可耐，站在厨案前直流口水。炊事员说，急啥啊急？急了生着吃吧！这老兄半开玩笑说，让不让生吃？你让吃了我就吃！炊事员说让，随便吃！结果这老兄真的挖了半碗一口气吃完，那种馋相，那种幸福感，那种夸张的表情，惹来旁观者一片赞叹和欢呼声。在和大家一起欢呼的同时，其实我的心情很复杂。事后我问他好吃吗？他说，能好吃吗？不是太"熬渴"，谁能吃得下！我一阵沉默。

第三次当民工是参加昭平台南干渠的清淤工程，住在鲁山县磙子营公社杨林村的一户农家。只记得当时上级下文件要实行包产到户，所以时间应该是1978年的下半年。记得比较清晰的事有三件：一是工程地点就在杨林村附近的昭平台南干渠，任务是挖淤泥清理河道。二是大家听说要包产到户便议论纷纷，似乎大家都很不情愿。大锅饭吃惯了，都不愿意单干吧！三是没干几天，家里捎信，说常村高中通知我参加高考复习班，我很不情愿又怀着侥幸心理回家，参加了公社高中的高考复习班。

第四次当民工的经历更加短暂，但心情更加愉快。时间大概在 1980 年的高考之后。考试自我感觉良好，正在兴奋地等待，生产队开会说要组织一个施工队，任务是在本村路口修建一个漫水桥，属于铺路架桥积德行善的事。施工队长是做了大队妇女主任的本家侄女，于是我就主动报名参加。可惜时间不长，我的大学录取通知书就下来了，工友们劝我回去做学前的准备工作，我也就兴奋地和大家依依惜别，从此告别了民工生活。

零零碎碎的四次民工经历，让我经受了辛苦与欢乐、良知与友情，让我成长了很多，乃至终身受益。

六月六

　　在城市生活了几十年，并没有听说哪些地方的农历六月初六是个什么节日，但在我们家乡，这天可是个不小的节日。作为传统节日，我们家乡叫"六（lù）月六（lù）"。在我们家乡，六是个吉祥数字，它有三种念法：六（liù）、绿（lù）儿、录（lù）。绝大多数时候都念六（liù），而只有在正月十六和六月六时不念六（liù），正月十六念正月十绿儿，或直接就叫绿儿，六月念录月，六月六念录月录。关于六月六的起源，史料记载上说法比较多，有说是为纪念大禹生日设立的，有说是宋朝真宗皇帝六月初六收到上天赐书，遂把这天定为"天贶节"的，也有说唐僧取经把经书淋湿了，六月初六这天晒书，被后人称为"晒书节"的。还有很多说法。由此也形成了很多相关的民间习俗。而在我们家乡，上述说法和相应的风俗都是不存在的，并没有这一天晒衣服晒书的习俗，也没有纪念大禹生日的活动。记忆中的六月六，有两件事比较重要，一是当天要吃干馍，就是用白面、芝麻和盐掺一起烙的面饼，又薄又焦，吃起来容易掉渣。吃干馍的来历据说与蚂蚁生日有关。为什么这一天是蚂蚁生日，也有很多典故，说得都很有道理，不知道哪个是正宗的。不过哪个正宗倒不要紧，反正就是蚂蚁在这一天帮了好心人的忙，或救了好心人的命，而好心人就把这天定为蚂蚁生日，让天下人都来吃干馍，并故意掉馍渣让蚂蚁吃，以报答蚂蚁。中国很多习俗的意义，就在于教育人们好人有好报的道理，六月六吃干馍的习俗也不应例外。当年家里比较穷，平时别说是吃白面馍，就是吃红薯面窝头，父母也是不允许掉馍屑的，掉了一定是挨骂的，挨了骂还得重新捏起来吃了，实际上自己也是不舍得掉渣的。但是到了六月六这天吃干馍的时候，倒是可以掉一些的，别的不为，就是为了蚂蚁。这也是中国的传统文化固有的要求，勤俭节约，仁爱和善良。

六月六还有一个习俗就是出嫁的女儿回娘家。这一天，出嫁的女儿不管年龄大小，只要父母在世的，都要回娘家看望父母。礼物就一种，就是扤一个篮子，里边装上烙油馍（葱油饼）或炸油馍（油条），上边用新鲜树叶盖着。这个习俗好像也只在我们家乡流传。据说有些地方也有六月六这天女儿女婿回娘家这一说，但目的是让父母招待女婿，这跟我们那里绝对是不一样的，我们那里女儿六月六回娘家，一般是不带女婿的。按我的推测，可能是麦子刚收过，家里都有了白面，年也过去几个月了，女儿也想念父母了，于是做点好吃的回娘家看看，这也是常理。至于为什么要带油馍，大概油馍是当时能拿得出来的最好的东西了，平时哪舍得吃白面油馍啊！记得当年的小伙伴儿中，有的小伙伴儿姐姐多，家里的油馍可以吃几天，挺让那些没有姐姐的或者姐姐尚未出嫁的小伙伴儿们羡慕嫉妒的。

本来，六月六闺女回娘家看望父母是一件美好的事情，可另外还有个自相矛盾的说法，说是六月六这天，娘家人还要主动把出嫁的闺女叫回来，还流传一个极端不雅的说法，叫"六（lù）月六（lù），叫骚猪"，我至今也不理解为什么把自家闺女叫作"骚猪"。事实上，在我们村上，从没有听说过哪家的闺女是六月六这天被叫回娘家的。即使有家庭矛盾的女儿这天不回娘家，也没有过非要把她叫回来的做法。我也查阅了一些资料，倒是山西一些地方（春秋战国时期的晋国一带）有六月六这天招待女儿女婿的，却也没有把女儿叫作"骚猪"的。

记得六月六家乡还有吃炒面的习俗。就是把好面、高粱面、荞麦面等几种面掺杂在一起，用锅炒熟，然后加开水搅拌一下，用勺子挖着吃。关于这个习俗的起源，也有很多说法。我基本认同"干粮说"。这个传说发源于河南南部，是纪念宋朝时期岳飞收复蔡州。当年岳飞收复蔡州时，老百姓为了慰劳岳家军，用炒面给他们当干粮，岳家军吃了干粮士气大增，一鼓作气拿下蔡州。后来蔡州一带老百姓为了纪念岳飞收复蔡州，就把吃炒面的习俗传承了下来。我们家乡离蔡州不远，都属于豫南地区。刚记事时吃过炒面，大点的时候就没有了，可能是制作麻烦又不好吃的原因吧。

家乡的方言

　　我的家乡在豫西南的叶县西南部，是一个偏僻的山区乡村。关于家乡方言，现在回到家乡已经很少能听到了。大概越是偏僻的地方，因为缺乏和外地尤其是和主流语言交流的机会，方言就越多。在自我封闭的小农经济环境下，家乡的方言流传演化了几百年甚至几千年，如今有了非常大的变化。特别是年轻人，经过新式教育和外出工作交流，以及观看影视作品，早已不再使用方言，与人交流多数半土半洋甚至完全洋化了。即使半土半洋，土也不是过去的土，而是更大范围内的土。如今家乡的方言，已不是以往那种十里八乡的土，而是平顶山一带的土或河南省范围内的土，也就是河南的普通话。只有和老年人交谈，才能时不时听到一两句传统的方言。

青少年时期生活在家乡，可以说是伴随着方言长大的，因而知道的方言比较多，下面就捡一些有代表性且有点文化意涵的方言说一说。

先说时间上的表达。回到家乡，乡亲们一见面就会问："多晚回来了？"这个"多晚"就是啥时候的意思。我通常会用家乡话回答："就镇这儿到。""镇这儿"，就是现在的意思。或者回答"将将儿到"，将将儿，就是刚才的意思。如果是上午或者下午回来，就会回答"前半儿"或者"后半儿"回来。家乡还把昨天、前天分别叫作"夜儿"和"前儿"。在时间问题上，家乡方言和主流大众语言差别还是比较大的，还有一些，比如"明儿"就是明天的意思，"后一儿"就是后天的意思。还有"大前儿（大前天）""夜儿黑（昨天晚上）""清道（早上）""过年儿（明年）"等等。

表示人与人称呼的方言。这些可能与河南的主流方言差别不大，但也有很多不同的地方。比如对父母的称呼大多都是叫爹娘、爹妈。但也有一些是按男主人在家庭的排行称呼的，比如父亲在家排行老大的，子女们都叫其为"伯"，母亲就叫"母，排行老二的，则相应叫作"爹、娘"，排行老三的叫作"达、婶"，排行老四的则相应称为"叔、婶"，如果再有，都称为"叔、婶"，不过要加上排行，叫"五叔、五婶""六叔、六婶"……有些家庭，子侄们对不同的父母辈称呼也有区别。对父亲的弟弟和弟媳分别叫叔、婶，或叫二叔、二婶，三叔、三婶……以此类推。对父亲的哥哥和嫂子分别叫伯、母，或叫大伯、大母，二伯、二母，三伯、三母……以此类推。在我刚刚记事的时候，村上还有这样称呼的，后来就慢慢消失了。毕竟这种叫法跟主流叫法差距太大，而且仅凭称呼，分不出谁是亲的，容易被外人误解。

对爷爷奶奶的称呼和主流语言的称呼没有大的区别，对"爷爷"只叫一个"爷"字，对"奶奶"也叫"奶奶"。但对外公外婆的称呼就大不一样了。我们家乡的情况有三种：一是外孙外孙女是本地的，外公外婆也是本村或附近村庄的，叫"姥爷、姥娘"；二是外孙外孙女是外地的，按他们当地规矩应该叫"外公、外婆"，但因外公外婆也是我们本地的，自然管外公外婆叫"姥爷、姥娘"；三是外孙外孙女是本地的，外公外婆是外地的，就要按外公外婆那里的叫法，有叫外公外婆的，有叫外爷外婆的，还有把姥娘叫"婆"或"姥儿"的。这几种情况在我们村上都有。

姑妈姨妈的叫法大致和河南各地的叫法差不多，姑姑就叫作"姑姑"或者大姑、二姑、三姑，姨就叫"姨"或者大姨、二姨、三姨。

家乡方言最复杂也是最有地方特色的，要数那些与当地民众日常生活密切相关的各种名称或行为。关于物品名称的方言，老旧时代的痕迹比较浓厚。比如飞艇就是飞机，洋车就是自行车，洋油就是煤油，洋胰子就是香皂，洋碱就是肥皂，洋火就是火柴，纸烟就是香烟。其实这些带"洋"字的名称，是历史的产物，实际有些很早就国产化了，只是紧缺，因而还在沿用几十年前的名称。有一些方言则纯粹和当地的山水土地紧密相连。如箩头就是当地用树条编织的篮子，"锅排"就是用高粱秆儿制作的锅盖，"雪衣（蓑衣）"就是用高粱叶子或玉米叶子编织的雨衣，"木底儿"就是木头做的用来雨天穿在鞋子下边的隔泥水的垫子，"坎肩儿"就是马甲，"踢拉板儿"就是拖鞋，等等。还有一些，只知道土名称，而且已消失，如过去捻线用的"提锣儿"、缠线用的"月儿"，现在用什么主流语言对照，连我也说不清楚了。

　　动物也有不同的称呼。有些不同性别不同年龄段的动物称呼也不同，鸭叫"扁嘴儿"，蛇叫"长虫"。甲鱼叫"老鳖"。初生的羊羔叫"羊娃"，半大的公羊叫"羯子"，年龄大了的公羊母羊都叫"老纥抵"。刚出生的猪叫"猪娃儿"，半大的猪叫"克楼"，大点的公猪叫"牙猪"，母猪叫"草屯儿"。牛叫"吽（ou）"，刚出生的牛叫"吽犊儿"，大点的公牛叫"牤吽"，母牛叫"氏吽"，年龄大的叫"老艰头儿"。还有植物，名字更是五花八门，这些在我的《野生动植物的命运》中另有介绍。

　　还有一些方言更是土得掉渣。当然出来工作时间长了，很多长期不用也就忘了。简单分析一下这些方言的形成过程，我大致把它们分以下四种，一是历史形成的，如对亲友的称呼，自古以来就是这么叫的。二是外来语。比如洋火洋油之类的，很多地方也都是这样说的，甚至北京话中也存在这些词汇。三是当地民众自行编造的土话，如房屋正厅叫"当门儿"，里间叫"里房儿"，膝盖叫"不老盖儿"，耳朵叫"耳根儿",等等。还有一种其实是大众话和普通话的变种，字变了，语音也跟着变了。比如把稍等一下叫作"从开"，我认为这是"顷刻"的标准语音本地化。把说假话或者假冒叫"充数"，这也是把成语"滥竽充数"里的"充数"两个字方言化了。

方言土是土，但也是一种地域文化，说土话并不丢人。因为并非只有落后的地方才有土话，先进的地方如上海、广州等地的方言更多更听不懂，甚至北京的普通话也充满了方言俚语。我相信，随着人员流动的加快和国家对普通话的推广普及，很多方言可能会很快走向融合，一些方言可能上升为大众普通话，成为标准普通话的重要来源。京剧被称作国粹，但发声和念白讲究中州韵，尤其是其中的"尖团"字，其实就是吸纳了清末民初典型的河南、湖北等地的方言而形成的。

知识渊博的唐老师

第一次见到唐老师，是在我考初中的考场上。那是 1972 年年末在月台学校。当时我家所在的养凤沟大队没有初中，而且周边四个大队（月台大队、杨凤沟大队、栗林店大队、摩天岭大队）只有月台大队设立了一所初中学校。所以这四个大队的小学升初中都要到月台学校参加考试。当时设几个考场忘了，我们考场的监考老师是谁也忘了，唯一记住的就是当时已是学校领导的唐老师。当然，当时并不知道他是谁。

我记得非常清楚的一个镜头是，在考试算术的时候，监考老师陪着另一个看上去像领导模样的老师，沿教室周边走了一圈，并详细查看了坐在边上的每一位考生的考试情况。当他们走到我的课桌前的时候，这个领导停下来对着我的试卷看了很久，然后走到门口指指点点议论着什么，恰好用手指着我的时候被我抬头看到。这时我马上低下头开始答题。事后我才知道，他就是当时学校的负责人之一，大名鼎鼎的唐老师。他那么详细地看我的试卷，并对我指指点点，是因为我的算术试卷是全学校唯一的满分试卷！入学第一天，班主任就指定我当"六（1）"班的班长！也是事后班主任告诉我，是唐老师推荐的，唐老师说我是所有考生中唯一一个算术满分、总分第二名的考生，而且字写得很好。

唐老师大名唐明仓，本公社摩天岭人，20世纪60年代漯河师范学校毕业。唐老师是月台学校建校以来第一位也是当时唯一有中专学历的老师，更是我初中阶段最崇拜的老师。记得当时的校长是党政干部出身，有学历，也有教学经验，但是年纪大了，出于有意培养接班人的目的，基本把学校的教学和管理事务都交给了唐老师。所以无论学校组织什么活动都是唐老师牵头，开什么会都是唐老师讲话。当时同学们的感觉是，唐老师是"不是校长的校长"。而且唐老师还身兼初中一、二年级的政治、历史、地理的教学任务，学校里到处都是唐老师忙碌的身影。

说唐老师知识渊博，主要反映在课堂上。记得当时唐老师教我们政治、历史、地理，这通常是三个老师的任务，但唐老师一人全包。他能把政治讲得很通俗，把历史讲得很生动，把地理讲得很直观，这些都是同学们最喜欢的课程。他在课堂上常常引经据典，深入浅出，又能妙语连珠，娓娓道来。往往是历史典故顺手拈来，民间故事娓娓动听，甚至对世界历史、国际形势也都了如指掌。他讲的每件事、每个人、每一段历史的故事性都很强，能把所有的课程内容用故事的方式讲解出来，而且都非常系统、非常完整、非常精准，犹如带你走进某一场景，让你非常有现场感。那时候我们还没怎么学古文课，唐老师却经常引用古诗古文，有时候大段大段地背诵。我最喜欢唐老师讲课的时候引用古文，然后再翻译成白话文，记忆最清楚的就是他经常引用《古文观止》上的文章，第一次从唐老师那里听说这本书。唐老师在课堂上讲得好，板书也特别漂亮，很有特点，同学们称之为"唐体"字。他讲到关键地方总是把重点的句子、重点词和重点字写在黑板上，我曾经多年模仿唐老师的字体，我的毛笔字至今带有"唐体"的痕迹。唐老师还有个绝招，他讲地理课的时候能随手画出和课本上一模一样的地图来！后来复习考大学的时候，对历史、地理类的习题，我也采用画地图的办法增强直观感受，效果明显。

知识渊博的背后，是唐老师饱读诗书的丰富积累。他究竟读了多少书我们也不知道，但从他平时讲课和开会讲话中感觉到，他起码熟读过"四书"、"五经"、四大名著、《古文观止》、唐诗宋词等很多大部头的著作，又很注意当下报纸杂志上的学术类文章，所以他能够博古通今，触类旁通。唐老师平易近人，同学们经常到他的办公室请教各类问题，不光是学习上的问题，也包括生活中的问题，每个问题他都能够给我们一个圆满答案。那时候学校没有图书室阅览室之类的设施，同学们就喜欢往唐老师办公室里跑，因为在他那儿可以看到很多书，每次去都能看到他的案头放着不同的书，他也经常给同学们推荐他认为的好书，也会把他的书借给同学们看。办公室去多了就随便起来。记得一次和几个男同学一起去他办公室看书，正好他不在，大家不仅把他的书扒拉了一遍，看到桌子上一壶泡好的茶，便轮番品尝起来。那时候很少有人喝茶，我们更是没有见过，只觉得看上去黑乎乎的，喝起来却香喷喷的。正在捣乱期间，唐老师笑呵呵地进来了，他不仅没有批评我们，反而给我们每人倒了一杯茶，并给我们讲了喝茶的好处和有关茶叶的知识。

唐老师的知识渊博还表现在平时的工作和言谈举止上。当时学生经常参加社会实践活动，这些活动也多由唐老师策划组织。唐老师是读书人，所以他策划组织的各类活动都是知识性的。比如他教同学们设计校园宣传栏、校园小板报，油印学习资料等。唐老师亲手教我学会了刻蜡板和使用油印机，到了大学还在发挥作用。上大学后，班里、系里经常办板报、油印学习资料，很多学生不会，我便大显身手——这都是初中阶段打下的基础，不能不感谢唐老师的先见之明。另外，学校还组织了文艺宣传队，经常到附近村里宣传演出，唐老师亲自组织，甚至亲自编写作品。记得他亲自为我编写了一个山东快书段子《西门豹治邺》，还亲自教我使用月牙板。唐老师反对一般的劳动课，要求必须在劳动课中学习科学技术知识。每次到附近生产队参加劳动，唐老师都亲自带队，给同学们讲解农业知识。

当时的月台学校只有一名校长，没有副校长。唐老师作为校长的主要助手，协助校长做了大量的校务工作。很多会议都要他讲话。他出口成章、风趣幽默，讲话的风格很受大家欢迎。就是平时和师生的交谈，也都充满了知识和智慧。这大概也是唐老师长期以来爱读书、善思考的结果，也是他知识积累丰富、文化底蕴深厚的必然体现。

唐老师是我少年时代遇到的知识最渊博的老师，也是最善于把他的学问传授给学生的老师。初中阶段遇到唐老师真是我人生之大幸，那个阶段是我学业基础最扎实的阶段之一。初中毕业之后，高中改为农大，我们没有高中可上，四处流浪了几年。高考恢复以后，回到已经恢复的公社高中，唐老师正是高中的骨干教师，也是毕业班冲击高考的主要辅导老师。也是缘分，又一次得到了唐老师的指导，虽然时间不长，但对我在高考中取得较好成绩起到了非常关键的作用。读大学以及参加工作以后，唐老师是我联系最多的老师之一，直到现在，我遇到的很多问题，仍然要向他请教。

失传的庄稼活儿

　　家乡有句俗话，叫"庄稼活儿，没啥学，人家咋着咱咋着。"意思是，庄稼活儿没什么技巧，看人家咋干自己也咋干就行了。这话虽有一定道理，但说得也轻巧了点。殊不知"人家咋着"这几个字并没有那么简单，背后隐藏着十分奥妙的技能，而"咱咋着"的背后，也必须付出一番学习、实践的功夫。

　　我是在农村长大的，在人民公社大集体时代，生产队种的农作物本身也不多，所以对当时庄稼活儿的内容程序再熟悉不过了。主要庄稼活儿从整理土地开始，先是送粪、撒粪、撒化肥、犁地、耙地，有些庄稼需要打畦（qi，家乡话念希）儿、打坷垃，犁地耙地一般是由牛或拖拉机完成的，只有需要打畦儿、打坷垃时才需要人工。然后的农活儿就是围绕种什么庄稼来进行：

种麦子需要耩麦种、锄草、收割、运输、打场、入库。

种玉米需要点玉米、中耕除草、掰玉米、剥玉米籽、砍玉米秆。

种红薯需要育苗、打畦儿、栽种、薅草、翻秧、刨红薯、摘红薯、切晒红薯干、窖藏。

种烟叶需要育苗、打畦儿、栽种、掰叶、打顶打叉、炕烟、分拣、卖烟、薅烟柴。

其他的如种豆子（包括黄豆、黑豆、绿豆、豌豆）、种谷子、种高粱、种芝麻的程序都差不多，就是简单地种和收，顶多中间锄一到两遍地。

因为没有农田水利设施，所有的农田都没有灌溉、排涝这回事，基本都是靠天吃饭。不过在我的记忆中也没有因旱涝的问题造成绝收的年景。涝往往发生在种小麦的时候，阴雨连绵虽然造成小麦无法播耩，但可以手工撒播，可能因播种不均匀造成减产，但不至于绝收。旱天则往往发生在暑天玉米正在抽穗的时候，这时候生产队就会组织抗旱。夏季正是坑塘不缺水的季节，抗旱有水，玉米也就不至于绝收。加上家乡人均土地较多，即便单产低点，也总是有收成的。

我在上大学之前，年龄还小，还不算整劳力，只能干点轻体力活儿、粗笨活儿或者是集体项目的活儿，重体力活儿干不动，一些细活儿、技术活儿就更是一窍不通了。记得我能参与的农活儿多是辅助性的：拉捎儿、抽车、装卸车、搬坯搬石头、打坷垃、抱烟叶、薅野草、帮耧、掰玉米、翻红薯秧、摘红薯、下红薯窖等。这里有两个活儿需要解释一下，不然现在的年轻人就不知道了。一是拉捎儿，就是辅助拉架子车的人拉车。用一根绳子，一头绑在架子车的右前边，一头挎在拉捎者的肩膀上，与拉车人一起向前用力。拉捎也需要配合，如果和拉车的不同步，即使用力不少，也有可能起不到拉的作用。而拉捎的用不用力，拉车人是知道的，为此拉车人和拉捎人也会发生矛盾。拉车人轻则会调侃拉捎的，"看，你把绳子都拉弯了！"重则就要换人不用你。小时候经常给大人拉捎，也经常被嘲笑。其实我相信，拉车与拉捎的矛盾，拉捎的耍滑是少数，多数是用力不同步不均衡造成的。二是帮耧。就是帮助耩地的"耧把儿"牵引牲口。当年没有播种机，种麦子、豆子等农作物都是用"耧"耩。

"耧"是一种专用工具，结构比较复杂，其作用就是把种子均匀地播种到土地里。一个耧要由"耧把儿"、帮耧的和一头牛来配合完成。"耧把儿"是管播种深浅和种子流下的速度的，一般都是由有经验的壮年人担任，毛毛糙糙的年轻人绝对不行。帮耧的是管牵住牛，而且要帮助"耧把儿"掌握播种的行距，多是年轻人或妇女担任。其实帮耧多少也是技术活儿，也需要多少有点材料的年轻人担任，弄不好会挨"耧把儿"的鞭子。"耧把儿"通常手里拿一根鞭子，用来赶牛，脾气不好的"耧把儿"也会用来打那些不用心的帮耧者。小时候也经常帮耧，记不得挨鞭子了，但被"耧把儿"吵吵骂骂也是常有的事。

有技术含量的农活儿有哪些呢？我把它们分为四类：

1. 应知应会类。比较简单，一般人一学就会的，如锄地、刨红薯、割麦、割豆、砍玉米秆、砍高粱秆等。

2. 技术技巧类。稍有难度，需要掌握相关知识，如红薯育苗、烟叶育苗、烟苗打顶打叉、棉花育苗、棉花打顶打叉、种瓜种菜、犁地耙地、丈量土地等。

耩地　梁冠山　摄

3. 经验诀窍类。需要认真研究，长期积累经验，一般上点年纪的人才会，如耩地、扬场、打掠、树苗嫁接等。

4. 能工巧匠类。需要专门培训或师傅带领学习，如烧烟炕、烤烟分级、修理农具等。

当过农民的人都明白，上述这些农活并不都是那么容易学会的。就我村的情况看，都是当一辈子农民，有的人一辈子只能干第一类的农活儿，而有的人一辈子都没有干过第三、第四类的农活儿。年轻人因为有些农活儿学不会遭父母责骂的也大有人在。大集体时候还好说，土地承包以后，不会干农活儿的农民要么收成比别人低，有些干脆包给种地能手耕种。还有人因不会种田，一辈子连对象都没有找到。

毛主席说过，农村是一个广阔的天地，在那里是可以大有作为的。当年不少城市的知识青年到农村经受锻炼，不仅仅学会了庄稼活儿，也锻炼了身心，尝到了农村的苦和累，可以说是一辈子的财富。当然，也因为不懂农业农村农民而闹出过不少笑话。

如今回到农村，一个很大的变化是，庄稼活儿失传了！特别问起孩子们，他们对一些农活儿很陌生，甚至闻所未闻。每当说到这些，心中总感到亦喜亦忧。庄稼活儿作为一种文化，在中国农民手中传承了几百年甚至上千年，如今就这样消失了，说到这些，老年人未免阵阵惆怅。但可喜的是，从1978年农村改革算起，至今已经四十多年，农村面貌发生了天翻地覆的变化。农业技术在进步，农业机械化程度在提高，农业现代化水平在提升，客观上，原来意义上的庄稼活儿的内容和形式都在改变，绝大多数已经不再需要了。种庄稼已经不再需要庄稼活儿的力气、技巧和经验，而是需要操作现代化器械的智力、知识和技能。由此可见，庄稼活儿失传，是社会发展的趋势，是人类进步的必然。

八月十五

　　过节一定要与吃或者玩儿有关，还要有一定的文化内涵，否则就说不上过节。中国人的文化传统，就是用吃和玩儿的方式来庆祝重大事件，来歌颂伟大人物，来祈愿美好未来，来诅咒妖魔鬼怪。直到如今，普通民众中如果谁有了什么好事，大家还要聚餐一顿。所以吃是过节的根本标志。八月十五中秋节，本是一个与月圆有关的浪漫节日，可在我们家乡，只与吃有关。

　　按城里人的说法，中秋节是一个比较隆重的节日。金风送爽，丹桂飘香，月明星稀，阖家团聚，赏月、品酒、吃月饼，美丽而又浪漫。可是在我们家乡农村，不是叫中秋节，就叫八月十五，而主要习俗就是做月饼，送月饼，吃月饼。没有什么关于"月饼"的典故，更没有什么嫦娥吴刚桂花酒之类的浪漫故事。八月十五不是不重要，家乡走亲戚有两个最集中的节日，一个是春节，另一个就是八月十五。但八月十五似乎又没春节那么隆重，走亲戚拿的礼物就是简单的一盒月饼。一盒月饼一斤来重，一般是两个半斤的包在一起，也有一个一斤的。月饼看起来很简单，制作起来却比较复杂，一般人不会制作，只能到当时仅有的国营商店去购买。当然，经济条件不好的也有自己做的。自己做的倒很简单，用蒸馒头的发面，制作成盘子大小的圆饼，上边粘上几个大枣，像蒸馒头一样蒸熟就可以了。记得母亲就会制作这样的白面蒸月饼，只是为了省钱，自己制作自己吃，走亲戚当然得用买的。从八月初十前后开始，范围和春节走亲戚的范围一样，但时间一般集中在四五天内。到了十五这天，亲戚走完了，家里也收到了不少月饼，这时候就可以开吃了。月饼是童年记忆中能吃到的最好的食物之一。吃的时候，用刀切开，可以看到里边五颜六色的馅儿，有冰糖、大枣、花生、核桃、杏仁、青丝、红丝等。只看一眼就想流口水，吃起来更不用说了：甜中带香，回味悠长。

做月饼的模具（图片来源：中原农耕文化博物馆）

以至于几十年来念念不忘当年的月饼味儿，时不时还要寻找老式月饼，回味童年美食的味道。如今城里的月饼越做档次越高，价格越来越贵，可是吃起来无论如何也找不到当年的感觉。加上这些年糖尿病人、肥胖病人越来越多，月饼越来越不受欢迎了。

八月十五也有一个小小的传说，就是王母娘娘捣药的故事。在八月十五夜晚月明星稀的时候，月亮上似乎有一个动画一样的影子，传说那就是王母娘娘在捣药，从八月十五开始，每天不停地捣药，捣到次年五月当午的凌晨，再把药撒向人间，撒到水里，在撒过药的坑塘里洗脸洗澡可以治疗和预防皮肤疾病，撒向野草，野草可以熬茶喝，清热解毒，防病治病。不论王母娘娘在月亮上捣药的事是真是假，但每逢八月十五看月（说高雅点叫赏月）便成了我们那一代少年儿童们的一个重要活动。每当八月十五的清朗之夜，圆月如盘，秋风习习，大地洒满银辉。好奇的少男少女们就会聚在一起，遥望一轮明月，上面浅影浮动，恰似一棵古老的松树，树下有一石臼，臼旁有一神仙手执木棒对着石臼在捣着什么，越看越像，给人以丰富的遐想。如果陪同一位记忆力好的老奶奶看月，她会有讲不完的关于王母娘娘和月亮的故事。其实不光八月十五，三十年前的每月既望，看月皆是王母娘娘捣药的影像。

乡下人历来比较讲实惠，编了这么一个王母娘娘捣药普惠人间的故事。而在城市里流传的却是极富浪漫而又自相矛盾的嫦娥奔月的故事。其实按照城里人的传说，嫦娥虽然漂亮，人品却不好，偷吃了王母娘娘给她丈夫后羿的长生不老药，飘飘欲仙飞到月宫上去了，去了吧想念丈夫，又让一个玉兔仙子给她捣药，吃了药好早日返回丈夫身边。这里和家乡的传说有一点重合，即月中捣药。但捣药的由王母娘娘变成了玉兔仙子，而且捣药不是为了普惠人间，而是为了嫦娥自己。我不相信美丽的嫦娥会那么自私，查了很多资料，终于发现另一种传说，说王母娘娘送嫦娥丈夫的仙丹，被一个叫逢蒙的坏人听说，并前往盗取。嫦娥为了避免仙丹落到逢蒙之手，逢蒙吃了危害众生，情急之下便自己吞下了仙丹。这个传说似乎比较符合人们心中嫦娥的美好形象。尽管如此，我宁愿相信家乡的传说，月亮上捣药的，不是玉兔仙子，而是王母娘娘；捣的药不是嫦娥吃了，而是在端午节撒向了人间。

月亮是美好的，特别是秋高气爽的季节。可是天公也并不总是作美，八月十五也有阴雨的时候。而且八月十五的阴雨，不仅遮住了中秋时节的一场美妙夜景，也预示着对正月十五观灯赏月的大失所望。因为谚语说："八月十五云遮月，正月十五雪打灯。"意思是只要八月十五是阴天，那么正月十五一定要下雪。我虽然经历这样场景的时候不多，但是记忆中这个谚语还是挺应验的。

关于红薯的记忆

　　红薯，是我们这一代农村人的永久记忆。家乡属于丘陵地区，岗多地薄，石多土少，土地贫瘠。20世纪五六十年代没有化肥，种什么庄稼都不会高产，唯有种红薯可以。于是，红薯成了家乡全天候食品，养活了无数家庭。"红薯面，红薯馍，离了红薯不能活"，是那个年代家乡生活的真实写照。

　　红薯又称番薯、白薯、甘薯、地瓜等，从名字上看，似乎是全世界都有这东西。据说红薯真正原产地在南美洲，明朝时期从越南引种到国内，清朝乾隆时期陆续在全国推广种植。家乡栽种红薯，应该是民国时期的事了。常言道，樱桃好吃树难栽，红薯高产路数稠。

说的是红薯虽然高产，但生产工序十分复杂：

1. 育苗。做好土池子，下边铺好底肥，把上年留下的红薯种一个挨着一个排好，上边再撒上粗肥，每天往上边洒水，半月左右，红薯苗就长出来了。

2. 栽种。待红薯苗长到20多厘米的时候就可以栽种了。把红薯苗从苗床上拔出来，一小把儿一捆送到地里。红薯怕涝，不能种在平地上，必须打畦儿；但是栽种的时候又必须浇水。雨天还好，不下雨的时候要从河里挑水，如果遇到旱天，河都干了，只能先把红薯苗栽上，靠天等雨。

3. 除草翻秧。红薯栽种之后正好进入夏天，雨水多阳光好，生长非常快，秧子一个多月便爬个满畦。由于红薯秧子枝条会生出很多须根，影响主根即红薯根茎的生长，因此必须经常翻动不让它生须根，生长期间至少要翻两次。这个时期也是杂草生长最快的时期，杂草多了与红薯秧争营养，因此至少也得拔除两三次。于是便把两个活儿合二为一，边拔草边翻秧。等到红薯秧把地面全部覆盖了，杂草才不再生长。

4. 刨收。红薯大概在农历十月"霜降"前后成熟。成熟以后就要从地里刨出来。这个比较简单，用一种铁耙子把红薯刨出来。每棵红薯大概结三到四块，技术好的一耙子下去可以把一棵红薯完整地刨出来。刨出来以后，去掉须根就可以切晒和窖藏了。

5. 切晒。红薯属于高产作物，亩产达五六千斤，存放是个难题。于是留一小部分窖藏起来，平时食用和下年育苗，其他大部分切成薯片，晒干收藏。这个工作量相当大。那时候家家户户都会制作红薯切片器，俗称红薯擦子。通过红薯擦子把每一块红薯切成约5毫米的薄片，扔在地里晒干，叫"红薯干"，然后储藏起来。这个环节最琐碎最费功夫。要一片一片地切，一片一片地摆开，晒干后一片一片地捡起来。遇到雨天来不及捡，坏到地里也是常有的事。

切红薯干用的擦子（图片来源：中原农耕文化博物馆）

6. 窖藏。选一些形状、大小比较好的，窖藏起来，一是平时可以吃新鲜的，二是留作下年育苗用。那时候，家家户户都有一个地窖，俗称红薯窖。红薯窖都是人工挖的，约两米来深，地面口径约五六十厘米，底部有大有小，根据自家窖藏红薯的多少确定。地窖冬暖夏凉，如果保存得好，红薯可以存放十来个月，吃起来仍然新鲜如初。

红薯从种到收确实太麻烦了！但红薯的确又是一个离不开的好东西。据有关资料记载，红薯是一种营养齐全而丰富的天然滋补食品，含有蛋白质、脂肪、多糖、磷、钙、钾、胡萝卜素、维生素 A、维生素 C、维生素 E、维生素 B_1、维生素 B_2 和 8 种氨基酸。据科学家分析，其蛋白质的含量是大米的 7 倍；胡萝卜素的含量是胡萝卜的 3.5 倍；维生素 A 的含量是马铃薯的 100 倍；糖、钙和维生素 B_1、维生素 B_2 的含量均高出大米和面粉。这些物质，对促进人的脑细胞和分泌激素的活性，增强人体抗病能力，提高免疫功能，延缓智力衰退和机体衰老起着重要作用。很多国家都把红薯列为长寿食品。

虽然红薯那么多好处，可是在当年的家乡，它的作用似乎只有一个，就是填饱肚子。记得家里有很多瓦缸瓦罐，用来储存小麦、玉米、豆子等，这些粮食经常是不到新粮下来就吃光了。唯有红薯干是大圈大篓地放着，从年头吃到年尾。谁家没有小麦、玉米是正常的，而没有薯干是不可想象的。

红薯填饱肚子的作用虽然单一，但吃法可是多种多样。新鲜红薯可以蒸着吃、煮着吃、烧着吃，可以做红薯糊涂红薯茶。薯干也可以蒸着吃、煮着吃，可以做红薯干糊涂，还可以把薯干碾碎成"红薯豆"，从而做"红薯豆"糊涂。如果把薯干磨成面，那吃法就更多了，可以做的花色品种有：红薯面糊涂、红薯面窝头、炒红薯叶、红薯面油饼、红薯面菜馍、红薯面菜疙瘩、红薯面条、红薯面饸饹、蛤蟆蛤蚪等。

我本人是吃红薯长大的，上述品种都吃过，这里推荐几种最好吃的吃法：

1.烧红薯。用柴火烧熟，最好用炭火烧熟。特点是又香又甜、耐饥。记得小时候母亲经常在做好饭之后在烧锅的余烬中放进一个红薯，等吃完饭它就自然熟了。有时候为了吃这个红薯，正餐都不想吃了，正餐反正也是红薯。

2.炒红薯馍干。红薯面窝头（死面）放凉变硬，切成厚片，油锅放葱姜蒜烧热后放入馍片，炒热即可。特点是咸香、筋道、耐饥。

3.蒸红薯面菜馍。用红薯面和红薯叶揉在一起，做成窝头大小的菜团，蒸熟，再用盐、大蒜、辣椒、十香等捣成汁，蘸着吃。特点是鲜嫩爽口、耐饥。

4.煮红薯面菜疙瘩。用红薯面拌盐、葱花、红白萝卜丝、辣椒丝等，做成鸡蛋大的菜团，滚水下锅，猛火煮熟捞出即可。特点是筋道、耐饥。

5.红薯面蛤蟆蛤蚪。红薯面加水和成软面团，将蛤蟆蛤蚪器放在开水锅上，把面团搓入锅中煮熟捞出，再放到凉水中稍微搅拌，捞出加蒜汁（做法同3）即可。因形状类似小蝌蚪，故名"蛤蟆蛤蚪"。特点是爽口、滑嫩、耐饥。如果没有蛤蟆蛤蚪器，也借不到（因为蛤蟆蛤蚪一般都是中午吃，而中午家家几乎都在做蛤蟆蛤蚪），可用擦萝卜丝的擦子代替。其实蛤蟆蛤蚪器制作也很简单，用直径5毫米的钢钉，在一个长30厘米、宽20厘米的不锈钢薄板上打孔若干，四周加上木框即可。

6.红薯面饸饹。用红薯面蒸成死面窝头，出锅趁热用饸饹器（需购买）轧出即可。调料可用蒜汁（做法同3），也可用卤汁肉菜。特点是浓香、耐饥、有档次，一般招待客人时才做。

其实，红薯还有很多可以深加工、精加工、更增值的做法。比如把红薯加工成淀粉，然后就可以制作很多食品和食品添加剂，最简单的有粉条、粉皮、粉丝，甚至还可以做工业原料，如制药等。民以食为天，几十年前红薯就是我们的天。就算今天生活好了，红薯仍然是我们餐桌上一道不可缺少的美食。目前我的家里经常存放的就有红薯、淀粉、粉条，时不时还到街头小店去吃一回炒凉粉、麻辣烫呢。

冬至

　　冬至是一个兼具自然与人文特征的重要节日。从自然上讲，二十四节气中反映太阳系地球运行极点的节气有两个，即夏至和冬至，夏至日太阳直射地球的北回归线，冬至日太阳直射地球的南回归线。从人文上讲，在我们家乡，二十四节气中和当地民俗文化节日重合的日子也只有两个，即清明和冬至。清明是鬼节，冬至才是人的节日，由此可见冬至的重要地位。按二十四节气的时间节点和地球运行的空间节点来说，冬至和夏至是对称的，冬至到了，冬天就过了一半，夏至到了，夏天就过了一半，这两个节气分别处于冬天和夏天的正中间，对于地处北半球的我们来说，按这个时间说，冬至应该是最冷的一天，夏至应该是最热的一天。可事实并不是这样。我们家乡有"夏至三庚数头伏"的说法，夏至以后三个"庚日"才开始伏天，最热的中伏在夏至半月以后了，说明夏至后才进入最热的天气。冬至也一样，过了冬至才进入"九天"，最冷的"三九四九龙（指冰凌）上走"也在冬至的半月以后了。为什么二十四节气和实际气候在这两个节点出现了不一致？这大概是一个很深奥的问题，估计和地球与太阳的相对角度有关，这不是本文讨论的话题，但实际上却也与本地文化密切相关。本文关注的重点是冬至的文化意义，以及和家乡习俗的关系。

关于家乡的冬至文化，主要体现在三个谚语里。第一个是"冬至十天阳历年"。这是一个时间概念，表明冬至已是年终岁尾。根据我的体会，人们在引用这个谚语的时候，并不是在简单地计算时间，往往有某种特别的意味，也许是一种时间上的紧迫感，或者是对年关到来的压力感，言外之意是，"时间过得好快啊，再有十天就是又一年喽！"这一点感受，20世纪五六十年代和如今的人们并无大的区别。

第二个谚语是"吃罢冬至饭，一天多做一根线。"

冬至不是最冷的一天，却是最短的一天。过了冬至，夜越来越短，白天越来越长。长多少呢？家乡的人们形象地用做衣服时把一根线用完的时间来比喻。那用完一根线究竟要多长时间呢？我们大体计算一下。20世纪五六十年代以前，家乡一带比较落后，好像还没有卖成衣的，也没有缝纫机，穿的衣服鞋子都靠手工缝制，手工缝制主要靠针和线。一般说来，线不能太短，短了接头太多，不美观，也浪费；但也不能太长，长了一次拉不到头同样也麻烦。所以一根线通常略长于做针线活的女人手臂的长度，大约五六十厘米。把这样一根线用完，不同的用途时间也不一样，缝衣服可能快点，也就一两分钟；纳鞋底可能要慢点，需要十来分钟。我查了一下万年历的有关内容，过了冬至每天日出到日落的时间确实在慢慢变长，但每天也不过一两分钟的时间。看来，说"一天多做一根线"指的是缝衣服的线，而不是纳鞋底的线。这样算未免有点迂腐，其实谚语的意思也不过是说，过了冬至，白天越来越长了，能干活的时间也越来越多了，表现出一种快乐进取的态度，体现了家乡农民勤劳朴实的性格特点。

第三个谚语是"冬至不端扁食碗，冻掉耳朵没人管"。吃扁食（即饺子），是家乡过冬至的唯一有关"吃"的文化传统。冬至这天中午，不管家庭贫富都要吃一顿扁食，条件好的时候吃白面肉馅儿的，条件差的时候吃荞麦面素馅儿的。说法是吃扁食是为了暖耳朵，不吃扁食，到冬天会把耳朵冻掉。中国的北方地区似乎都有这种说法，至于它的出处，倒是没有多少人知道，家乡人唯一的说法是扁食的形状像耳朵，吃啥补啥，吃扁食自然补耳朵。冬至过后就是数九寒天，而耳朵是暴露在外最容易冻烂的部位。这种说法不无道理。我查询了一下，类似的说法很多。因为我们家乡接近南阳，我更相信与医圣张仲景医治耳朵"冻疮"有关的说法。传说张仲景在长沙做官告老还乡时，正值大雪纷飞的冬天，寒风刺骨。他看见南阳白河两岸的乡亲们有不少人的耳朵被冻烂了，就吩咐弟子在南阳关东搭起医棚，用羊肉、辣椒和驱寒药材放置锅中煮熟，捞出来剁碎，用面皮包成像耳朵的样子，再放到锅里煮熟，做成一种叫"驱寒娇耳汤"的药物施舍给百姓吃。服用后，百姓的冻耳朵果然都治好了。后来，人们为了纪念张仲景，也为了保护耳朵，每逢冬至便模仿"驱寒娇耳汤"的做法，包扁食、吃扁食也便慢慢成了习俗，扁食的馅儿也发生了变化，由"良药苦口"的草药变成了香甜可口的肉菜。

家乡所谓的"扁食"，全国统一的说法就是"饺子"。实际上，饺子并不是只有冬至才吃，它还是除夕和大年初一的主食。既然是张仲景发明的，是为了保护耳朵过冬，为什么过年也要吃呢？其实饺子原本不叫饺子，也不叫扁食，而是张仲景根据当时一种叫"月牙馄饨"的造型制作出来的，起名叫"娇耳"，用汤水煮熟后做成"驱寒娇耳汤"，宋朝时期称作"角儿"，到了明朝时期才叫饺子。传说当年张仲景的"娇耳"治疗耳朵冻伤很有效，方圆几百里耳朵被冻伤的人纷纷都赶到张仲景的老家邓县去治疗耳朵，张仲景便不停地做"驱寒娇耳汤"给大家吃，从冬至陆陆续续做到大年初一。吃了张仲景的"驱寒娇耳汤"，耳朵也好了，便返回老家。过去不管远近路程，没有公共交通工具，就靠两只脚，旅途远的要走十天半月的，结果回到家里便把"娇耳"的名字也忘了，只记得像扁扁的月牙一样，结果就叫"扁食"了。冬至吃扁食，确实是为了保护耳朵，至于除夕和大年初一吃扁食，则纯粹是一种纪念了。

村里村外的坑塘

我记事起，村里有七个坑塘，而且都是常年有水的坑塘。村民们把自然形成的叫坑，把人力开挖的叫塘。这样全村共有东坑、西坑、北坑三个坑，和北塘、南塘、东北塘、东南塘四个塘。这七个坑塘功能不一，却共同滋养了全村几百口人，也记录着全村几十年来五彩缤纷的生活与变迁。

我出生时家在村子的北头，家门前的坑叫北坑。相比较，北坑是村里最小的一个水坑，大约十来米宽，二十来米长，涨满水也就两米多深。坑的北端是一个小河沟，也算是坑水的源头，多少下点雨就会有水流入水坑，所以北坑很少干枯。记得坑的西岸浅水区有

236

一块大石头，像是一个水位标杆，水多了就被淹没了，水少了就露出来，等石头完全暴露，那坑就快要干了。因为这块石头很多时候是在水中的，水多的时候站上去有划船的感觉。坑的南头最窄处，是用碎石块铺起来的岸，类似江边的码头，便于人们在这里洗洗涮涮。这坑原本并不大，后来因为雨水冲刷和清除淤泥，就变得越来越大了。

北坑就在我家门口，所以给我留下了无数的记忆。小时候，除了冬天，每天早上起来第一件事就是到坑边洗脸；赤脚跑了一天，晚上掂着鞋到坑边洗脚。洗红薯、洗菜、洗衣服就更不用说了。最有趣的是冬夏两季，夏天可以玩儿水，冬天可以玩儿冰。因为和周边家庭的生活用水（如洗菜、淘粮食等）密切相关，坑里是不允许洗澡的，洗衣服也只能用盆子把水舀出来，洗完把水泼在旁边而不能倒回坑里。水的玩儿法有很多，经常玩儿的游戏有"漂油儿""水卟唧儿""放纸船"，当然也有摸鱼抓虾逮青蛙之类的。冬天的玩儿法就更有趣了，可以"沿冬凌"，实际就是滑冰，可以"打皮牛"，可以砸冰块儿。那时候水坑结冰很厚，我们叫"上石冻"，就是结的冰跟石头一样坚硬，大人孩子都可以在上边玩耍。不知道什么原因，水坑里结冰越来越薄，也就是一二十年光景以后，不仅"上石冻"没有了，连薄薄的冰也很少见了。

这个水坑一个更重要的作用是满足我们村北生产队（简称北队）的耕牛饲养用水。北队最多的时候共有约20头耕牛，牛屋就建在水坑边，牛们每天要消耗大量的水：早晚各一顿主餐，每头牛要消耗20升左右的料水，餐后还要拉到坑边饮水。如果出工，出发前和返回后各饮一次水，至于每次饮多少，只有牛知道，但没有大量的水肯定是不行的。而这些牛们，肩负了全队五六百亩地的耕作重任，可是太重要了，天旱水少的时候，要保证牛们优先用水，人用则在其次了。

北坑不大，却发生过大事情。听说以前一远门哥哥的儿子海堂，在坑边玩耍时落水溺亡，此后经常有人不明原因落水，有一件真事我是亲眼见证的。一天我在坑边玩水，溺亡那个孩子的弟弟忠河，突然就滚到水里去了，这时我父亲正好也在坑边，没顾上脱衣服就跳到坑里，把忠河捞了出来。幸好捞得及时，忠河并无大碍，可是吓得我以后好久不敢到坑边去玩。如今忠河已是子孙满堂，不知道这事他还记不记得。

最近回乡探亲，发现原来属于北坑的那个地方已被一片树林取代，树木长得高大葱郁，不知树龄已多少年矣！再去寻找童年时期经常爬上去边摘边吃的坑边的那棵棠梨树，还有那片一到夏天便结满红果的樟樟台，已杳无踪迹……

西坑更是全村人的生命之源。西坑位于村西中部，南、北、东三面都有住户，西面临着耕地。西坑更像是南方的湖泊，不方不圆，水面较大，但不太深，在坑的东北和西南角各有一片芦苇，有两个类似码头的水岸供村民们洗菜取水，其他地方被树茆子围着，以防不慎者落水。坑的东岸有一眼井，一度是全村几百口人赖以生存的唯一可饮用水源。老人们说，原来村里有一口深井，突然没水了，就邻着西坑临时挖了个井，直到西坑干了之前，全村人都吃这一口井的水。遇到干旱的年份，坑水少了，井水也会减少，水少的时候，前去打水的人不能太集中，大家不约而同地在傍晚或清晨去打水。为此，西坑除了洗菜淘粮食，是绝对不允许洗脚、洗澡、洗衣服的，大家自觉遵守并互相监督。附近更有爱管闲事的老者，看到对西坑有不卫生行为的，是要大吵大骂的。

西坑，是一个环境保护区，自然也是村里的一个景观。春、夏、秋三季都是村民们聚集的场所。芦苇、槐花，蛙鸣、鱼跃，鸭歌、鸟唱，还有常年穿街而过的淙淙细流，和夕阳西下时暮云映照下的彩色水波，忙碌的时候无暇顾及，一日三餐成了赏景的好时段。坑南坑北似乎各有一个专门的场地，一到饭时，男人们扛着大砀镂聚集起来，一些女人们也会过来凑热闹，大家边吃边聊。来这里吃饭，一个是坐到水边比较凉爽，还可以看看景色，听听蛙鸣鸟叫，二是暗中也比较一下谁家的饭好。当然，吃饭期间"抬杠子"也是常事，甚至也有吃着吃着就打起来的。农闲的时候，大家也爱到这里聚堆吹牛，大概也是因为这里有场地有景观吧。西坑离我家稍远，但也是童年时期除北坑以外去的最多的地方，去听大人们吹牛吵架，去水井提水，也和伙伴儿们去网鱼抓虾。后来家里在西坑附近盖了新房子，再后来我就外出求学、工作了。前几年回乡，一个最大的变化就是街里修了一条水泥路，从西坑中间穿过，把西坑一分为二。之后，水慢慢干了，陆续又被竹子和说不上名称的花木取代。西坑，就这么变成了花园。

东坑是相对西坑而言的，其实在村子的正中间，一条小溪把两个坑连了起来。小溪经过村里，原本清澈的溪水到了东坑就变得十分混浊，像是排进去的污水。东坑的位置决定了它的水质从来没好过，东坑周边的邻居们似乎也不注意保护它，经常有人往里头排污水，甚至扔脏东西，致使水质越来越差，经常变色变味。除非路过，我一般不愿意去那里玩儿，更想不起来发生过什么有趣的事。倒是听说过有人因家庭矛盾寻短见，跳进东坑，边跳边喊："我不活了！我不活了！"结果喊了半天没人下水救他，自己又出来了。此传说有名有姓，因无法确认是真是假，也就不敢提名道姓了。至于东坑啥时候消失的也无从说起了，因为它不像北坑、西坑那样至今尚有遗迹，如今早已无踪可寻了。

　　四个水塘的故事就更简单了。首先它们的历史短，都是解放后人工开挖的；其次塘里的水有明显的季节性，雨季满了，平时很快又干了。村里挖塘的目的原本是与周边的水利工程配套来存蓄水源，无奈那些水利工程也几乎没有发挥过作用，水塘的作用就更不用说了。我的印象中，北塘地势太高，存不住水，离村又太远，从没有发挥过任何作用。南塘在村子南口，那里是村里坑塘中两个可以游泳的地方。记得塘边有一棵老柿树，同伴们洗完了澡就爬到树上凉快。其实南塘最重要的是解决了南队的耕牛饲养用水，这有可能是开挖南塘的根本目的。反过来能证明的是，随着耕牛的消失，南塘也失去了作用，便随之荒芜、萎缩乃至消失了。

村东头的两个水塘运气好些。开挖这两个水塘的直接目的是灌溉生产队的两个菜园子，相对于其他几个坑塘来说，这两个坑塘都比较大，存水也比较多。东北塘可以游泳，水质比南塘好，所以一度在夏天的时候比较热闹。后来因在附近建井也禁止游泳了，加之周围没有污水源，水质一直很好。东南塘的情况和东北塘大体一样，临近塘边打了一口水井，塘和井之间有水道相连，水道堆满细沙，起过滤作用。实际上井水和塘水没有多大区别，都非常清澈卫生。当然，东南塘的水质得到了极其严格的保护，除了洗菜淘粮食，其他活动是绝对不允许的。因此塘边的水井成了西井废了之后村里最繁忙的一口水井。记得我刚结婚的时候带妻子第一次回到家乡，恰好家里的水缸没水

当年保护极其严格的东南塘如今已是一片花园　许志成　摄

了，她就和我一起到东南塘边的水井打水，她看到了水井和水塘的暗道机关，不免一阵嫌弃，后来看到了对水塘的严格保护才得以释然。但在她眼中，我一直是一个吃坑水长大的人。村里有了自来水以后，这两个水塘的作用也明显下降，慢慢也就没人关心了，几近荒芜。后来两个水塘被有心人看上，承包作为鱼塘了。回乡的时候可以看到，鱼塘的周边种满了各种花卉。每当清明前后，春暖花开，也是别有一番景象。

村里坑塘的命运是随着时代的变迁而变化的，它们至少见证了两个方面的历史：自然环境的恶化使坑塘从有到无；经济社会的发展又让村子越变越美。

听书

书，有几种含义。一是指记载文字信息的工具，如"书本"。二是指记录文字信息的动作，同"写"，如"书法"。三是专指一本国学经典著作《书经》。四是指一种"说唱"文艺形式，如"说书"。本文所说的"书"，属于第四种，而且是仅限于家乡流传的"坠子书""鼓儿词"这两种。家乡把这两种艺术形式统称为"说书"，观众对着"说书"的不叫看书，叫"听书"。约请"说书"艺人到村里演出叫"写书"。

听书，在20世纪五六十年代的家乡，是一项重要的群众性文化娱乐活动。每当大队或生产队有什么喜事好事，大事许一台戏，小事写一场"书"，以示庆贺。农村富裕以后，谁家有喜事了，谁家做生意发财了，谁家儿子或孙子结婚了，谁家儿媳或孙媳生了双胞胎了，都会把村里人请过去"听书"，少则说一夜，多则说几天。后来形成了不太好的风俗，养的牛生牛犊了、猪生猪娃了也要请说书的，不请就会被人嘲笑。这当然是旧时的事了，如今家家有了电视，都能看到优秀的文艺节目，喜欢"听书"的人也就越来越少了。

当年家乡有两种"说书艺人"比较受欢迎，一是说坠子书的，一是说鼓儿词的。坠子书就是河南坠子，是一种说唱艺术形式，有说有唱，边唱边念。坠子书一般由一个人"自拉自唱"或者小团队合作。自拉自唱的非常了得，一人操作三件乐器：除坠胡外，拿胡琴弓子的手还要持一个简板，一只脚还要蹬梆子。梆子钉在地上，绳子的一端绑在梆子上，另一端绑在脚上，唱起来嘴手脚并用。还见过更厉害的，把坠胡绑在腰上，背上还背着一个行李，边走边打边拉边唱。坠子书小团队则由三人以上组成，通常是一家人，或者师徒几人，有分工、有合作、有轮换。琴师拉弦子蹬梆子，说书者一手拿简板，另一手拿着一个小铜镲，身边还放一个小边鼓，唱的时候边唱边打简板，道白的时候放下简板，一手敲边鼓，一手打小铜镲。当然，几个人一组的都是一职多能，经常轮换着来，需要喝彩烘托气氛的时候，团队其他成员就会一起吆喝。

说鼓儿词的相对比较少，基本都是外乡人。据说鼓儿词起源于山东，后来传入豫西南，流行于鲁山、叶县、宝丰一带。鼓儿词艺人一般都是单枪匹马。说书不用乐器伴奏，有的只有一个小鼓，边说边敲；有的用两件打击乐器，唱的时候一只手打鼓，另一只手夹两个铜制月牙板，边唱边呼啦月牙板。鼓儿词"唱"的特征不明显，"说"的特征比较明显，类似山东快书或快板书，不同的是说几句后总要唱一个长长的"哼哎——"。

就像戏曲的开场锣鼓，无论坠子书还是鼓儿词，一般也有一个开场秀，意在说唱正本内容之前烘托一下气氛。说坠子书的一般由琴师先来一段坠胡大起板，叫"四十八板"，然后说书人念一段开场白。说鼓儿词的先敲一段鼓经，然后念一段开场白。但不管坠子书还是鼓儿词，开场白的内容大体是一样的，而且念白的时候念一句敲几下鼓或敲几下镲。开场白通常都很通俗幽默，而且说得比较快，有的甚至说到底不换气，故意憋得面红耳赤，好像要被噎住了一样。小时候听多了，有一段说书人通用的开场白现在还记得：

天也不早了，人也不少了，俺老师儿的四十八板也拉了拉，请乡亲们撩衣纳服哑言蹲坐两旁，听我这破喉咙哑嗓南腔北调胡言乱语，说字不清道字不明，慢慢地道来……说的是天阴没日头，下雨顺沟流，小孩儿跟娘睡，长大了成老头儿……

也有很讲政治的："说书不说书，先念毛主席语录，伟大领袖毛主席教导我们，领导我们事业的核心力量是中国共产党……"或念"下定决心，不怕牺牲……"

也有直接用毛主席诗词做开场白的，用最多的是《七律·长征》《七律·人民解放军占领南京》和《七律·送瘟神》。

记得有一个豫东过来的唱鼓儿词的，长相奇丑，但唱得非常好听。村上经常请他来，有时候一唱就是几天。听多了，他说的开场白至今依然记得清清楚楚：

铛啷啷一声言归正，

我来打一阵大鼓开正风。
听家恁爱听文来爱听武，
爱听奸来爱听忠。
爱听文我唱包公案，
爱听武我唱杨家兵。
半文半武白毛女，
苦甜酸辣我唱红灯。
想听忠我来一本岳飞传，
想听奸我骂一骂贼严嵩。
如果恁想听这来又想听那，
只能一本一本说给恁听。
可怜我只有一张嘴，
恁想听太多我可唱不成。
这就叫一人难趁十人意，
一杆枪难打那百万雄兵。
要是那一人能趁十人意，
除非是编书院里样样通；
要是那一杆枪能打百万兵，
除非是威虎山上的杨子荣。
……

当然，其他书家也有类似的语言，但这一段最酣畅淋漓，所以至今还能熟练地写下来。

开场白之后往往还要有一个书帽儿，也就是一个幽默段子或幽默小故事。记得一个书帽儿是这样唱的：

有一个姑娘她本姓丁，

一心一意要找一个秃相公，

她一不图庄儿，二不图地，

图的是夜里纺花她不点灯。

开场白说罢，言归正传。20世纪六七十年代，不管坠子书还是鼓儿词，说的内容都比较健康，也没有封建迷信的内容。传统内容诸如《三侠五义》《三国演义》《水浒传》《杨家将》之类的比较少，多数都是发生在抗日战争或解放战争时期的战争故事或英雄故事，时间有长有短，短的一晚上说完，长的几天几夜也说不完。记得大部头的有《平原游击队》《江姐》《平原枪声》《林海雪原》《马英传》等，短点的有《解放上海》《解放南京》，还有《解放南阳》《解放洛宁》

《解放太康》等。

很多说书艺人都有自编自演的本领，他们大多不识字，说书内容全靠口口相传，但他们却有着极高的音乐和语言天赋，往往对书中内容添油加醋、添枝加叶，一个故事他们想唱几天就能唱几天。而且他们很懂听众心理，中间穿插很多包袱和悬念，往往说到最高潮处休息或者结束，让听众欲罢不能，吸引听众下次早早过来。还有很多幽默高手，学战争中的各种枪炮声，学动物叫，学反面人物讲话，简直是学什么像什么。特别是小团队成员之间扮演书中人物互相斗嘴，或书中夫妻打情骂俏，甚至与听众互动，经常把听众逗得前仰后合。记得一个盲人说书艺人，老拿自己开玩笑，经常说那些和盲人有关的歇后语，把自己拉进去。比如"瞎子点灯——白费蜡"，他就会说"我点着灯给你们说书不是白费蜡嘛"；"盲人手里拿本书——装得怪像"，他会说"我手里天天拿本书，大家看我装得像不像？"等等。说书艺人不少都是残疾人，收入不高，到处流浪，很容易和听众融为一体。没有舞台，没有距离，艺人和听众面对面互动交流，这可能是说书这种形式在民间久盛不衰的真正原因。

说书场景　梁冠山　摄

　　那个年代，听书是农村比较实惠的娱乐方式，一晚上大约两块钱，或30斤红薯干。钱物由生产队或大队出，全村人都可以免费听。那时候的听众不一定是文明听众，却是忠实听众。一有说书的，村民们会争着管饭；不少说书艺人都是盲人，大家会争着牵手引路或帮着拿东西。演出中间大家会主动给艺人倒茶递水。因为没有舞台，听众可以围着说书人席地而坐，有多大场地就能坐多少人。村里有一批听书迷，逢场必到。有的过耳不忘，听过之后还能几乎一句不漏地给别人讲。我有个叫振德的表哥，记忆力惊人，口才也好，看过的书过目不忘，听过的故事倒背如流。按现在的说法，当年他有很多粉丝，都喜欢他讲故事，如果现在年轻，相信他一定是个大网红。

参加工作以后，我在著名的曲艺文化之乡宝丰县工作过几年，这时候才知道宝丰县有一个专门由民间说书艺人自发举办的"马街书会"，据说这个书会从隋朝开始至今已经延续了一千四百多年。就在每年的农历正月十三，全国各地的说书艺人冒着风雪严寒来到马街会演。以后也才慢慢知道，说书的不仅家乡一代流行，在全国各地都很盛行，而且还有大鼓书、评书、三弦书等几十种说书艺术形式。不仅有民间艺人，还有像刘兰芳、单田芳那样的大艺术家；不仅在家乡那样的穷乡僻壤就地演出，还经常登上国家大剧院、中央电视台那样的艺术殿堂。说起来挺荣幸的，我在宝丰工作的几年，又正好分管宣传文化工作，对扩大马街书会的影响做了一些具体工作，参与领导了宝丰县承办全国"第一届曲艺文化节"，也见证了宝丰县被中国曲艺家协会授予全国第一个"曲艺文化之乡"的称号。还有个值得一提的小事，就是一些民间说书艺人知道我喜欢戏曲和曲艺艺术，便主动找到我和我交朋友。其中县曲艺队长有一天找到我，说他们常年下乡演出，用坠子书的形式宣传改革开放和计划生育政策。可是一旦回到县城没有落脚的地方，连个休息和排练的场地都没有。他们也听说县委旁边有几间闲房子常年空着，问我能不能借给他们用。我让有关同志了解了一下，果然有几间闲房子，就出面协调给他们使用。有了房子，他们又说没有床铺和桌凳，我自费花了几百块钱给他们购置了一些简单家具，使他们真正有了安身之地，他们在之后的民间文化艺术传承中果然发挥了重要的作用。

亦师亦友张景祥

写下这个题目，首先感到不妥。他是我最尊敬的老师，也曾是赫赫有名的县二高的校长。然而，他在我心中，更多的时候是我敬重的兄长，是我无话不说的好朋友。我也相信，当他看到这个题目的时候，一定会高兴，因为我知道，他不喜欢我叫他老师或者校长，他更喜欢我叫他老兄。不过，我一直坚持用最朴素最低调的方式称呼他：张老师。

说来话长，有幸认识张老师，还要从20世纪70年代我坎坷的求学经历说起。1975年，我从邻村的月台学校初中毕业。当时公社唯一的一所高中被砍了，在原校址上改建为农业大学。而农业大学的学员是要经过推荐的。当时正是父亲被打倒期间，我不可能被推荐，只能处于无学可上的地步。好在公社把原来几个初中学校匆忙升格为高中，原来只有小学与初中的月台学校招收了部分初中毕业生，就把我们作为高中生招进去了。因为没有高中老师，学生也没地方住，学校坚持不到一学期就解散了。后来我又被分配在同样只有小学和初中的文集学校，同样因为没有高中师资和吃住的地方，又是不到一学期就解散了。分别在这两个学校流浪了一年多之后，直到1977年年初，公社高中恢复，才把我们在几个学校流浪的一批学生收拢起来，办成了两个高中班，即所谓的高二（1）班和高二（2）班。我被分到高二（2）班，班主任就是当时传说的硬汉老师张景祥。

初见班主任，一看便知，他是个极其严厉的老师。三十多岁的张老师中等身材，赤红脸庞，寸发直立，目光炯炯有神，连鬓胡子都刮得干干净净。穿着朴素，干净得体，说起话来声如洪钟，走起路来虎虎生风，大笑起来非常随性，极有感染力。说他是硬汉，也是有典故的。据说他上高中的时候，考试成绩常常班级第一名。到了高考，非清华北大不报。结果高考的时候害了一场感冒发烧，没有考出理想成绩，梦想破灭，一气之下弃学务农。当时的高中毕业生本来就少得可怜，一个志在清华北大的高中毕业生，哪能让你安心务农，不久便被教育部门招收当了初中教师，公社设立高中以后，张老师直接成为高中的数学老师。在那个年代，高中毕业当教师并不稀奇，稀奇的是高中毕业又当了高中教师，并一直当到高中的校长，厉害程度可想而知。后来有一次我就此事专门求证过张老师，他说那些都是传说，平时学习成绩确实比较好，但也不是传说那样每次考试都是第一，最后没考上大学也是事实，原因也并不是那么简单。至于是否非清华北大不报这一点，他一直避而不谈。这也许有他的难言之隐，甚或是他心中一直的痛，后来他的学生们就相约不再追问他了。但我从他的这段经历中，找到了他在恢复高考以后和当了校长以后，那么重视高考、那么关心考生的根本原因——用他学生的成功来弥补自身的遗憾，实现他没有实现的理想。这一点，似乎成了他的使命，他的责任，他一生的情结。

高中虽说是恢复了，但学校也不知道让学生们学点什么，并没有开设高中课程，由班主任当家安排学习内容。记得我们班一般是上午读报纸，下午跟农大的学生一起劳动或者唱歌。张老师作为班主任，带头读报纸，但不怎么唱歌。报纸读累了，让班干部读，然后让同学们轮着读。我不是班干部，因为个头比较矮，坐在前排，所以读书经常被轮到。也许是小学时期汉语拼音或者朗读课文学得比较好，读报纸总爱带着感情，比较有节奏感，所以后来张老师经常点名让我读，他自己反而很少读了。唱歌更是如此。由于我天生一副好嗓子，唱什么都好听，所以每次唱歌我必先唱，跟其他班拉歌一般也由我领唱。不仅如此，不知道什么时候学会了识简谱，新歌一看歌谱就会唱，这更引起了张老师的重视。他不会唱歌，但特别喜欢听歌。每次读报纸之前要唱歌，读报纸的间隙还要唱歌。教室不是书声琅琅，便是歌声阵阵。正是因为读书和唱歌，慢慢引起了张老师对我的注意。

读报纸也好，唱歌也好，劳动也好，不到半年，同学们还没有完全相互认识我们就"毕业"了，是张老师带领同学们度过了这一段愉快的时光。直到离开的时候，同学们才突然发现，张老师那张严肃的面孔背后是一颗宽厚而细腻、稳健而睿智、坦诚而热情的心，甚至，我们在回忆中能感受到他骨子里的活力与浪漫。记得照过毕业合影之后，他完全把教师的威严抛在脑后，和同学们聚在一起，说说笑笑，难舍难分，可以说他在同学们心中的魅力在这一刻达到了最高峰。这个场景后来经常在我的梦境中出现，多年以后同学们回忆起来，在学生生涯中最难忘的是那不到半年的短暂岁月。

然而，张老师对我人生最大的影响却并不源于这段历史。虽然如前所说，我读报纸和唱歌引起了他的注意，但他给予我更多的关注、关心和关照，则是在我参加高考复习班以后。1978 年我高考入线而未被录取，这引起了学校的重视，秋季一开学，学校就把往届生中成绩比较好的学生集中起来，统一辅导，冲击下一年的高考。那时我刚刚作为民工被抽调到一个工地没几天，就接到了学校的通知，辞别工地，来到了公社高中。这时候，我原来的班主任张老师已经提拔为学校领导。因为是外来复习生，我对学校的情况不甚了解，只记得校长是金培锋先生，张老师是负责教学方面的校领导，类似于如今的教导主任。但是金校长年事已高，身体也不好，加上张老师年富力强，做事雷厉风行，很受金校长的赏识和信任。

　　说到这里，有必要把张老师力主公社高中办复习班的事说一说。当时常村高中刚刚恢复，全国统一高考也刚刚恢复，学校百废待兴。虽然不是校长，但张老师有一种非常强烈的使命感和责任感，也似乎是对当年没有机会上大学的一种心理补偿，立志要协助校长把学校办成县高的水平，多出人才，早出大学生。然而，刚刚恢复以后的高二学生，基础极其薄弱，想短时间提高他们的成绩难度极大，冲击高考更是难上加难。因此，张老师力主把成绩好点的往届生，特别是上年高考成绩不错的落榜生重新召回，组织专门的师资力量重点辅导，冲击高考。这一建议得到了金校长的赞同和支持，也得到了往届生的热烈响应，通知下发以后，很快就有近百名往届生前去报到。学校专门腾出教室和宿舍，大致在9月份，两个高考复习班顺利开课。我就是在这样的背景下回到学校的复习班。遗憾的是，有几名张老师非常看好的学生，张老师反复动员他们，甚至亲自到他们家里做工作，终因他们的家庭原因不能返校复习。多年以后，张老师的那些学生们也许已经忘记，也许获得了另一种成功，但每当说起来这件事，张老师依然表现出十分惋惜的心情。没有把几个优秀学生动员到学校复读，简直成了张老师的一个心病，至今说起那些往事，张老师仍然会反复念叨那几个学生的名字，如数家珍。

因为上年高考已经入围，所以我成了张老师重点关注、重点培养的复习生之一，他对我寄予了特别强烈的希望，经常了解我的复习情况，经常教我复习重点和学习方法，而且非常关心我的个人生活。让我终生难忘的，是他经常鼓励我"有志者，事竟成"，他经常关心我的话是"有啥事，就找我"。他甚至也跟我开玩笑，当我想回家向他报告的时候，他会说："回家干什么？想媳凤（妻子）了？！""不要光往家跑，需要啥到我这儿拿！"最让我感动的事发生在1979年秋季。我高考再次落榜，彻底灰心，准备彻底放弃！关键时候，又是张老师捎信传信，甚至找到我的家人，动员让我再次返校复习，并答应如果家庭困难，学校可以减免费用！张老师的关心和鼓励，感动了我们全家人，为此父亲专门主持召开了一个严肃的家庭会，哥哥们既威胁又利诱，终于又把我赶回了校园。在张老师的直接教导和关心帮助下，1980年9月，我终于走进大学校园。可以这样说，正是张老师的最后执着，促成了我们全家人最后的决心，也正是张老师的始终关爱，才圆了我的大学梦，最终改变了我的命运和人生。现在回想起来，张老师对我个人的关心和帮助，远远超出了作为老师对学生的职责。可以说，没有张老师，就没有我的今天。

我总是这样认为，也正像张老师自己常说的，关心学生成长固然是他作为老师的职责；但是，帮助农家子弟改变命运纯粹是他的个人情怀，而为国家培养更多有用的人才，更是他崇高的理想与目标。我对张老师的敬重，当然首先来自他对我个人成长进步的关心，但更多的是来自他对教育事业的执着，在培养人才方面的大格局。张老师当了校长以后，特别是当了县二高的校长以后，几乎把全部的精力都放在了提升教学质量、提高高考升学率上。那时候我已经到省城工作，和教育界也有了一些联系。在那个时期，我们之间的联系很多，但他没有什么私事，基本上都是为了他的学校建设和他的学生升学的事，而且几乎把他所有的人脉资源都用在了学校发展上。

在很多人眼里，张老师是个工作狂，是一位很有名望的老校长。但在我心目中，张老师也是一个性情中人，是一个很值得深交的好朋友。他不抽烟，酒量不大，但喜欢和故交知己偶尔小酌。他不仅桃李满天下，他的朋友也遍布各地，因为他把他每一个以前的学生都视为今天的朋友。我每次回到家乡，都要跟他聚聚，而每次聚聚总会有他的几个老学生围在他身边。我也认识张老师的几个老同学和老朋友，参加过他们的聚会。看得出来，他们虽然来往不多，保持了五六十年的友情依然浓烈。他的一个老朋友告诉我，张老师不仅跟他的学生是好朋友，跟他的同事甚至他的上级都是好朋友，他虽然性情刚烈，内心却是一个典型的仁者，得到他指导、帮助的人不计其数。

在这篇短文中，我没有写张老师的学问。他的学生或接触过他的人都有一个共识，其实他的学识极其渊博，不然他承担不了当今高中校长的重任。实际上，张老师谈古论今的水平不亚于某些博导。如今张老师早已退休，受镇政府聘请撰写乡志。我知道，修志是一门大学问，没有高深的文化底蕴和理论功底是无法完成的。这一点也足以证明他的学术地位。前几年我回乡办事，顺便去看望他，他把几个在家当农民的老学生们叫在一起，我们游山玩水，谈古论今，谈笑风生，把酒言欢，张老师更是高谈阔论，俨然一代名儒，但却丝毫没有当年老师的庄重和校长的威严。我曾用一首小诗记下了当时的景致和心情：

同张景祥老师游石门山
艳阳照石门，师徒同游春。
青山水墨画，澧河万古琴。
花径逆溪上，阡陌网翠林。
村舍楼参差，道路车辚辚。
丹瓦映农家，焕然别墅群。
名师兼导游，满腹皆经纶。
即景吟诗书，随地讲学问。
历历考古旧，侃侃论新闻。
传道在当年，解惑竟至今。
幸哉常相聚，终生指路人。

余粮户与缺粮户

　　改革开放以前，农村集体经济的组织形式是"三级所有、队为基础"。名义上，一个公社区域内的土地、牲畜、农机具、山林、水面、草原等农业生产资料归公社、大队和生产队三级所有，但实际上，各类经济活动以生产队为基本核算单位。公社、大队对生产队的各类经济活动进行指导，具体的生产、经营、收益、分配均由生产队根据国家政策自行决定。我在童年时期所在的生产队除了农业生产，基本没有其他经营活动。虽然办过砖瓦厂，但烧了几窑砖瓦都是红不红蓝不蓝的，勉强卖出去了也不怎么盈利，最后停办了。也办过养殖场，养了一群绵羊，原本是剪羊毛卖钱的，因管理不善，两三年就维持不下去了。除此之外不记得还有什么经营活动了。

以生产队为基本核算单位，主要反映在按劳分配政策下的基本工分制度，具体包括以下几个环节：

一是工分制。工分是计量劳动力劳动的基本方式。按照"多劳多得"的原则，付出劳动多的社员记工分就多，反之亦然。怎么衡量劳动力付出劳动的多少呢？当时有五种通行的记分办法。第一种是按劳动日计算。生产队干部把全队的劳动力分为几类：青壮年男劳动力每个劳动日记10分，早上、上午、下午分别为2分、4分、4分；青壮年女劳动力每个劳动日记8分，早上、上午、下午分别记2分、3分、3分；其他老弱病残劳动力每个劳动日记7分，早上、上午、下午分别记1分、3分、3分。第二种类似于计件工分。根据劳动对象的劳动量和劳动强度确定分值。比如割麦子按麦垄记分，用架子车拉土拉粪按"立方"记分，割牛草按斤记分，等等。除了这两种主要的记分办法，第三种是根据农户上交的人粪尿（俗称大粪）、草木灰和土草混合沤成的肥料多少给农户家庭记分。人粪尿由生产队专门收大粪的人统计并折合成工分交给生产队会计；土肥也通过会计直接量方并折合成工分。第四种是一些紧急活儿、临时活儿或需要包干的活儿，记多少分由生产队领导班子临时研究决定，或者授权生产队长、副队长或记工员随机确定。第五种是属于本生产队的劳动力，干的又是公益活儿，却不能参加本队的生产劳动，或者特殊原因不能每天参加本队的生产劳动，按所谓"撵分"的方法记分。如民办教师、民工、部分大队和生产队干部。实行"撵分"的人也有区别，不同的人执行不同的标准。有的"撵"全队同类劳动力中的最高分，如教师和大队干部和生产队长；有的"撵"同类劳动力的平均分，如生产队的副队长、会计、记工员等。还有其他情况，比较复杂，但都有相应的记分办法。这些记分方法在当时是一种通行的方法，附近的农村普遍采用，一旦确定长期保持不变。当然，个别时候个别地方也有特殊情况，有完全是平均主义"大锅饭"的，不分男女老少只执行一个工分标准，也有搞"工分挂帅、物质刺激"的，也有记分标准档次太多而且差别太大、显失公平的。但这些毕竟都是少数，而且都能及时得到上级纠正。记得在我们生产队就出现过这种情况。那年上级派了一个公社干部兼任我们生产队队长，他不了解基层情况，为了刺激群众积极性，动不动以增加工分为完成某项具体任务的条件。特别是一些急难险重的事，工分高得脱离实际。而且让谁参加都是他一人说了算，往往少数人是受益者。有一次晚上突然下雨，砖瓦窑上需要把刚做好的砖坯摞起来再用塑料薄膜盖上，以免被雨水淋坏。队长私下叫了几个人把活儿干了，每个人记50分。而实际上，这点活儿并不多也不重，半个小时就完成了，只是有点紧急，又在晚上，但按以前的惯例顶多记一个劳动日的工分就足够了，无论如何也不应该记5个劳动日的工分，加上参加者又是他私自叫的人，没有

算盘是当年核算工分的重要工具（图片来源：中原农耕文化博物馆）

参加的人就没有机会挣这 50 个工分，结果多数群众就很有意见。类似这样的事还有过几次，后来群众反映给大队，大队反映给公社，上级就把他的队长职务给免了。

二是实物产品分配制。生产队会经常把收获的粮食、瓜果、蔬菜还有其他经济作物等实物分给群众。小麦、玉米等粮食需要先保公粮和库存，然后分配；瓜果蔬菜等其他作物一般都就地分配。分配的方式也有三种：首先按工分分配。这个方法要用工分总额和分配对象的数额进行核算，算出每个工分应分配的数额，然后按照一个家庭上年或当年的工分总额，以家庭为单位进行分配。这种分配方式一般都是在分粮食和重要产品时使用。其次按家庭人口分配，事先也需要把全队总人口和分配对象进行核算，算出每个人口应分配的数额，然后按当时一个家庭的总人口进行分配。这种分配方式一般是在分配瓜果蔬菜等数量较小的产品时使用。最后按工分和人口相结合的方法进行分配。通常是按"人六分四"的权重进行核算。这个我不太懂，大概是所分配产品的 60% 按人口核算，40% 按工分核算。这个核算方式有点复杂，但克服了以上两种分配方式过分强调人口因素和工分因素的不足，照顾到了挣工分少而人口比较多的弱势家庭，体现了公平的原则；同时也考虑到挣工分多的家庭，体现了多劳多得的效率原则；而人口的权重更大一些，更是体现了新社会人的因素第一和人人平等的原则。这种分配方式一般也是在分配大宗产品时使用，特别是对某些产品进行一次性分配时使用。

三是年终决算制。前边所说的社员家庭按照上述三种分配办法分到的各类产品，其实还不是真正的收入，严格说它不完全是劳动所得，而是全年劳动所得的预借。真正反映劳动所得的收入，是经过年终决算的现金收入。而年终决算是一个十分复杂的过程。这里我简要介绍一下主要步骤。

第一步，计算全队当年的总产值。按照当年上级确定的价格，把全年收入的粮食、烟叶、油料、蔬菜、经济作物及其他产品折算成现金形式，形成全年总产值。

第二步，扣除支出。在总产值中扣除公积金、公益金和各类公共支出，剩余部分为可分配的总产值。

第三步，核算日值。统计全村的工分总额，然后用可分配的总产值除以工分总额，得出工分日值。所谓工分日值，就是以青壮年劳力一天所挣的 10 分为一个标准劳动日，总产值除以工分总值，再乘以 10 得出工分日值。举个例子，一个 150 口人的生产队，当年全村可分配的总产值为 0.3 万元，工分总额为 15 万分，前者除以后者，得出工分值，即每个工分合 0.02 元。然后乘以 10，即得出工分日值为 0.2 元。也就是说，一个每天 10 分的劳动力，每天可分配产值为两毛钱。

第四步，分配。每个家庭的总工分除以 10，得出标准劳动日天数，天数乘以日值，就是应该分配的产值。例如一个家庭的总工分为 5000 分，折合成标准劳动日为 500 天，每天的日值为 0.2 元，那么这个家庭应分配产值为 100 元。

第五步，预借扣减。计算出了每个家庭应分配的产值，还要扣减一年来实物分配的价值。一年来分配的产品，按当年价格计算成现金形式，年终决算时还要从家庭应分配产值中扣减，扣减后才是家庭实得的收入。

经过上述五个步骤的决算，一个家庭的最终分配收入就算出来了。但是家庭的最终收入有正收入，也有负收入，正收入的叫余粮户，负收入的叫缺粮户。这就是余粮户和缺粮户的由来。再举个例子来说明一下：一个家庭的总工分为5000分，折合成标准劳动日为500天，如果他们所在的生产队当年劳动的日值为0.2元，那么该家庭的应分配产值为100元。如果这个家庭当年的实物分配折合为50元，那么该家庭实际应分配的收入为50元，成了余粮户，这50元就叫余粮款。但如果该家庭当年的实物分配折合为120元，超过应分配20元，那么该家庭就需要交给生产队20元，就成了缺粮户，这20元就叫缺粮款。

决算以后，要公布账目，如果有人提出异议，就找会计进行核实，如果没人提出异议，生产队就要召开兑现大会。兑现大会通常在接近年关时召开。会上，队长先讲话，总结一年来的工作，并就一些具体问题进行说明。然后会计公布决算结果，最后用现金现场兑现。

余粮户高高兴兴地领钱，缺粮户郁郁寡欢地交钱，真可谓"几家欢喜几家愁"！

不了解那个时代的人可能会有疑问，都进入社会主义社会了，怎么还会有余粮户和缺粮户这种现象呢？

这个问题还真需要认真说明一下。其实，余粮户和缺粮户的出现，并不是公平出了问题，而是既坚持了按劳报酬的原则、也体现了人人平等的公平正义精神，这恰恰是社会主义集体经济制度的优越性所在。中国的私有制时代，只有资本、生产资料和劳动才可以取得报酬，而且生活资料价格完全由市场决定。而在社会主义集体经济条件下，不仅生产资料和劳动可以取得报酬，人人都是集体的一员，即便没有劳动能力，也可以按同等价格获取生活资料。如前所述，生产队分配实物产品时，虽然以按工分分配为主，但不少是按"人六分四"或完全按人头分配的。这样，无论年龄大小，无论政治地位高低，无论有无劳动能力，都可以取得相应的生活资料，这不恰恰是人人平等的社会主义集体经济优越性的体现吗？当然，"按劳分配"是社会主义分配制度的基本原则，不考虑这个原则，一味地按人头分配，就会忽视劳动的主要贡献，就会造成根本上的不公平。所以余粮户和缺粮户的出现是那个时代的产物，也是兼顾"按劳分配"和"按人分配"的最好结果。试想，如果那时完全实行"按劳分配"也就是按工分分配，那些人口多劳力少的家庭可能分配不到足够的生活资料，难以满足家庭生活需要；如果完全按人头分配，那些青壮年劳力多的家庭就没有生产积极性，最终会影响集体经济的发展。

当年那些洋玩意儿

20世纪五六十年代，家乡虽然落后，但也陆陆续续出现一些新奇的东西，最典型的就是所谓的"三转一响"：自行车、缝纫机、手表和收音机。围绕这些洋玩意儿发生过一些有趣的事情，对于了解那个时代也是一个有意义的参照。

自行车应该是出现最早的洋玩意儿，那时候就叫洋车。我记事起，村上就有自行车。一个本家叔叔在公社税务所工作，估计是村里最早有自行车的人。记得车子是飞鸽牌的，虽然不新，但每天都擦得明晃晃的。村上还有一个本家哥哥，是一个典型的老农民，可不知道为什么他家很早就有一辆自行车。不过他家的自行车可不是明晃晃的那种，而是黑乎乎的，甚至什么牌子的都没有显示，村上人都叫它"干骨龙"。而且车子走在农村的土路上呼呼啦啦的，于是就有人风趣地说，那个自行车哪儿都会响，就是铃不会响。我刚记事那时候，村里自行车除了那两辆，就很少见到了。除非村里来了公社干部，或者外地来了走亲戚的。还有偶尔到村里来转一圈的"劁猪匠"，他们总是骑着自行车，车把上还挂着几缕白胡子和红飘带，看上去挺神气的。当然，如果村里谁家有红白喜事，就会有不少骑着自行车来的客人，门口摆好几辆自行车，那简直是一道美丽的风景，往往引起村民特别是孩子们的围观。

我家大概是村里第三个有自行车的家庭。说来挺不好意思，前面提到的本家叔叔家里有一辆自行车，有一年他家是缺粮户，我家是余粮户，他家的缺粮款正好和我家的余粮款相当，大约七八十块钱吧，生产队就把他家的缺粮款"照"给我们家了，也就是让他家直接把欠款还给我们家。但他家一时拿不出钱，就把自行车拿来抵账了。其实自行车并不值那么多钱，拿来抵账的东西，通常只会高估不会低估，这是大家都明白的道理。但因为我们两家属于近门儿，关系又比较好，也就不去计较这些了。反而是我，小小年纪的，心里总觉得不得劲儿。因为我们两家关系很好，特别是本家叔叔家的大女儿和儿子跟我年龄相仿，天天一起上学，一起割草，一起玩儿游戏，简直跟亲兄弟姊妹一样。但是一说起那辆自行车，我就会觉得尴尬。那时候我们都不懂别的道理，也都不会骑自行车，但毕竟是他们心爱的东西，突然就这么到了我家，幼小的心灵嘛，总要起点波澜的。当然，这件事始终也没有影响我们两家的关系，更没有影响我跟他家那些姐姐弟弟们的友好情义，这种情义至今仍然很深。后来听父亲说，那时候大家都愿意要现金，正是因为我们两家关系好才接受的那辆自行车，明知道他们一时没有钱，不能难为他们。换别家，人家不一定要呢！看来还是亲情起了作用。

后来村里又有人买了自行车，但大多都是二手货，因为新的凭票供应，不是不好买，而是根本就买不到。当时凭票供应的商品都是供应城里人的，或者只对吃商品粮的居民，村上没有一个吃商品粮的，自然也拿不到自行车票。好在可以买到二手货。自行车多了，才知道自行车也有牌子。当时最流行的有两种，天津产的永久牌和上海产的飞鸽牌，后来也出现了安阳产的飞鹰牌。再往后来又有了加重与轻便之分。到了20世纪70年代末，自行车就多了起来，越来越灵巧，越来越漂亮。自行车少的时候，大家都用五颜六色的塑料带缠着，平时放家里也要用被单盖着，金贵得很。自行车少，自然会骑车的人也少。自行车多了，会骑车的人也越来越多。骑车子也是个技术活儿，不摔三五次跤是学不会的。刚学会骑车的时候，看见自行车就想骑，学会骑车了家里又没有，就想方设法借车子骑，本来和和睦睦的亲戚邻居因为借车子骑闹出很

当年农村最实用的加重自行车（图片来源：中原农耕文化博物馆）

多不愉快甚至伤和气的事。我小时候也因为骑车子的事摔过不少跤、挨过不少吵，也出过不少洋相。

如今的自行车仍然是广大农村的主要交通工具，不过也早变了模样，那种飞鸽、永久也早被琳琅满目的各色自行车取代，甚至正在被电动自行车和家用汽车取代。

第二种比较大的洋玩意儿就要算缝纫机了。20世纪五六十年代，缝纫机在农村刚出现，加上缝纫机是家庭妇女用品，很多时候外人是不容易知道的。所以，据我所知，当时村里并没有几台。最早有缝纫机的也是在公社税务所工作的本家叔叔家里。那个婶子手很巧，虽说不是裁缝，但农村常穿的衣服她都会剪会做，自然也会用缝纫机。婶子很善良，凡是谁家剪衣服做衣服，她有求必应，给邻里们帮过很多忙。村里刚买缝纫机的女孩子也都去向她求教，她也很乐意教大家。记得我穿的第一件蓝色斜纹制服就是她剪的，也是她指导我三姐用缝纫机给我做的。那时候缝纫机牌子不多，最好的好像是蜜蜂牌和飞人牌，这些名牌不托熟人是买不到的。记得大姐订婚以后，婆婆家托熟人买了一台标准牌缝纫机，结果大姐起初不满意，但也没办法，勉强用吧，后来发现非常好使，村里女孩子们听说了，也都纷纷买标准牌的。一时间，标准牌缝纫机也流行起来了。说实话，在那个年代，农村基本上还都是穿手工缝制的粗布衣，缝纫机的用处并没有那么大，最早有缝纫机的也多是家里摆设。之后缝纫机越来越多了，不少买缝纫机也只是为了赶时髦。特别是未婚女孩子，都把缝纫机作为最好的订婚礼物，买回来摆在家里，偶尔自己用用或者偶尔借给别人用用。出嫁当天，用一块红布搭着，由两个送客抬着送到婆家，是一件双方都很光彩的事。

缝纫机是一个过渡性的物件，顶多也就流行了一二十年光景。穷的时候买不起，条件好的时候人们都买衣服穿了，又用不上，所以家用缝纫机的历史是很短暂的。如今除了博物馆，估计很少能看见那玩意儿了。

第三种洋玩意儿是手表，同自行车一样是那个年代男人们的最爱。20世纪五六十年代，手表在城市当中已不是什么稀罕东西，可是在我们家乡那样的农村，有手表者仍是凤毛麟角，比自行车少多了。一是因为自行车可以代步，农民看着太阳出工收工，根本不需要手表。二是因为价格不菲，和自行车的价格差不多。当时还没有进口手表，国产品牌也不多，我知道的东风和上海牌手表，价格也在100元以上，这对农民来说是余粮大户一年的收入。所以这类纯属奢侈品的东西，没有固定工薪收入的人是绝对不买的。即便是城里人，戴手表的也不多。在家乡，当时把骑自行车、戴手表作为男人身份和地位的象征。我记事起，村里没有一个农民戴手表。上学以后，看见有些公办教师有手表，一些外来的县乡干部有手表。村里偶尔看见谁戴个手表，感觉非常稀奇，甚至会引起人们围观。戴手表的人似乎也希望人们看稀奇，他一定是经常挽着袖子故意把手表露出来，如果是冷天不能挽袖子，就会不停地扒手脖看时间。其实大家都知道他不是看时间，而是让别人看他的手表。村上有个在县城工作的亦工亦农合同工，据说月工资37.5元，上班一年后买了一块手表，因为妻子还是村里农民，所以他每到周末都要回来。只要他回来，就会有人围着他看手表。这时候他会把手表取下来，让大家轮着戴一会儿，这样一来二去，村里的大人小孩就都戴过手表了，一时传为佳话。

我的家人有手表是在 20 世纪 70 年代后期。大哥是平顶山一家建筑公司的小头头，率先买了手表，记得也是几十块钱的二手货。随后，在乡兽医站当兽医的三哥也买了一块手表。三哥比较低调，很多人不知道他有手表。大哥就不一样了。大哥本来不善言辞，不爱交际，但有了手表以后，就喜欢往人堆里钻。越是这样，村上的年轻人也越喜欢逗他，一见他就问："大哥，现在几点了？""叔，看看你的手表几点了？"大哥很善良，不知道大家是在逗他，一问他就马上看手表，然后是大家一阵哄堂大笑。不过大哥就是大哥，有大格局，他用他心爱的手表，改变了我的人生：为了让我返校复习，大哥拿手表激励我，而我戴着大哥的那块手表，返校复习，幸运地考上了大学。这一段故事，我在《我的高考》中有具体的记述，回忆起来，我的三个哥哥为了让我考上大学所做的"威逼利诱"，至今仍让我感动不已。

"三转一响"中的收音机就没有自行车、缝纫机、手表那么有吸引力了。20 世纪六七十年代，收音机的节目比较少而且内容单调，多是政治类的，农民听不懂。文艺节目除了八大样板戏几乎没别的，农民听不惯。

更重要的是家家户户都有有线广播，听来听去都是那些内容。加上那时候的收音机比较笨重，不便携带，所以个人买收音机的很少，多是大队、学校、生产队等单位集体买一台，和有线广播连接起来，在上级广播站停播期间收放文艺节目。另一个作用就是通过收音机的扩音功能，发个通知找个人什么的。总的来说，集体的收音机，闲的时候多，用的时候少。

村里最早有收音机的人，是南队的生产队队长老靳兄。老靳兄是入赘女婿，只知道他姓靳，不知道他叫什么名字。他有一个爱好，就是不管干活还是吃饭，每天手里拿个砖头那么大的收音机，走到哪儿带到哪儿。据说他也不是特别喜欢哪个节目，而是有什么听什么，只要有声音就行。

说是"三转一响"比较吃香，其实真正吃香的只有"三转"，"一响"是比较受冷落的。所以后来，"一响"很快就被电视机取代。有意思的是，当年那些所谓的洋玩意儿却基本上都是国产货。反而是在改革开放以后，"三转一响"中出现了不少外国货，名副其实的洋玩意儿才越来越多。

家乡的那些老规矩

　　说起青少年时期家乡的那些老规矩，现在的年轻人可能根本就无法理解。但我们那一代人确确实实就是在那些陈规陋俗的约束下长大的。那时候不像现在，有村规民约等明文规定，那些陈规陋俗就记忆在老年人的脑海中，该用的时候拿出来就是了。

　　在我们家乡，那些老规矩主要通过"兴"与"不兴"表现出来。在不同的情况下，"兴"有两层意思，一是主张、提倡，可根据条件去做，做了好、吉利。条件不具备的不做也没什么危害。比如二月二兴剃头，是说二月二龙要抬头了，剃头吉利，有条件的就去剃剃头，没有条件的不剃也没什么危害。二是"必须"

的意思。很多事必须按老规矩办，不按老规矩就不吉利甚至办不成。比如男女结婚兴"看好儿"，那就必须"看好儿"，如果不"看好儿"就无法选择良辰吉日，双方家长就不同意结婚。"不兴"就不一样了，"不兴"属于"忌讳"，忌讳的事一般是绝对不能做的，做了就会被认为不吉利甚至倒霉。比如正月不兴剃头，据说剃头要死舅舅的，所以有舅舅的人就绝对不会去剃头，没有舅舅的人一般也就不会去剃头了。当然，也有一些人不信这一套，正月里也只管去剃头，至于是不是伤到了舅舅就不得而知了。

"兴"与"不兴"的老规矩主要集中在逢年过节期间或处理红白大事过程中，日常生活中则比较少。下面，我把青少年时期家乡的那些"兴"与"不兴"的老规矩作个简单的回顾，至于其原因背景和具体细节，限于篇幅，这里就不再详细叙述了。

先说"兴"的：

年三十晚上兴吃扁食，属于传统风俗。

除夕兴熬夜，叫守岁。

过年期间长辈兴给少年晚辈发压岁钱，有让晚辈快点长大的意思。

除夕和大年初一兴放鞭炮，庆贺新年。

大年初一兴早点起床。

大年初一早上兴吃扁食，中午兴吃熬肉馏蒸馍，是一年中生活最好的一天。

正月初四兴吃面条。

正月初五叫"破五"，兴吃扁食。

正月初十兴吃扁食，叫石（食）疙瘩。

正月十四晚上类似小年除夕，兴吃扁食，放鞭炮，吃完晚饭兴挂灯笼和偷灯盏。

正月十五早上兴吃扁食，放鞭炮，庆贺小年。

正月十六兴外出游玩儿，所谓"游六（音绿儿）"。

农历二月二兴炒炒豆、吃煎饼，叫炸蝎子肚儿。

清明节兴上坟、添坟、迁坟、立碑、修葺墓园。

农历五月初五兴吃煮鸡蛋、煮大蒜，吃了败毒；少年儿童脖子上兴戴香布袋，手脖脚脖兴绑五色线，为了驱虫辟邪。

农历六月初六是蚂蚁生日，兴吃干馍，吃干馍时兴掉馍渣。

农历八月十五晚上月亮最圆，兴吃月饼。

农历十月初一是鬼节，兴上坟。

冬至兴吃扁食，预防冻坏耳朵。

农历腊月二十三兴炕烧饼，干儿子干闺女兴抱个老公鸡看望干爹干娘。

过生日兴吃煮鸡蛋。

结婚兴"看好儿"。

结婚第三天兴吃"喜面条"，全村人都兴去吃。

生第一胎第三天兴吃"喜面条"，全村人都兴去吃。

盖房子奠基和上梁兴"看好儿"。

老人去世兴摆酒席谢客。

长辈去世，五服以内的晚辈兴戴孝（用白布包头），直系子孙辈兴穿白鞋。

七八岁的小孩儿牙掉了，上牙兴扔到下水道，下牙兴扔到房坡上。

再说说"不兴"的：

过年做油锅时小孩儿不兴在场，怕小孩儿们说不吉利的话；大人在场也不兴多说话。

老人去世后三年内家里不兴贴对联。

大年初一那天对长辈说话不兴"喊"（称呼），喊了不吉利。

农历正月不兴剃头。

农历正月十六不兴劳动，所谓正月十六，骡马闲一儿。

农历正月十七老鼠生日，晚上不兴点灯。

喝酒猜枚时不兴单独用小拇指，用小拇指就是看不起人；也不兴手掌朝下同时伸出食指和中指，那样出是抠对方的眼珠。

哥哥不兴跟弟媳开玩笑，长辈男子不兴跟晚辈男子的妻子开玩笑。

如果近期没有长辈去世，不兴穿白鞋、戴白帽。

戴孝期间不兴进别人家。

给长辈递东西不兴单手，用双手以示尊重。

男孩儿不兴留辫子，女孩儿不兴剃光头。

在民间场所，跟长辈或大于自己的同辈说话，不兴直呼对方的名字。

不论任何民间场所，说起长辈或大于自己的同辈，不兴提名道姓。

取名字不兴和长辈重名重字。

在庙里或神像面前不兴乱说话。

收麦时女人不兴进打麦场。

怀孕妇女过年不兴回娘家。

怀孕妇女不兴上坟。

妇女生孩子不满月不兴出家门。

见理发师傅不兴叫"剃头的"，应叫"老师儿"。

见演员不兴叫"戏子"，应叫"演员"。

清明节晚辈女子不兴给长辈上坟。

晚上不兴数星星，数星星的指头会被狗咬。

小孩儿不兴看母鸡下蛋，看了脸就会长成红的。

不兴骑在狗身上，"骑狗烂裤裆"。

院子的大门不兴朝西开。

住宅前面不兴栽桑树，后面不兴栽柳树，门口不兴栽杨树，因为俗语说"前不栽桑，后不栽柳，大门口不栽鬼拍手"。

上衣扣子不兴钉四个或六个，说是"四六不成才"。

院子的大门不兴对着路。

堂屋的陪房不兴盖在右边。

农历每月的初七不兴出远门，初八不兴从外地回家，所谓"七不出门八不回家"。

厨房里的刀不兴放在盆子里，因为只有杀猪的时候才那样放。

吃饭时两只筷子不兴交叉着插在饭碗里，那样像敬鬼神摆的供。

用荷包蛋茶招待客人，盛到碗里的荷包蛋不兴是双数。

在屋子里不兴打伞，屋子里打伞光长秃子。

夜里不兴照镜子。

上述这些老规矩，有的有明显的迷信色彩，是不可取的。但也有的属于传统文化，是劳动人民几千年来生活实践的总结，确实能够让人们趋利避害，即使用当今的眼光看也是一种精神文明。但不管怎么说，这些老规矩毕竟是老祖宗传下来的，按规矩行事，虽不能说纯益无害，至少可以说是利多弊少的。

乡村医生

20世纪六七十年代，家乡农村的公共医疗系统还比较落后。县上会有一个比较正规的医院，公社也都有一个类似医院的卫生院，但卫生院的条件比较简陋，几乎没有检查设备，也基本没有病床，医生大多没有受过现代医学的高等教育，基本不能做哪怕是很简单的手术，只能做简单的诊断和简单的治疗，即输液或开点口服的中西药。每个大队也都有一个卫生所，多由当地的一两个老中医或有点西医知识的年轻人支撑门面。除此之外，就是分散在广大农村的个体医生了。在20世纪80年代以前，主要靠那些乡村医生守卫着广大农民的身体健康，他们可以说是农村医疗卫生战线的基本队伍。

那时候，我们家乡对个体医生的称呼为"先生"，找医生看病叫"请先生"，一度也有"赤脚医生"的叫法，但那仅仅是对公共医疗系统内的农民医生的称呼，对那些独立的私人医生仍然称为"先生"。今天重点说说作为私人医生的先生们。

那时候的"先生"们多数是中医，他们基本没有受过正规的医学教育，但也都具有初小以上文化水平，不然他们无法读医书、开处方。他们多数是祖传，极少数属于自学成才，即便是祖传的，也必须读一些传统医学著作，所以必须具备一定的文化水平。小时候二哥的一个同学是当地比较有名的年轻中医，初中毕业，因为二哥经常带我去找他看病，有时候会翻翻他的医书，也就是《伤寒论》《汤头诀》《本草》《十八反》之类和关于把脉、针灸的那么几本书，还有一些看不懂的手抄本。那时候农村医书比较少，既要靠死记硬背，又要靠个人的悟性。

当时病人找医生看病有两种方式，病情简单的病人到医生的诊所或医生家里看病抓药，病情严重点的或者老年人看病就要把医生请到病人家里，然后再到医生家里抓药。医生看病治病的方法看起来也非常简单。先是号脉，用三根手指放在手腕内测手掌一寸处，然后开始问一些情况，其间也看看舌头，翻开眼皮看看眼睛。要是老中医，诊断环节就算进行完了。如果是有点西医知识的医生，还要量量体温、用听诊器听听心脏等部位，这个过程就是所谓的"望、闻、问、切"。这个过程大约需要十来分钟时间。诊断完了就进入治疗环节。老中医一般只用针灸或中草药治疗，或扎几针，或开个中药处方。后来一些年轻的医生，既懂中医也懂西医，则可能通过注射药针剂进行治疗，也可能通过开中西成药进行治疗。这样一次性的诊断加治疗的整个过程也就进行完了。

不仅过程简单，乡村医生的医疗器材也是非常简陋的。20世纪五六十年代的老中医，几乎没有什么医疗器材，看病主要靠摸（号脉）、看、问，治疗主要靠针灸和中草药。医生常常随身携带一个小包包，装着各类银针和棱针，以及酒精棉球敷料之类的，家里一台草药柜子加一套炮制中草药的工具。所用的中草药，有些是到大医院或药材市场买的，有些则是自己到田野采摘然后自行炮制的。随着业务的发展和西医

赤脚医生时期的药箱（图片来源：中原农耕文化博物馆）

的推广，后来医生们也有了药箱，有了体温计，有了听诊器，有了注射用的针管针头，家里也有了专门的西药和中成药柜子。

20世纪五六十年代的家乡，十里八村的乡村医生也不少，但真正有名气的也就那么三五个。我所知道的最有名的是我们邻村月台村的刘先生。小时候我有病总是找他看，家里人有病也几乎都是他给看好的。印象中的刘先生比我父亲大一二十岁，个头不高，慈眉善目，总是文绉绉的。衣服虽然也是粗布衣，但总是很干净、很得体。春秋天戴个瓜皮帽，冬天戴个我们当地叫"三块碗"的皮帽子，穿个棉布大氅，脖子里围一条棉线织的围脖。不同于一般人的是，他身上总是随身带着一支钢笔，用一根红线栓着别在上衣上，红线的另一端绑在扣子上。他给人看病的时候基本不怎么说话，看完病开处方，然后走人。从不在病人家里吃饭，除了买他的药，也不要任何报酬。我小时候嗓子经常发炎，用现在的说法叫扁桃体发炎，那时候叫"长喉咙"。刚发现的时候母亲给我捏，叫"逮喉咙"，把脖子捏得紫红紫红的，捏完之后喝点香油。如果及时，捏捏也就好了。如果捏不好，就得去找刘先生。记得刘先生只有两个办法，一个是用针刺指头梢儿上的几个穴位，另一个就是用三棱针直接刺嗓子眼儿。论效果，直接刺嗓子眼儿这个最好，把脓血刺出来，虽然当时疼点，两三天就好。但是，小时候怕针，扎针扎多了，一见刘先生就害怕。以至于后来到他们村上学，一见他就要躲得远远的。

另一个比较年轻有名的医生是我二哥的同学，家在我们邻村，比我大十来岁。就是我十来岁的时候他也不过二十多岁。严格说他不是个纯粹的中医，而是中西医结合的医生。他之所以年纪轻轻就出名，是因为他有三个特点，一是理论水平高，看医书比较多，悟性很好，记忆力特别强。记得找他看病的时候，他总是一边望闻问切，一边念念有词，背诵那些医学或药学口诀。据说他还在正规医院进修过，很多治疗方法是完全按书上说的去做的，因而安全性很高。从没听说过他的病人因他的失误出事的。二是他年轻出手比较重，用药剂量比较大，往往药到病除，吃别人的药需要五服的，吃他的三服就好了。三是他也懂西医，经常用中西药搭配的方法治病，特别是中成药加西药制剂，或者用注射液，效果快而显著。我因为怕刘先生扎针，后来有病就去找他，他经常用不太痛苦的方法治好了我的病。但是，这个先生年轻气盛，有名气以后也比较傲气，因而他的病人总是没有刘先生的病人多。

附近还有一个有名的外科医生，认识他是因为我十来岁那年父亲腿上生疮，而且很顽固，多年不好，经常请他到家里给父亲看疮，最后是他给治好的。但是我对他印象一直不好。他有一套小巧玲珑的镊子、钳子、刀子，经常在不消毒也没有麻醉的情况下在病人身上下手，经常疼得病人又哭又叫，非常痛苦。不过他医术也确实精湛，记得当时很多患者宁愿不去正规医院也要请他治疗。论名气，他甚至超过了远近的老中医。

现在回想一下，当年乡村医生治病有很多非常可怕的地方。一是医生基本没有无菌操作的观念。那时候没有一次性的医疗器材，针灸用的针头、注射用的针头和针管无限重复使用，消毒酒精很少，一般情况下不舍得用，最常见的办法就是在使用前后用开水清洗一下。二是没有预防传染措施。乡村医生没有口罩、手套、白大褂之类的防护用品，不管什么病，医生患者都是近距离、面对面。三是没有监管保障手段。乡村医生开设诊所不需要审批，经销药品不需要许可，患者就医用药安全得不到根本保障。这三种情况都出现过不良甚至恶性的后果。小时候常听说，哪个村一个病人因为吃药吃"翻杠"了，哪个村一个病人刚打完针就突然死亡了，哪个医生被病人传染上了，等等。那时候信息比较封闭，朴实的老百姓也都好说话，病人死了就死了，大都不会怪罪医生，更不会找政府闹事。病人死了悄悄地埋了就算了，引不起什么社会风波。也好在家乡处在偏远封闭的山区，生活清苦，还没有多少人有如今的"三高"之说，更没有城里人常有的那些传染病和疑难杂症，多是常见病，治疗起来比较简便，也很少出现大的医疗事故。

乡村医生的历史可以追溯到几千年前。扁鹊生活在公元前400多年，应该是乡村医生的鼻祖，他留下的《皇帝八十一难经》至今仍然是中医学必读书目。东汉时期的张仲景被称为"医圣"，他把医术理论化系统化了，《伤寒杂病论》为中医药奠定了辨证施治的理论基础，如今的诸多中医理论和经方都是在《伤寒杂病论》的基础上产生的，历代学中医的都要学好悟透《伤寒杂病论》，即使如今的中医药高等学校也要教授这本书。同是东汉时期的华佗，是中医外科的奠基者，他的针灸术和麻醉术至今仍是中医药研究的重要领域。明朝的李时珍，更是集中医药之大成，他的《本草纲目》被称为明朝以前最系统、最完整、最科学的中医药巨著，如今研究中医药都离不开这本书。历史上这四位中医药巨人，有的后来做了官，有的最后被奉为太医，其实他们都是乡村医生出身，而且都是终身行医，有很多悬壶济世、乐善好施的故事。后来的乡村医生们也都把他们视为几代宗师，把医术医德看得同等重要。我青少年时期所认识的乡村医生，虽然他们并不富裕，但都把治病救人放在第一位。有了病人，便会风雨无阻，日夜兼程，也有很多感人的故事。而且在我的印象中，乡村医生单纯看病是不要钱的，只有买他们的药才付药费，通常也都很便宜。像我那样喉咙疼只需要扎针的病人，先生们是从不收费的。记得去找刘先生看病，他家的草药柜子上写着这样一副对联：但愿世间人无病，何愁架上药生尘。可以说，"医者仁心"这个成语是对当年那些乡村医生的真实写照。

简单和谐的小社会

在我童年时期，家乡的社会结构比较简单，社会成员之间的关系也不复杂，但新旧社会交替的痕迹却非常明显。一方面是旧有的社会组织、文化习俗、传统势力根深蒂固，在乡村生产生活中发挥着重要影响，另一方面新生事物层出不穷，并表现出顽强的生命力，左右着未来乡村文明的大方向。从一部分社会单元的情况中，我们可以透视当时乡村结构的现状、转型和发展趋势。

先说说当时我家乡的政府组织。

20 世纪五六十年代，国家政权下的农村基层组织主要是中共的党组织。县委以下（不含县委）有公社党委、党总支、大队党支部。公社党委是党在最基层的领导和决策机构，党总支是公社党委的派出机构，一般是受党委委托协调管理几个大队的党支部，党支部则是党的最基层组织。公社一级没有如今乡镇政府那样的行政机构，大队也没有如今村委会那样的自治组织，以党代政是那个时代基层组织的显著特征。当然，公社一级也有武装部、妇联、共青团组织，但也是有名无实，有名字无机构，有组织无专职人员。大队一级就更简单，大队干部除了支部书记、副书记和支部委员、会计，有两个只有职务没有相应组织的干部，即妇女主任和民兵营长，没有共青团组织。当时农村党员不多。以当年我家所在的杨凤沟大队为例，总人口1100多口，党员才不过十几个人，多是解放初期入党的老党员和刚从部队回乡的复原军人。党支部是全大队的领导机构，实际真正发挥领导作用的是支部书记，大事小事、党内党外都是他来决策。就连生产队队长也是支部书记决定。当然，那时候也没什么民主程序，从公社、大队到生产队干部都是上级逐级任命，没有换届选举这一说。也闹出过不是党员代理党支部书记的笑话，民兵营长、妇女主任、生产队队长由非党员担任更是非常正常。记得当时流传一个笑话，某个大队支部书记犯错误被免职了，空出的位置没人愿意当，最后公社决定让一个非党员代理，个别支部成员也不是党员。公社干部在群众会上宣布时严肃地说："农村党支部，几个非党员也就凑合了，广大群众要服从代理书记领导！"群众们谁懂啊！支部书记就这样稀里糊涂地干了几年。

再说说家族关系的淡化。

中华人民共和国成立以后，农村的家族关系在慢慢淡化。以血缘关系为纽带的家族关系在我国的历史上曾经处于主导地位，民国以后开始出现松动，中华人民共和国成立以后基本处于松散状态。在城市，基本找不到家族关系的痕迹，可在广大农村，家族关系还隐隐约约存在，并发挥着一定的作用。然而，家族的单元在缩小。据老年人讲，新中国成立前五服以内是一个家族单元，最大的家族有上百口人，这五服以内上百口人的宗族事务有一个统一的规则系统，像一部内部法律一样约束着每一个族人，即便分家另住也要遵循族内的规则。新中国成立后这一大单元就分解了，通常也有祖孙三代。那时候没有实行计划生育政策，祖孙三代也有二十口人了。同时，家族规范也在淡化，一些存续多少年的家族老规矩不管用了。国家和政府的法律法规越来越细，打破了家族的权威和各类陈规陋俗。这时，家族中有点政治地位或有点特殊劳动技能的成员无形中担负起了家族内部的协调职责。有政治地位或有学问有名望的家族成员有了更多的发言权，很多大事要按组织引导，靠政策处理，甚至家族内部也要通过诉诸法律来解决问题。

淡化归淡化，血缘的力量也是强大的，千百年的家族仍然保持着千丝万缕的联系。其一表现在地域上，通常一个姓的族人居住在一片，我们村的许、沈、谢、刘四个大姓，分别居住在相对独立的四个区域。其二是相对统一的家族伦理。取名字不同辈分的不能重字，同辈分的要用一个字派，有些五服以内的同辈还要统一排行。其三是相对抱团。平时看不到什么，一旦遇到需要站队的时候，往往是一个家族的会团结在一起，尽管他们的看法不一定一样。只要有利于整个家族，有时候某个成员会做出让步。

再说说农村里的大家庭。

20世纪六七十年代的农村家庭，可能是我国历史上最大的家庭。古代人均寿命短，形不成大家庭。解放前生活困难，养不起孩子。解放后虽然也发生过自然灾害，但总体上看，农民的生活水平得到了显著提高。一个标志就是在新中成立后的短短二十年间，连续出现过两次生育高峰。尤其在农村，在多子多福观念的影响下，二胎三胎是少数，四胎五胎很正常，六胎七胎也不少见。这样就造就了很多大家庭。就我们村来说，七口八口的居多，九口十口和四口以下的则是少数。记得当年生产队分瓜分菜，大多是按人口分的，往往是不标户名，而是按人口多少堆成一堆儿一堆儿的，并把人口相同的摆在一排，标记上人口数。这样看起来，七口、八口的往往是排最长的两队。

　　从家庭组成结构上看，多数是两代人的家庭，父母和五六个孩子。三世同堂的不多，而且即使是三世同堂，很少有祖父母双全的。因为，解放初期，能活到三世同堂的已经不少了，但是三世同堂的很多都分家另住了。假如弟兄四人，分家时父母跟一个儿子，或者轮流在四个儿子家生活，这样只有一家是三代同堂，其他三个弟兄的家庭都是两代人。也有父母和所有的儿子都不住一起，单独一个家庭的，这只是极少数。

所以，从家庭结构上看，两代人的家庭约占80%。这样的家庭结构在当时来看是比较合理的，有利于家庭和谐。家庭矛盾多产生于婆媳、妯娌之间。大家族下有族长族规约束着，在家族淡化的情况下，淡化了约束，矛盾自然就会多起来。家庭单元越小越容易带来家庭关系的和谐。所以在我的印象中，童年时期的家风、村风都是比较纯朴和谐的。

家庭大了也带来了很多问题。首先是房子不够住，造成几个孩子睡一个床，尿床、掉床的事时常发生，甚至有的孩子常年住在牛屋或别的地方。其次是生活水平下降。那些孩子少的家庭生活明显好于大家庭。孩子多了，难免小孩子穿大孩子剩下来的衣服，衣服补丁摞补丁十分正常。不少孩子压根没有上学或中途辍学的现象也非常普遍。这种状况一直持续到20世纪70年代末期才有好转。

再说说亲戚与邻里的关系。

如前所述，20世纪五六十年代的家族关系在淡化，各种亲情却依然浓厚。亲戚与邻里关系密切是一个重要的标志。老家的传统，主要亲戚分三类：姻亲、表亲和干亲。婚姻关系的第一代属于姻亲，如和舅家、姑家、姨家的关系；下一代就属于表亲，如跟舅家儿女、姑家儿女、姨家儿女的关系；干亲就是干爹干娘和干儿子干闺女的关系。其他的亲戚都是基于这三种关系延伸出来的。这三种关系中，最亲的是姻亲关系，逢年过节必厚礼看望，平时隔三差五的也要互相来往，家里有什么大事则互相通报。表亲就次要多了，表哥表弟之间若长辈在世还有来往，长辈不在基本断了来往，除非有大事才会联系。关系特别好、距离又比较近的也会有来往，但随时也会中断。尽管如此，一旦有事需要帮忙，那些老表们总比别人要强得多。干亲戚就两极分化了，有的跟亲生一样，有的徒有虚名，并无实质来往。我们弟兄姊妹七人都没有干爹干娘，但是我父母有一个干儿一个干闺女，说跟亲的一样也不过分，但毕竟他们都是外村的，不可能天天在一起。记得父母去世的时候他们跟亲儿子亲闺女一样披麻戴孝，我们至今还有来往。

家乡有句谚语，"远亲不如近邻"。的确如此。如今生活在城市，和邻居们多少年都不认识。童年时期在家乡，邻里之间、邻村之间都是熟人，都能够和睦相处，互帮互助。邻家有事，大家帮忙是不计报酬的。

关系特别好的，有什么好吃的都会和邻居们分享。记得村上有几个当兵的，每次探家都会带点家乡没有的东西，多少会分给邻居们品尝。我小时候第一次吃香蕉就是村上一个当兵的带回来的。平时谁家做好吃的，也会互相跟邻居分享。特别是谁家养的猪突然病死了，就会炖几锅猪肉炖萝卜，挨门叫人去吃；谁家待客吃桌剩下的菜，也会一碗半碗地送给邻居。我小时候二哥三哥结婚，每次酒席的剩菜，母亲会用一个大盆子收集起来，然后让我去一家一户地送，我感觉把那些剩菜送给别人不怎么光彩，总是推托不干，母亲就亲自一家一家地送。其实，在那个物资短缺的年代，邻里之间互通有无，似乎是一种风尚，是大家和睦相处的表现，虽然东西不多，却代表了一种亲情和友情，也是几千年中华友邻文化的一种传承。

货郎担儿

20世纪五六十年代的家乡农村，没有如今那样的各类商店、超市和小卖部，买东西的主要渠道是商业系统和供销社系统的商店、合作社、代销点。商店和代销点好理解，其实合作社也是大点的商店。记得公社党委所在地有几家商店，分别属于商业系统和供销社系统。大点的村子有一个合作社，各个大队部所在地的村子有一个代销点，其他地方就没有什么商业网点了。在物资短缺的年代，大小商店的东西就那么几种，就我的经历看，除了去"称盐"（买食盐）、"灌油"（买煤油），买作业本、铅笔、墨水等学习用品之外，实在想不起来还去买过别的什么。我们村没有商店，

307

没有合作社，也没有代销点，买任何东西，哪怕是一毛钱的东西都要跑到几里外的邻村。记得最清也最难忘的倒是那些走街串巷的货郎担儿。

货郎担儿，通常指肩挑两个小货柜走街串巷叫卖小百货的小商人，准确地说应该叫卖货郎。不过大家一旦看到这样的小商人进村，就会叫嚷"货郎担儿来了！货郎担儿来了！"这样货郎担儿的名字就叫开了。货郎担儿一般是独自一人，肩挑两个小货柜，货柜里面装着为数不多的小百货，手持一个货郎鼓，边走边把货郎鼓摇得咚咚作响，且走且吆喝："找头发换针——换顶针儿。"他说的针，就是各类缝衣针；顶针儿，是做衣服时指头上戴的小工具，一般在缝衣服时戴在右手的中指上，使用时顶在缝衣针的尾部，好让手部用力而不至于把手指磨破。实际上，他们虽然叫的是"找头发换针"，但小货柜里面不只是缝衣针和顶针儿，还有不少小杂货，如缝衣线、扎花线、各类扣子、女孩儿用的发卡、扎头绳等，也有小学生用的铅笔、铅笔刀、领针（曲别针）、大头针，还有小孩子吃的糖豆、五季丹（仁丹）等。我之所以对货郎担儿记得那么清，也许主要是喜欢吃他们花花绿绿的糖豆吧——糖豆在合作社或代销点是买不到的。

至于为什么要叫"找头发"来换针，也值得说道说道。那时候的农村经济属于典型的自然经济，农民很少有现金收入，也很少拿现钱买东西，多数时候都是拿自家的东西去交换。比如用鸡蛋换油换盐，用豆子换豆腐，用红薯干换醋、换粉条等。而货郎担儿的小百货可以用头发换，而且也只有货郎担儿才可以用头发换东西，其他地方是不行的。当时的农村妇女一般都是长头发，也不到外面理发，平时梳头时梳掉的头发都攒着，货郎担儿来了就拿去换东西。记得我小时候，只要母亲和姐姐们一梳头，就会站到一旁等着，最后把她们梳掉的头发积攒起来，盼着货郎担儿来了换糖豆。当时也不知道他们收那些长短不齐的头发有什么用，后来到许昌工作，才知道有一家世界最大的假发加工企业，他们把从世界各地收来的头发加以整理，变成了美丽的发套，卖到全世界，美了无数人。原来，亿万富翁、许昌瑞贝卡的创始人郑有全先生，早年就是一个"找头发换针"的货郎担儿。

村上来了货郎担儿，就会响起一阵有节奏的声音："咚，咚，咚卟咚！""咚！咚！咚卟咚！"这是货郎鼓发出的声音。货郎鼓,我们老家叫"卟咚鼓",有"卟咚、卟咚"响的意思。货郎鼓本来是卖货郎招徕顾客的一个工具,由于造型美观,响声特殊,很容易引起孩子们围观。不管买不买东西,只要货郎鼓一响,马上就有成群的孩子前来凑热闹,凡是不买东西而单纯跑过来凑热闹的,多是来围观货郎鼓的。货郎鼓的奇妙之处在于,一是造型好看,二是声音好听。货郎鼓的制作颇具工艺性,直径20厘米左右的圆形牛皮扁鼓,周围镶嵌了一圈精美的大盖银钉,约40厘米长的手柄,一端穿插在扁鼓的正中间,扁鼓与手柄垂直的边上,固定着一个用花丝绳系着的美丽的玻璃球,起敲鼓的作用,花丝绳的长度大约与扁鼓的半径相当。用力而有节奏地转动手柄,带动玻璃球正好敲打在扁鼓两面的中部,发出卟咚卟咚的声音。熟练的卖货郎能用货郎鼓摇出很多不同的节奏,像很好听的音乐旋律。在没什么娱乐活动的偏远农村,看见听见货郎鼓,似乎也是一种艺术享受。不光孩子们,不少大人对货郎鼓也颇感兴趣,有的人甚至还要拿过来操作一下,殊不知摇货郎鼓也是技术活儿,很多人根本摇不响,能摇响的也只是发出一种杂乱的"卟咚"声,这就更显示了卖货郎的神奇之处。

　　说起卖货郎的神奇，也真有不少奇妙的故事。卖货郎属于小商人，也是农村的能人，在纯朴农民的心中有说不出的复杂感受。卖货郎首先被认为是乡村能人，是有本事的人。他们往往消息灵通，见多识广，能说会道。为了推销，他们往往把小商品说得天花乱坠。有些还会编一些顺口溜，把货郎鼓摇得花里胡哨，颇能忽悠观众。加上他们的小商品多是价廉物美的家庭必需品，很多在国营商店买不到的东西在货郎担儿就能买到。这样就更能引起人们的喜爱。听说当年在附近的村子里，有男人拜他们为师跟他们学做小生意的，也有当地年轻女子嫁给外地卖货郎的。当然，也有人把卖货郎看作不务正业之人。在当时的农村，当工人、当兵、务农才被看作是正当的职业，其他都是不务正业，特别是卖货郎这样的小商人，靠耍嘴皮子为生，油嘴滑舌，跟卖当的差不多，大家心里总是有点看不起他们。还有人把他们看作奸商，担心他们的东西质次价高，不愿意与他们打交道，更不愿意买他们的东西，而宁愿跑远路到国营的商店去买。

　　人们对货郎担儿的坏印象来自一些传说。记忆中，传说在附近的村子里发生过几件与货郎担儿有关的事。一件是一个卖货郎拐走了邻村的一个已婚妇女。农村人找对象本来就不容易，妻子被人拐走是天大的事，特别留下孩子的，更是像天塌了一样。这件事引起了当地人对货郎担儿的广泛而普遍的反感，甚至自发形成了抵制所有货郎担儿的活动，造成货郎担儿好几年都不敢到附近几个村子里卖货。

第二件事是村上一个年轻人，跟外地的货郎担儿当学徒，结果时间不长就失踪了。那个货郎担儿说他的这个徒弟因天天到处奔波不适应，放弃不干了，至于到哪儿去了他也说不清。但在人们的印象里，那个孩子自从跟货郎担儿当学徒以后从没有回过家，后来有人说他死在了外地。这个孩子从小失去父亲，本来够可怜的了。不管什么原因，跟了货郎担儿以后死在外地，人们总是把罪责归在那个卖货郎身上。后来，那个货郎担儿依然到附近村子里来，但失去了人们的信任，慢慢也就从人们的视野中消失了。

第三件事听起来更可怕。有一年村上经常来一个货郎担儿，外地口音，我们都称呼他为老蛮子。虽然是个瘸子，但穿着洋气，像个城里人。他经常在学校

走村串巷的货郎担儿深受孩子们喜爱　许若明　画

门口游荡，不仅货郎鼓摇得五花八门特别好听，而且特别和善，经常逗孩子们玩儿，时不时还给小孩儿们免费发糖豆，深得孩子们的喜爱。后来他突然消失了，再后来听说他被公安机关抓起来了，原因是查出他是个特务，据说有人吃了他免费发的糖豆突然就不会说话了。这事吓得我们好久不敢买糖豆吃，老师和家长也趁机教育孩子们，不能吃陌生人给的东西。

以上这几件事发生在家乡周边的几个村子里，时间久远，真假便无从考究了。

平心而论，尽管有褒有贬，但我对货郎担儿的看法从来都是正面的。政策允许，说明他们在当时就是合法的。群众能从他们那里买到物美价廉而且从国营商店买不到的东西，说明他们起到了拾遗补缺的作用，弥补了国有商业的不足，满足了群众多样化的需要。至于有些货郎担儿做了坏事，那只是个案。在法治不健全的年代，那样的事哪个地方没有发生过呢？

难忘的豆腐坊

在我的记忆中，豆腐是除肉以外最好吃的东西，是过去农村家庭改善生活、招待客人最常用的食品，当然，也是食物短缺时期比较容易买到的相对高档的食材。20 世纪 80 年代初刚到城市生活时，想吃豆腐还要凭每月发的副食品票证去购买。而在我幼年时期的农村，如果家里条件差不多，吃豆腐几乎是不受限制的。端一瓢豆子或玉米，或扛半篮红薯干，马上就可以换一块热腾腾白生生的新鲜豆腐。过年就更不用说了，每家每户都要提前买上几十斤豆腐，制作成各种各样的美食以备招待客人。豆腐具体的吃法比较多，最常吃的有白菜炖豆腐、油炸豆腐干、白菜豆腐汤、大蒜辣椒汁拌热豆腐等。这些看似家常的豆腐菜，当然也不是随时就能吃到的。豆腐不像萝卜白菜，就在家里放着，随时都可以吃。豆腐要拿家里的粮食去换，家里有存粮的还可以，有些家庭粮食总是不够吃，自然也舍不得拿出来换豆腐。

豆腐好吃，制作起来也不太复杂。记得在我很小的时候，村里就开办过简单的豆腐坊，由于经常去看热闹，对豆腐的制作过程也略知一二。制作豆腐不需要很大的场地，三间房子即可，一间用来磨豆子，一间用来煮豆浆和压豆腐，再有一间用来泡豆、存放原料和制成品。实际上，有的豆腐坊更小，把有些环节放在院子里进行。做豆腐的具体程序是：

选豆泡豆。除去黄豆里边的杂质，温水泡透，至其膨胀到最大。

磨豆浆。用水磨将黄豆磨碎。水磨，就是在石磨上方挂一个带漏水管的水桶，磨豆子时让水桶里面的水缓缓滴下，和豆子一起进入磨眼，使磨碎的豆子呈糊状，流入桶中。强调一下，用石磨磨面时一般是用毛驴拉磨，磨豆腐比较讲究，怕毛驴身上的脏东西掉到豆浆里，通常是人工推磨。磨豆子的水磨推起来比较轻，一个成年人就能推得动。磨豆腐时，通常由几个成年人轮流推磨，我小时候也曾替大人推过水磨。

过滤。豆浆磨好后，要通过豆腐单把豆渣过滤出去。豆腐单，一米见方，是稍稀点的细棉布做成的。过滤的时候豆浆还要加水，不然过滤不充分会造成浪费。但是水又不能过多，多了豆浆太稀形不成豆腐。至于多少水才合适，全靠有经验的人掌握。过滤后，豆渣另做他用，豆浆就可以入锅了。

点浆。过滤后的豆浆放入一个大锅中煮沸，然后放入适量用石膏熬制的卤水，叫"点浆"。石膏水是用石膏加水化开即可，放入的量，则全凭经验掌握。点浆以后，豆浆就变成了豆腐脑。

压制。把豆腐脑从大锅中取出，倒入事先准备好的豆腐模具中。豆腐模具一般40厘米见方，深约10厘米，里边放上豆腐单，豆腐脑倒满模具后，把豆腐单大出的部分遮盖在豆腐脑上面，再用木板压住，上面放上重物，起挤出水分、压瓷压平的作用。通常压一夜时间，第二天早上一块方方正正的豆腐就做好了。我们家乡把这一块完整的豆腐叫"一撮儿豆腐"。通常，一个简单的豆腐坊一天要做十来撮儿。做豆腐的工序程序性很强，必须一鼓作气，中间不能停顿，不然就会失败。

20世纪五六十年代的豆腐坊都是生产队或大队所办，有临时开办的和常年开办的两种。临时开办的多由生产队组织开办，制作的豆腐用于过年过节时分给社员。一般在节日的前几天开始，连续几天，把做出来的豆腐和豆腐渣直接分给社员。常年开办的带有营利性质，通常由大队或其他集体经济单位开办。不过说是盈利，也只是能落下一些豆腐渣，做牛饲料，豆腐换来的黄豆继续做豆腐，就这样循环生产下去。关于豆腐的销售，通常有两种方式并行，一个是由专门的销售人员担着挑子或拉着架子车走村串巷叫卖，换回豆子或其他粮食。另一个是坐等买者端着豆子或其他粮食到豆腐坊换豆腐。当年豆腐的买卖方式基本是以物换物，主要是用黄豆换，每斤黄豆可换一斤半豆腐。如果没有黄豆，玉米、红薯干也可以，只是比黄豆换得少些，拿玉米换是"斤兑斤"，即一斤玉米换一斤豆腐。红薯干就换得更少，一斤红薯干大约只能换半斤豆腐。豆腐坊最喜欢换黄豆，回去就可以就地加工，如果换成别的，回去还要卖掉，再换成黄豆。这是维持简单再生产的需要。

　　我小时候村里的豆腐坊属于逢年过节临时开办的那种，而且也不是每年都开，哪年收成好群众提要求了就开一回，收成不好或群众没有意愿的时候就不开了。但因为附近村子开的有豆腐坊，我们吃豆腐也就比较方便。村里每天都有"割豆腐了！割豆腐了！"的吆喝声。每当这个时候，我就会及时地提醒母亲：割豆腐的来了！割豆腐的来了！母亲如果高兴，就会说："挖一瓢玉米去换吧，中午给你改善生活！"我就会立即挖一瓢玉米，飞快地跑去换回豆腐，路上不免抠一块尝尝。然后迫不及待地看着母亲把豆腐煎炒一番。这时候心情那个美儿就别提了。只闻到那浓浓的香味儿，就足以让你像解了大馋一样，何况，中午等待你的必定还有一顿美餐！其实到了吃饭时候，主食也还是那些玉米红薯之类的，或许还有少量的好面。但毕竟有了豆腐的点缀和调剂，吃撑便是必然的了。有时候母亲正忙，那就任你怎么提醒也不为所动，惹她烦了，就会来一句"你就好吃豆腐，看你都吃成懒虫了！"这里母亲常把豆腐和懒虫联系起来，难道吃豆腐会变懒吗？还有，平时母亲叫我干什么活，如果我动作稍慢一点，母亲就会说："看你，懒得跟豆腐一样！"不知道母亲为什么总把豆腐和懒联系起来，至今我也百思不得其解。倒是吃过一种懒豆腐，把黄豆或黑豆用花磨儿磨碎，直接和野菜搅和在一起蒸熟，用辣椒蒜汁拌了吃。这难道是懒人做豆腐的方法吗？但这哪儿是豆腐啊，就是豆渣拌野菜，好难吃的！母亲把豆腐与懒联系在一起，是不是出自这里呢？

如今，食物短缺的时代早已过去，吃豆腐已经是很平常不过的事。但是，在食物可选择性大大增加的今天，豆腐仍然牢牢占据着千家万户的餐桌，而且有越来越火之势，这不能不说是一个奇特的现象。我想，这固然与豆腐的营养和美味直接相关，但制作工艺的改良、产量的提高、花色品种的丰富，特别是各种添加对色香味的整体提升，使人们对豆制品有了更多的欲望和需求，从而使豆腐的用途似乎也更加广泛。在人们对健康、绿色更加注重的今天，对豆腐中蛋白质和钙的追捧远远超出了对充饥和美味的需要。但我还时常怀念幼年时期的乡村豆腐坊，它虽然是简陋的，却真正是原生态的。

门前有棵黄楝树

在我出生的老院子门前，有一棵高大的黄楝树。从我记事起一直到我离开农村到城市学习工作之前，它一直都长得很茂盛。那棵树给我的童年带来很多的乐趣，那棵树下也发生过很多神秘而有趣的故事。

从我记事起，门口那棵黄楝树的粗细、高低、形状似乎从没有改变过。每年的叶生叶落、花开花谢都是悄悄地来，悄悄地走，冬夏轮回，风雨无阻。听父亲说，他刚记事的时候树就是那么大，从来没有干枯过，也从来没有发生过病虫害，当然也没人伤害过它。我是在黄楝树下长大的，时隔四十多年了，我仍然清晰地记着它的模样：

黄楝树的树桩大约 3 米高，上下几乎一样粗细，直径约 40 厘米；浅黑色的树皮不像其他树那么粗糙，稍有裂纹，却整齐而平缓；最下端有两条老根裸露在土层外面，由于人们的踩踏，树根裸露部分呈红白色，像加工过的根雕一样婉转而光滑。重点是它的树冠，初春在晨曦下绿中透黄，显得生机盎然；夏天在阳光下苍翠浓密，树冠最大时可遮挡半个篮球场那么大的地方不受阳光的暴晒。无论一天的什么时候，树下总是一片阴凉。深秋，满枝暗红色的叶片和紫红色的楝果交织得像一簇虹云；到了冬季，叶子落了，果实还挂满枝头，仿佛留下一树收获的幻想。一年四季，黄楝树把朴实、厚重、苗壮、秀美和充实展现得淋漓尽致。

　　其实，村上喜欢那棵黄楝树的人很多。村子本来不大，三百来口人，方圆不到一公里，大树又在村子北部的中间，吸引村民前来扎堆的辐射范围可达整个村子的北部和南部的中间部分。莫说家在附近的，村子东西两头和村子正南部的乡亲都是树下的常客，这里简直就是一多半村民的集散地，或者每天、或者三天两响、或者隔三差五，总是要来一趟的。

　　他们来干什么呢？

排到第一位的是端着饭碗在树下吃饭。家乡的农村有个习惯，如果没有客人或者天气原因，吃饭不在自己家里，而是到附近人多的地方。村上有几个吃饭集中的地方，叫"饭场儿"，黄楝树下便是其中之一，也是比较热闹的一个。大集体时期上工、收工时间比较一致，吃饭时间也比较集中。一到饭时，男人们便扛着大硌镂（超大号饭碗）来到树下，边吃边聊。有聊见闻的，有说闲话的，有抬杠子的，话题不一而足。村上有几个声调比较高的爷们儿，说起话来像吵架，抬起杠子像打架，往往又会引来看热闹的妇女和孩子们。不过也真有吃着吃着吵起来甚至打起来的现象。如果真打起来，饭碗往往又是顺手的工具，好点的把自己的饭碗摔了，也有把对方的饭碗摔了的，更严重的是像扔砖头一样把饭碗砸向对方，甚至闹出流血事件。如果哪个饭场儿出现了这种情况，全村的饭场儿就会往这里靠拢，形成高潮。更可笑的是，有时候还有交换的。有人爱吃面条，有人爱吃馒头，有人爱吃炒萝卜，有人爱吃炒南瓜，吃饭时候就到这里换着吃，以调剂口味。也曾发生过因自家的饭好吃而被别人抢吃的滑稽事儿，当然不是抢夺，而是很礼貌地强吃。

家乡有一个风俗，吃饭时候遇到熟人要客气地让一让，多数会礼貌地谢绝，但总有不耐让的人，别人一让就吃。记得一次我的邻家伙伴刚端着一碗饺子出来，就遇见他本家爷爷，便礼让他爷爷：吃饺子吧爷？估计爷爷正好饿了，也好久没吃饺子了，于是便不客气地说，让我尝尝好吃不好吃，说着接过筷子就吃，一口气吃了十来个！一碗饺子也就是一二十个，他爷爷一口气吃了一多半，弄得小伙伴哭笑不得！本来好久没吃过饺子了，好不容易吃一回又被人吃了一多半，肠子都悔青了。这件事以后，不光我这个伙伴，谁有好吃的遇到这个老先生，不仅不敢让了，而且都要悄悄躲开。

排到第二位的要算没事闲转悠的了。不知为什么，村上的人没事的时候总爱到黄楝树下溜一圈，来的最多的时候是在上下午的上工之前和晚饭以后。其实说是闲逛，也各有各的目的。大概是过来打听今天明天生产队会安排什么农活，好准备干活工具，比如割豆子了要提前磨磨镰刀，砍玉米了要提前修理铲子。也有打探其他消息的，比如村上有啥大事，谁家吵架了，谁家孩子结婚了，谁家老人不在了，等等，这里成了信息中心。

排第三位的要数夏天乘凉。到了夏天，特别是中午以后，树下每天都是成群结队的人。有的直接掂着草席睡在树下。夜里喜欢睡在外面的人，早早就掂着草席来抢占最佳位置，争取睡在树下，避免被夏天的露水直接落在身上。因为大树就在我家门前，近水楼台先得月，父亲总是把一个"软床儿"（用木头和绳子穿起来的单人床）长期放在树下，到了冬天才搬回家里。只是父亲白天忙，童年的我几乎成了那张软床儿主人。

树下多数时候是男人的天下，男人们下地干活以后，这里就成了女人的活动场地。在家乡农村，上有老下有小的家庭妇女一般是不到地里干农活的，一家人的吃和穿就够她们忙活了。她们在男人们下地干活儿以后，也会三五成群地来到树下，不过她们不是来晃悠，也不是为了来纯粹聊天或打探什么消息，而是来这里交流干家务的心得，互相借鉴一下干家务的经验，也有些需要互相帮助的活儿互相打个帮手。即便是聊个家长里短，手里也都带着活儿，有纳鞋底的，有打毛衣的，有捻麻绳的，有淘粮食择菜的，有带儿子带孙子的，也有经布套被子的。总之她们来到树下，嘴和手都不会闲着，有时候比男人们的饭场儿还要热闹。

大炼钢铁时期，村上的大树被砍完了，可以乘凉的树不多，那棵黄楝树成了村民们的宝贝，特别是春秋夏三季。除了树的原因，当年村上也没什么规划，闲地比较多。黄楝树的周边又大又平坦，附近有生产队集体的几个红薯窖，上边盖着平滑的石板，适合在上边下象棋走"定子"（一种游戏），加之平时邻居们为了方便大家，在树的周边另栽了几棵椿树和楝树，并在树下放了很多适合小坐的石块，为人们聚集、活动、小憩提供了方便的场所。以至于后来大队和生产队的不少群众会也经常选择在这里召开。

黄楝树的魅力，还在于树上有一个非常引人注目的标志，就是常年挂着生产队用于召唤群众的大"钟"，而且每天它都要响上几阵子。我之所以给它加个引号，是因为在我的记忆中，它虽然一直起着钟的作用，但从来都不是真正的钟。最早用的是牛车轱轮。那时候的牛车上安的不是橡胶轮胎，而且用生铁铸造的"铁轱轮"，也叫"车脚儿"。车脚儿直径约60厘米，厚约10厘米，整个轮辐有多处镂空。这样的构造，挂在树上，用铁锤敲起来就会发出"哐！哐！"的响声。后来不知道谁从哪儿弄来了一段一米来长的火车轨，挂在树上，敲起来声音比车脚儿大而悦耳，就用火车轨取代了车脚儿。别小看了这两件不伦不类的钟，它们却起到了通知群众、召唤群众甚至凝聚群众的一个重要作用。每天呼唤群众上工之前，生产队队长要先敲一阵子，每次开会要敲钟，村上有了紧急事，也通过敲钟通知群众。记得有一天后半夜，钟突然响起急促的声音，惊醒了睡梦中的群众，原来队里的烟炕失火了，烤烟师呼喊没人应，就急中生智敲起了钟，迅速唤醒了群众，及时扑灭了大火，避免了一场更大的灾难。钟，成了村民生活中的一部分，如果到上工时候了还没有听到钟响，就会有不少群众过来打探消息。黄楝树承载了钟的使命，钟也赋予了那棵老树特别的灵性。

黄楝树也有很强烈的神秘色彩。它从来没有发生过病虫害，树上树下从来没有生过蚊子和害虫。它能发出怪怪的异香，吸引着喜鹊和马蜂在树上筑巢。旧时村里有一种说法，树上还住着不知名的各路神仙，保佑着村民们的生命健康，村民们从而也自发地守护着它，不曾折过树上的一枝一叶，即便对那么好看的红果，也总让它们自生自落。

黄楝树生长在我家的宅基地上，又正对着我家的大门，所以对我们家具有更特别的意义。记得我家每次过年，除了在黄楝树上贴上祝福语"出门见喜"，在树的周身还要贴一些诸如"福""禄""祯""祥"之类的吉祥字。而且这件事基本上都是我来操持，我会格外操心，把红纸割得更大，把墨水蘸得更足，把笔画写得更粗，使它显得更醒目、更喜庆、更吉祥。平时，父亲有早起的习惯，起来后总是先把门里门外打扫得干干净净，当然也包括黄楝树下大家常来常往的地方。父母对我也有特别的嘱咐，不能爬黄楝树，也看着不要让别的孩子上黄楝树。长此以往，我便分明感觉到他们和那棵老树的感情，也隐隐约约感觉到他们对那棵老树的敬重。

在我十五六岁的时候，我的家由村北头迁往村南头，此后和黄楝树离得远了，但我仍然经常去玩儿，因为那里除了黄楝树，还有一群同我一样喜欢它的小伙伴。在外地工作生活的几十年，虽然没有时间去了，但仍然时常惦记着它，仍然时常回味黄楝树下那段快乐的岁月。时至今日，在我的心目中，那棵黄楝树仍然雄伟地屹立着，仍然生机盎然，仍然温仁敦厚，仍然充满希望。

网上说，黄楝树，又名楷树。树干疏而不屈，刚直挺拔。树冠开阔，叶繁茂而秀丽。叶、皮、根可入药，清热、祛湿、解毒。孔子去世后，弟子子贡在其墓旁植楷树，忠告后代文人应奉孔子为楷模……

第一次进城

1972年我13岁。那年的暑假，我迈出了通向大千世界的第一步，从偏僻的山村走到了并不繁华的县城，从而开启了我人生中很多的"第一次"。

说来话长。有个近门弟弟叫杰，他的一个近门舅舅在公社拖拉机站开"小四轮"。因为我和杰是近门，所以他的舅舅也就是我的舅舅。舅舅在家排行第二，我们就叫他二舅。杰比我小一岁，我们天天在一起玩耍，他更是经常说起二舅，我们也经常一起到离村子一里外的沙土公路上追看二舅开着小四轮的潇洒身影，时不时还扒上二舅的小四轮美一段再徒步跑回家。那时候二舅还年轻，大概三十多岁，长得眉清目秀，和气而友善。他当时开的是拉货的小四轮，四个小轮子的拖拉机挂一个只有两个轮子的拖斗，经常往返在城乡公路上，遇到我们扒车，如果是空车，他会把车速降下来，如果拉有货，他会摆摆手一晃而过。也是得益于他的纵容，我俩经常去扒他的拖拉机。时间长了又突发奇想，有机会一定要扒二舅的拖拉机跑县城玩一天。暑假一到，说干就干。那天我们都给父母撒了个谎，请了一天假，天不明就和杰一起在公路边"候车"。经过焦急的等待，八点多钟我们终于扒上了开往县城的"列车"。

第一次离家出远门。虽然离县城只有不到30公里，但已是当时的我有生以来去过最远的地方。一扒上拖拉机，感觉风突然变得大了，烈日似乎也突然温柔了许多。我俩舍不得漏掉路边的任何景物，连话都顾不上说了。走着走着杰突然说："快看快看，路上的行人和两边的庄稼怎么都向后边倒去啊？"我一看果然如此，一时想不起来是什么原因。后来这件事就成了在伙伴们面前炫耀的话题。只用了二十来分钟，拖拉机一转弯就来到了一条宽大的黑色马路上。那时我觉得，那是全国最宽的路，路面是黑色的，路的两边是两排高大的杨树，既威武又整齐。路上人多了，小四轮多了，也有了更大的"票车"和更小的"小包车"（现在知道那是北京212吉普）。路上看到长长的"拉脚"队伍，他们光着上身，肩膀上搭着大毛巾，拉着装满煤块的架子车，一溜烟迎了上来，又一溜烟倒向后方。说话之间，拖拉机到了县城，记得过了一个巨型门楼以后，二舅把车停了下来，回过头来对我们说："县城到了，你们下来吧，不要跑丢了，下午早点过来在路边等我。"就这样我们飞快地跳下拖拉机，二舅和小四轮很快消失在人群车流中。

　　第一次来到县城，看到的一切都是新鲜的。除了人多自行车多，大票车、大货车和小包车显然也多了起来。也第一次见到了两三层楼房，虽然不知道它们是干什么用的。然而，当我们就这样沿着大街走了一阵子的时候才发现，除了匆匆忙忙的人流或偶尔一辆说不上名字的汽车从身边疾驰而过，并没有遇到让我们感到更新奇的东西，甚至突然感觉有点乏味。然后我们就商量着下一步的行动。杰的父亲是乡里的税务员，经常进城并给杰讲一些城里的故事，所以杰知道的城里的事比较多。杰提议到"十字街""抹角楼"

转一圈。一问路人，说就在附近，到了十字街就找到了抹角楼。我们十来分钟就走到了目的地。十字街果然是县城最繁华的地段，街上的路面是用沥青铺的，两边站着成排的路灯，电杆上扯着一路一路的电线，人和车确实比别的地段更多。我们走到的时候，晨集刚刚结束，街上到处都是烂菜叶子，管理人员正在打扫，尘土飞扬。然而在十字街转了几圈也没有看到抹角楼，因为周边根本没有楼。再问行人，那人笑了，那笑声分明带着城里人看不起乡下人的味道。笑过之后，指着我们身边的一个红漆大门说，你们身边那个大门进去就是。原来，抹角楼是一个百货商店的名字，它将十字街东街的路南和南街的路东连在一起，呈 L 形结构，外面看是拐角的，房顶和里面是连通的，面积比较大。虽然是一层的，但比较高，房顶又建得比较宏大，蓝砖红瓦，看上去确实很有气魄。这也许就是叫它为"楼"的根本原因吧。抹角楼不愧为全县最大的百货商店，我第一次看到那么多的东西，店里的商品说不上琳琅满目，但比村里代销点里的商品多多了，甚至比公社里最大那个合作社里的商品也要多得多。很多东西我们叫不上名字，但大体知道是吃的、穿的还是用的。我们没打算买什么，但是我们打算把它们看个遍！当然，看人也是我们来一趟的目的之一，因为我们第一次看到这么多很洋气的人。村里住有平顶山矿务局来下乡的几个知识青年，无论怎么看他们都比我们好看，但他们毕竟是年轻人。到了这里，我们看着那些男女老幼，同样是咋看咋洋气，咋看咋顺眼。看着看着我俩也不由得唉声叹气起来，羡慕那些生在城里的有福人，幻想着长大以后怎么能够搬到城里去，成为幸福的城里人。

看着说着，肚子开始咕噜咕噜叫起来。吃什么呢？不知道哪儿有吃的，就是知道哪儿有，也不知道我们带的几毛钱够吃不够吃，其实应该也是不舍得吃吧。这时候我主动对杰说："我不饿，晚上回家吃吧！"杰立马心领神会："我也不饿，咱走吧！"就这样我们用了不到二十分钟的时间就跑到了下车的地方。这时候我们才抬头看到，太阳早已经偏西了，路边的树叶被火热的太阳烤得卷了起来，我们无法找到合适的树荫坐下来乘凉。

我们等啊等啊，盼着二舅的小四轮早点过来。我们观察着路过的每一辆拖拉机，我们发现，二舅开的那辆小四轮是最简陋的。别的驾驶员都是坐在"司机楼"里，二舅那个小四轮没有司机楼，热天晒着还好说，拖拉机跑起来有风，可是万一下起雨来，不知道他是怎么解决的。正在议论着，突然听到"嘟——"的一声巨响，接着是"哐！哐！哐！"厚重而有节奏的声音由远而近！路边的人也大叫：火车来了！火车来了！这时候，坐着的人们都站了起来！人家不说还不知道，一说才知道今天又增加了个第一次，第一次看到了火车！我赶忙跟杰说，你以前见过火车没有？杰说没有。我说，咱那伙计们当中就咱俩见过火车吧？杰说，我比你先看见，我说，那不一定吧！就这样争论了起来。其实，火车远远地呼啸而过，我也只看到了一簇簇白烟和一个黑轱辘子，伴随着"咣咣咣"的声音，它究竟是个什么样子，我真的没看清楚。我相信，杰也不会看那么清楚。但争论归争论，在村子里的同伴中，无论如何我俩都是最先见到火车的人。

二舅的车一直没有过来，但看火车的时候遇到了一个意外收获——本村本家的中堂。中堂二十多岁，当兵转业到县城一个比较有权势的部门工作，本来就属于我们羡慕的一个人，那天正巧又遇到了他。论辈分，中堂给我和杰都叫叔，看见我们，他也吃惊地叫道：两个小叔？你们在这儿干什么？我们把来龙去脉说了一遍。他说，那你们不用等了，我给你们截个车把你们捎回去！说完领着我们到路边他工作的地方，一张办公桌和一把办公椅，桌子上堆满了各种各样散着的香烟，应该是过往行人一支一支递给他，他又不吸放在桌子上积攒下来的，因为我们都看见，不少行人仍然在给他递烟。说话间他截了一辆大货车——那时候还不知道属于什么牌子，把我俩安置进司机楼。汽车到底比小四轮跑得快，路上得还没来得及回味，车就到了村头。我们故意慢腾腾地下车，好让更多的小伙伴看见我们从一个汽车而不是拖拉机的司机楼里面下来。这趟车又创造了两个第一次：第一次坐真正的汽车，第一次坐司机楼。说到这儿，这段回忆也就该戛然而止了，因为后来又发生了什么，全忘记了！

　　第一次进城，还不知道什么是城乡差别，只觉得做城里人确实比做乡下人好，至于怎么个好法却说不上来。但从此以后，幼小的心灵中经常萌动着走出乡村的念想。真正走进城市、生活在城市以后才深刻体会到，幸福不在于城市还是农村，而在于你所处的那个时代；不在于你物质的多少，而在于你精神的充实和人格的尊严。我也时常想，无论今生今世你走到哪里，无论你幸福与否，让你最难以忘怀的，永远是生你养你的那个地方。

最后我想再介绍一下文章中的两个主要人物。二舅叫贾廷和，退休前任县交警大队大队长，2010年去世，我专门回去参加了他的葬礼。杰，全名许廷杰，我的本家弟弟，是我小时候最主要也是最亲密的伙伴，当过兵，参加过对越自卫反击战，蹲过猫耳洞。可能是那段历史的原因，他年纪轻轻就得了一种奇怪的病，不到五十岁就去世了！

谨以此文怀念二舅贾廷和先生和我的族弟许廷杰。

回家的味道

从 1980 年 9 月 7 日离开家乡到大学报到，已经过去了 43 年。这 43 年一共回了多少次老家，已经无法计算了。但是，几十年来，回老家从来都是一个新鲜的话题，也永远都是一个容易让人记住的回忆。

老家是什么？老家是生你养你的父母，是管你伴你看着你长大的兄弟姐妹，是为你遮风挡雨的那几间破草房，是一群一起长大的玩伴儿，也是那块你再熟悉不过却总是让你感到陌生的黄土地。

在我的心目中，老家是一个时空概念。从记事起，到外出求学工作，其间也就十几年的时间，但似乎却跨越了几个时代。比起时间，空间跨度就小得多。直到大学之前，我基本生活在方圆不超过十公里的狭小地域内：小学在本村和不到两公里的杨凤沟村，中学在不到两公里的月台村和不到三公里的文集村，考大学插班复习也在大约七公里的公社所在地的常村高中。经常保持来往的亲戚也都在这个范围内。老家没有大山，没有大河，一片黄秃秃的丘陵和几条半年有水半年干的小河沟。就在这样一个时空中，生活着少年时期的我和我的亲人。这就是我几十年来魂牵梦绕的老家。每次回老家，虽然主题永远都是父母，但每次回老家似乎又总想把几个方面的内容都涵盖了。

　　然而，回想起来，回老家并不是一件容易的事。要说上学和工作的地方离家都不算太远。上大学那几年，放假坐长途汽车回家，加上中途转车也就是大半天的时间。后来到郑州工作，就更近了，长途汽车直达县城，转一次车可以直接到家，如果起个早贪个黑，当天便可以返程。后来交通工具方便了，高速公路也都连通了，驱车两个多小时也就到家了。

　　那为什么说不容易呢？

　　一是要提前开始凑时间。"端人碗受人管"，总得请个假吧。工作上有重要事情的时候不好意思请假，周末也常常这事那事的，特别是不可预测的事情经常发生，挤出完整的时间还真不容易，有时候哪怕是一天甚至半天，也难以提前预知。所以凑时间成了回家的大难题。

二是要提前准备东西。说起准备东西那可就复杂了。父母在世的时候好说，给他们带点吃的，至于是不是他们吃了倒无所谓了。因为我知道，母亲总是把我们带回去的吃的东西，分给她的孙子孙女外孙子外孙女，甚至分给邻居和她的老闺蜜。村上几个长辈一见我总是说："你娘把你给她拿的好东西都分给我们吃了。"母亲也常给我说："吃不完，让邻居都尝尝。""别人吃了扬名，自己吃了填坑。"这样，我们每次回去，就要考虑拿多少东西才够母亲分配。后来，收入提高了，需要去看望的亲人年岁也都大了，更要带点像样的东西回去。所以，回家带什么、带多少不得不作为一个提前几天都开始筹划的问题。

回家看看，是一个渴望。可是真正回到家里，又会有很多尴尬。有时间上的尴尬，有看谁不看谁的尴尬，有在谁家吃饭的尴尬，还有就是为乡亲们办事的尴尬。

时间上总是来去匆匆的。每次回去基本上没有隔过夜，最短的时间也有停留不到一个小时的。父母在的时候跟他们说不上几句话，然后放下东西就走；即便病中的父母有时候也只能眼睁睁地看着我匆匆离开。父母不在的时候便是到坟前烧个纸，直接返程，这样的情况并不少见。

多数时候，也匆匆地顺道看看哥哥姐姐。我有三个哥哥三个姐姐，他们住在不同的地方。既然只能是顺道，就不能周全了。二哥跟父母一起住的时间最长，每次回去二哥家就是根据地。大哥大姐在公路边上住着，没理由不去，三哥因工作原因在家的时间不多，偶尔能见到。二姐三姐在不同的地方，基本上是几年见不到一次。这种不均等造成很多尴尬甚至误会，少不了见面要解释一番。好在都是一母同胞，他们没有计较，可是作为最小的弟弟，总觉得心中对他们有愧。

吃饭也是个让人纠结的事。不是纠结有没有饭吃，而是纠结在家吃不吃饭，吃谁家的饭。父母在世的时候，要在家吃饭陪着父母吃。父母不在了，每年清明节回去给父母扫墓，不在家吃饭吧，大家都有意见；吃吧，顶多也是吃一顿饭，可这一顿饭在哪儿吃几乎成了大难题。特别有时候一大家子亲人都在一起，都发出邀请逼你表态，怎么办？有时候只能哥家吃点，姐家拿点，或姐家吃点，哥家拿点；有时候只能痛下决心一走了之，干脆谁家都不吃了！其实我也明白，吃与不吃、吃多吃少都是小事，大家表达的都是一种亲情。

还有一个难为情的事就是请托办事。在我们村，许家是个大家族，平时相处都很好，还有亲戚比较多，也有邻村认识的不认识的，甚至想不起来的人都会去找，所以每次回去都有人请托办事，甚至有人提前打听好我哪天回去，然后就在村口等着。要办的事大抵有上学的、当兵的、找工作的、买紧俏商品的，还有调动、提拔的，不一而足。怎么应付呢？我的态度很明确：不违法不违规，力所能及能办则办。但遇到违法乱纪的，坚决不管。有两件可笑的事值得一说。在许昌工作期间，邻村有个孩子因为盗窃被许昌公安机关抓起来了，家里人找我帮忙疏通关系将孩子放出来。这时候我的心情很复杂，心想，一个十七八岁的孩子，如果是小偷小摸，偶尔犯错，批评教育一下放了也不是不可以。可一问，邻居们说他是个惯偷，祸害附近不少地方。结果不但没有帮他们，还对他们教训一番：

你们管教不好，孩子学坏了，就送到监狱管教管教吧。还有一次是一个小学同学打电话，说他的哥哥是个运输个体户，因嫖娼被公安机关抓了，让我帮帮忙，我当即怼了回去："这种事丢死人了，不管！"类似这样的事还有很多，真是让人哭笑不得。

虽然每次在家停留的时间不长，但内容却是丰富多彩的。第一件事肯定是见见爹娘，即便他们去世了，第一件事也是到坟上去看看他们，几十年来几乎没有例外。父亲是严肃型的，不苟言笑，每次回去也就是那几句话："听领导的话"，"不要怕吃苦"，"不要忘本"，"注意和同事搞好团结"，"对穷人要好"，等等。最让我受益的是，父亲"与人为善"的主张。他常说，对你好的人你对他好，这不是与人为善，这是感恩，是应该的。对那些不曾对你好的人，特别是曾经对你不好的人好，才是真正的与人为善。父亲一生胸怀宽广，在他身上发生过很多这样的事。母亲更是话语不多。我一到家她便把她认为好吃的东西给我拿出来，诸如煮玉米、烧红薯、生花生、烙油饼之类的。记得结婚那年5月份回去，母亲把春节腌制的大肉拿出来给我们吃。母亲总是用好奇的眼光看着我跟别人说话，看着我吃她给我准备的好东西。而每次离家的时候，母亲总是悄悄地抹泪，看着我一直到看不见为止。

每次回去，大多在二哥家吃饭，其中一个原因就是二嫂做的饭最对我的口味：玉米糁糊涂下宽面片，炖一锅揽锅菜，再加烙油饼，每次总是吃撑。其次是大姐家。每次回家，大姐知道我会去看她，但不会在她家吃饭。为了节省我的时间，她总是把我喜欢吃的烙馍卷葱、菜盒子提前准备好，不管是不是吃饭时间，到了就得吃，不吃不能走，吃不完拿走。甚至有几次都是听说我要回去，便提前拿着吃的在路口等我，边吃边走边说话。

我可能生来玩心比较重。每次回家第二要紧的便是尽量到小时候玩儿过的地方看看。老宅院门口的水塘、门前那棵黄楝树、西河五支渠那座小桥、小学旧址、九儿哥家那个老院子等，百看不厌。其实这几个地方多数早已物是人非了。倒是五支渠的那座小桥仍然保存得完好无损，尽管五支渠也早已废掉。对这个地方的印象，与我的人生轨迹有关。考大学那几年，因为不是在校生，有时候自己在家背复习材料。天热的时候就一个人跑到桥洞里边背书，一是没人看见，二是桥洞里可以乘凉。多年以后，人们提起我的那个经历，都把我看作是"有志者，事竟成"的典型。其实我心里最清楚，乘凉甚至是次要的，主要是逃避，似乎觉得考大学是一件见不得人的事——那是一个没人看到的地方。每次回家，只要时间允许，我都会悄悄跑过去看看那座桥洞，甚至找一找当年坐过的那块石头还在不在了。在写这段文字的时候，那个桥洞的面貌在我的脑海中依然十分清晰，只是附近多了一池清水，多了一块果园，多了一枝枝常年都开着的野花。

退休那年，借着回乡办事的空余，我独自一人，两天时间几乎走遍了少年时期生活过的每一个角落。哪里割过草，哪里拾过柴，哪里摸过鱼，哪里抓过虾，甚至哪里摘过果哪里偷过瓜都还记得一清二楚。然而，面对的不是干涸的小溪就是茂密的野草，抑或是旺盛的庄稼以及可爱的月季、冬青和苍翠的竹林。面目全非了！心中不免一阵阵的惆怅，但更多的还是几十年变化的反差带来的震撼。人老了，总是爱回忆，其实回忆不是怀念过去的苦，而是在对比中感受今日的甜。

故乡是容易产生情结的所在，所以回家的话题是永远说不完的。大到帝王将相，小到黎民百姓，不可以没有故乡，不可以没有故乡的回忆。而且，无论什么人，故乡总是朴素的，而回家、想家总是充满浪漫情怀的。汉高祖刘邦曾唱出过"威加海内兮归故乡"的豪迈诗句，而诗人李白、杜甫却写出了"举头望明月，低头思故乡"和"月是故乡明"的传世名句。我的家乡虽然是穷乡僻壤，但我依然想用朴素的诗句来回忆她，以此来结束这篇短文：

《乡村杂忆》
其一　村舍
楼瓦参差绿映红，
无名花果串青藤。
偶居茅舍新宅院，
都市还乡一老翁。

其二　村校
故村街口再寻觅，
学堂旧影如梦溪。
青青杨柳依然在，
古树新叶满桃李。

其三　村溪

村溪淙淙四季泉，

人鱼相嬉梦乐园。

归来老者寻不得，

夜看银河忆童年。

其四　村野

记忆深处东西坡，

趣事累如开心果。

纵使岁月无限好，

快乐似无彼时多。

我的军旅梦

最近和一个军人朋友聊天，说到一件往事，朋友跟我开玩笑说："看来你差点当了将军啊！"

这件事还要从头说起。

我大学毕业那年，在火车上遇到了一个军人。当时我才二十来岁，还是个热血青年，特别崇拜军人，看见当兵的就想套套近乎。也巧，一上火车正好和那个军人坐在邻座。当时虽然不懂军人的官职，但直觉告诉我他是一个大军官：走路威武雄壮，坐相端庄大气，红领章红五星映着一张严峻威严的脸庞，浓眉大眼，相貌堂堂！身后一个随从和颜悦色，潇洒俊朗。

上车后我只是带着崇敬、羡慕的眼光傻傻地看着他笑，不敢主动打招呼。倒是他先问起我来。诸如姓啥、多大了、老家是哪儿的、坐火车去干什么之类的话，很像电影中首长问小鬼的镜头。当他听说我姓"许"时马上就说："我们可是一家子啊！"我也大惊：怎么会这么巧！不过后来说清楚了才知道，他姓"徐"而不姓"许"。即便如此，虽然同音不同字，我感觉我们之间的感情仍拉近了很多！此后，他对我以"小许"相称，我则尊称他"首长"。

后来当得知我大学即将毕业、而且是学文科的时候，他突然问我：

"小许，想不想当兵啊？"

我怯懦地说："报告首长，听说我们毕业是组织上分配工作，自己也不好挑选。其实我内心太想参军了！"他看出了我的犹豫，便动员我说："你只要愿意，一切手续我来给你办！"

我带着感激的语气说："谢谢首长！我回到学校马上问问老师，看学校同意不同意。"

接着他向我介绍了他所在军队的情况。他所在的部队属于武汉军区，是直属武汉空军的一个独立团，他是该团的政委。他还强调，说是独立团，但直属武汉空军，相当于师级单位。小时候下过军棋，知道团长政委是一个很大的官，管着下边的营长、连长、排长、班长还有工兵好几级，而师级比团级又高了一级呢！再看他年龄，也不过四十来岁。于是对他更是肃然起敬！

据他说，他们团政治部原来有一个政治干事，非常优秀，经常被武汉军区借调，后来干脆把他直接提拔到了军区政治部。目前，团政治部急需一个能写材料、出板报这样的年轻人，只要我愿意去，他们通过组织直接到学校去接我！到部队后，直接就是个军官！听了这些话，我是又激动又感激，不知说什么好，光"谢谢首长"这句话就反复说了十几遍。

车到站了，他让他的随从给我写了个纸条，是部队地址和四位数的联系电话，并叮嘱我抓紧给他回电话。他拉着我的手有点依依不舍，我更是感动得差点流出眼泪！

是我没有当军官的命吧！回到学校一问，老师说学校每年都有参军的指标，但今年已经分完了，我们班一个没有分到。而且，我们班的分配方案已经向省里上报，不可能更改了！

说来惭愧，因为找不到长途电话，没法给首长回话，就写了一封长信，寄给了徐政委，表达了"我想参军"的想法及学校的情况。不知道什么原因，等到毕业离校也没等到他的消息，此后便杳无音信了。

　　请相信，徐政委想让我去当兵是认真的，我想去也是真诚的！无奈20世纪80年代初还是通信极不发达的时期，是落后的通信方式坏了我的一桩美事！

　　后来此事也就慢慢淡忘了。直到21世纪初到北京出差，遇到一个在空军总部工作的河南老乡，提到此事，他大吃一惊："是不是我们徐副政委啊！"接着他又打电话一问，不错！果然是当年空军某独立团的徐政委！现在已经是中国人民解放军空军的副政委，中将！我这个老乡还说，徐副政委，人很宽厚慈祥，我们经常见到他！

　　说到这里，我的心情很复杂：让老乡联系去看看吧，有高攀之嫌；不去看他吧，分明有知遇之恩！最后我们商量的意见是，让我这个老乡先跟他的秘书联系，让秘书报告这件事，如果他还记得并同意，我马上去看望他，如果想不起来或没时间就算了。后来该老乡给我打电话说，首长说记得这件事，只是目前比较忙，方便的时候会专门安排时间通知我过去。我激动地等啊等啊，几个月、几年过去了，一直也没等到他的通知……堂堂的中国空军副政委，该有多忙啊！虽然见不到他，我也深深地感到荣幸，深深理解他工作的繁忙，也深深地表达了对他的祝福。

后来，老乡工作变动，已经无法联系到首长，但我仍然通过该老乡一直打听着首长的情况。听说他退休后身体不太好，不怎么见人，我也就没有勇气和机会再去看望他。

故事讲完了。回到开头我那个军人朋友的玩笑话，要是当年跟着这位徐政委参了军，一定会在他的直接关心教育下，一路进步，至少也得弄个师长旅长干干，说不定还是个将军呢！唉，人生就是这样，很多时候不是你自己可以选择的。不过这件事也告诉我，在无法选择的路上，无论走到哪里都不能后悔；有贵人相助的人生，无论有什么结果都是幸运的人生！

应还叶公一个公道

　　大学暑假期间，有机会同我的老师——时任叶县二高校长的张景祥先生一起拜谒了叶公墓，这也是我多年的心愿。小时候课本上就学过《叶公好龙》一课，后来对叶公沈诸梁有了更多的了解。而这次拜谒叶公墓，让我知道得更多，也想得更多，甚至产生了为叶公平反、为《叶公好龙》的传说纠偏的奇想。几十年过去了，只是口头上多少次为叶公争辩，但一直未付诸文字。如今闲暇无事，便想旧话重提，也想大声疾呼，还叶公一个公道！

　　叶公，原名沈诸梁，字子高，约生于公元前550年，是春秋时期著名的政治家、军事家、思想家。公元前

353

524年沈诸梁受封于叶邑（今河南省平顶山市叶县），史称叶公。他是中国历史上有文字记载以来叶地的第一任行政长官。

叶公名垂青史，盖因四件事：一是在其主政期间，勤政爱民，采取与民休养、养兵息民、兴修水利、发展农业的政策，他组织民众修建了中国最早的水利工程之一。二是接待孔子访叶，与孔子讨论治国方略，提出了"大义灭亲"的理念，留下了"叶公问政""近悦远来"的美谈。三是平定白公胜之乱，救出楚惠王，恢复宫廷秩序，被封为楚令尹兼司马，集军政大权于一身。四是功成名就，辞职让贤，退隐故里。平定白公胜之乱之后，叶公辞去令尹和司马官位，告老返叶以至终老。

如果说有第五件事的话，那就是西汉人刘向写过一篇叫《叶公好龙》的短文："叶公子高好龙，钩以写龙，凿以写龙，屋室雕文以写龙。于是夫龙闻而下之，窥头于牖，施尾于堂。叶公见之，弃而还走，失其魂魄，五色无主。是叶公非好龙也，好夫似龙而非龙者也。"（汉·刘向《新序·杂事五》）这个故事更是让叶公家喻户晓。殊不知，这个名气却是负面的。刘向可能没想到，此后的两千多年，他的这篇短文成为人们讥讽叶公的笑料。几乎掩盖了叶公的良好形象，留给民间不明真相者一个"华而不实"的叶公传说。

这次拜谒叶公墓，更深入地了解了叶公事迹和当地百姓对叶公的评价，一个突出的感觉是，拿《叶公好龙》作为讽刺叶公的笑料，对叶公是一个巨大的不公，甚至可能是一个千古奇冤。

首先，据当地官方资料和民间传说，叶公历来被认为是一个德才兼备、功勋卓著、爱国爱民的历史人物，历史文献和民间故事基本都是赞美之词，甚至被誉为政治家、军事家。楚国只是春秋战国时期的一个诸侯国，沈诸梁的最高职务是令尹，相当于楚国的最高行政长官，如果没有大的作为，不可能成为政治家、军事家。所以历史对这样一个政治家、军事家是决不应该取笑的。其实不仅叶公治叶、平定白公胜之乱、让贤隐居的故事都是正面评价叶公的，即便民间流传的关于"叶公与龙"的故事也是反映叶公政绩的。说叶公令叶期间，为了发展农桑，除了兴修水利工程，还搞了不少龙的图腾，因为龙是水神，所以在很多地方挂龙像，也摆放不少龙的雕刻、龙的雕塑，并把管道出水的地方叫"水龙头"，这是表达对水神的敬畏和祈祷。这在当地老百姓心中当然是为民善举，怎么能不受拥护呢？怎么能够拿"好龙"的故事讽刺他呢？孔子周游列国时，专门绕道叶地同叶公讨论国家治理，应该说是对叶公的充分认可。所以，历史不应拿一个朝廷重用、百姓拥戴、儒祖认可的政治家、军事家开玩笑。

其次，我认为刘向并没有讥笑叶公的意思，是后人误解了。刘向既是一个贵族官员，也是一个很严肃的学者。他编写过很多书籍，有自己撰写的，也有编纂的，多是他用儒家思想表达他对治国理政的态度。"叶公好龙"的故事出自他的《新序》第五卷"杂事"篇，该篇的绝大部分都是对早期哲学或历史著作中的材料摘录后加以转述或直接照抄而成，而"叶公好龙"的故事很可能就是刘向转述而来的，属于历史上的逸闻趣事。再说刘向跟叶公相差近500年，两个人无冤无仇，不存在羡慕嫉妒恨，因而他没必要去讽刺一个几百年前名声不错的楚国官员。

在刘向之前，确曾有人借助"叶公好龙"的故事讽刺过别人。《庄子·逸篇》记载了这个故事。故事说，春秋时期，鲁国国君鲁哀公经常向人说自己是多么地渴望人才，多么地喜欢有知识有才干的人。当时有个叫子张的人，听说鲁哀公这么欢迎贤才，便从很远的地方，风尘仆仆地来到鲁国，请求拜见鲁哀公。子张让人向鲁哀公通报后，就等待鲁哀公接见，盼望能得到鲁哀公的任用。但是，子张在鲁国一直住了七天，鲁哀公也没有接见他。原来，他发现鲁哀公宣扬自己喜欢有知识有才干的人只不过是赶时髦，学着别的国君说说而已，对前来求见的子张根本没当一回事。子张见此，很是失望，也十分生气。他想讽刺一下鲁哀公，就给鲁哀公的车夫讲了一个"叶公好龙"的故事，并让车夫把这个故事转述给鲁哀公听。然后，子张便悄然离去了。后来，终于有一天，鲁哀公记起了子张求见的事，便叫自己的车夫去把子张请来。车夫对鲁哀公说："子张早已走了。"鲁哀公很是诧异，问车夫："他不是投奔我而来的吗？为什么还没见我就走掉了呢？"于是，车夫便向鲁哀公转述了子张留下的那个故事。这也许是刘向写《叶公好龙》的最早出处。

我没有研究过子张，据说他是孔子的得意门生，也许子张只知道"叶公好龙"这个趣事，却不了解叶公是个怎样的人而用错了典故。这对叶公来说不是千古奇冤又是什么!

也有人说刘向祖上曾被皇上发配楚国叶地,几百年后刘向拿叶公撒气,才写了《叶公好龙》这篇短文,这恐怕更是一种捕风捉影的无稽之谈。因为他的祖上发配跟叶公没有一丁点儿的关系。所以,我认为,刘向写《叶公好龙》的本意并非是为了讽刺叶公,也许是讽刺子张呢!

最后,退一万步说,庄子也好,子张也好,刘向也好,如果他们写《叶公好龙》的故事就是为了讽刺叶公,那也一定是庄子、子张、刘向等人搞错了,造成后人也跟着他们以讹传讹了。叶公即便害怕真龙,能有什么错呢?叶公既然喜欢画龙、喜欢雕龙,我相信他一定也喜欢真龙。他喜欢的是能给叶地带来祥瑞的龙图腾。但是喜欢真龙并不能说他看见真龙就不会产生恐惧感,也不能说他看见真龙产生恐惧就是不对的,就证明他喜欢龙是假的。叶公也是人,虽然龙是他崇拜的水神,但龙更是一个庞然大物,他突然看到了他所崇拜但又没有见过的真龙,回避一下躲避一下甚至魂飞魄散也不奇怪。举一个例子,历史上不是很多人喜欢画老虎吗?很多人把国画"上山虎""下山虎"

叶公陵园　许廷敏　摄

挂在中堂，现在又出现了很多老虎玩具并得到了大人
孩子的喜爱。可是如果突然来了个真老虎，谁敢迎上
去呢？谁不吓窜呢？估计除了古代的武松和李逵，还
没有人敢。武松和李逵是被奉为英雄的，历史固然应
该歌颂打虎英雄，但也不至于也不应该讽刺挖苦看见
老虎害怕的人。如果谁看见真老虎吓跑了就去讽刺他，
是不符合常人的思维的。同样的道理，叶公喜欢画龙，
但我们不能苛求他必须喜欢真龙，更不能因为他喜欢
画龙而怕真龙就去责怪他。

　　作为一个名人趣事，写《叶公好龙》不见得是一
个错误，但把《叶公好龙》理解为是对叶公的讽刺，

或者拿《叶公好龙》的故事去讽刺华而不实、表里不一的人，却是一个大大的错误！

谨以此文呼吁为"叶公好龙"平反！

石门山，我的故乡打卡地

退休以后，跟《今日头条》结了缘。

今年国庆节前夕，头条君让我介绍一下"今年国庆假期打卡地"。说起打卡地，我首先便想起了石门山。这也事出有因。自退居二线以后，每年春秋两季，我都喜欢选择在人不多、空气好、山水美的地方小住几日，去的最多的地方就是石门山。"要去就去石门山！"这几乎是我每次回乡小住的口头禅。

石门山是个什么地方呢？顾名思义，石门山首先是一座山。但是，石门山却又有所不同：唐朝大诗人李白曾经到过的一个地方。

石门山，位于河南省叶县县城西南约50公里处，是秦岭分支伏牛山的余脉，因为在叶县西部，当地人也称之为"西唐山"。它与伏牛山的另一支余脉在经过一片相对平坦的开阔地之后，像两扇大门一样合围，这也许就是石门山名称的由来吧。

石门山的山属于秀美型的。方圆一二十平方公里，没有太高的山峰，也没有太长太深的峡谷，山山相连，蜿蜒起伏，沟壑纵横，被不太茂盛的山林覆盖着。春暖花开或金秋时节，置身山中，有百鸟鸣唱，有流水潺潺，有蓝天白云，有绿树成荫，有男耕女织，有牛羊撒欢，总之你不会有山高水长的感觉。唐朝大诗人李白到达这里，留下了"未穷三四山，已历千万转""高松来好月，空谷宜清秋"的佳句。看来李白也是在"好月""清秋"时节来到石门山的。我乃俗人，相隔千余年之后，却喜欢循着诗人走过的踪迹寻找墨香，这也算是一种雅兴吧！

那么，堂堂的大诗人李白，从唐都长安千里迢迢来到这穷乡僻壤干什么呢？

这又不得不说说这里的水。李白在诗中也写到了石门山的水，"溪深古雪在，石断寒泉流"。

水，造就了石门山的清灵毓秀。说来也怪。秦岭——淮河是我国著名的地理分界线，而石门山不仅是秦岭的余脉，也是淮河支流——沙河的源头之一：澧河之漂麦河。漂麦河在流入澧河之前，正是从石门山流过，它贯穿了两个小型水库——将漂麦河拦胸、拦腰切断，修了两个水坝，形成了今天的石门水库和金龙嘴水库。这两座水库时间不长，比我的年龄略大。可以想象的是，在没有水库的时候，漂麦河常年流水潺潺，鱼虾成群，至今仍有沿河的鹅卵石作证。如今河水是小了，但却造就了两个山间平湖和沿湖周围的满山苍翠。

　　我不止一次徒步沿着漂麦河岸逆行而上，聆听我少年时期的老师或同学讲述的一串串当今和历史久远的故事。而漂麦河仿佛就是一条故事河。

据史书记载，东汉明帝年间，叶县县城北大街有一位平民子弟名高凤，字文通，自幼好学。为了成就更大的学问，青年高凤离开繁华的城镇，来到了环境幽静的石门山下，在一条无名小河旁结庐隐居，专心致志攻读经书。

有一年麦收之后，高凤妻子将新收的小麦放在河边晾晒，因要下地劳作，便嘱咐高凤照看。就在高凤在屋内读书入迷的时候，天上突降暴雨，高凤却浑然不知，等妻子回到家里，晾晒的小麦已被雨水冲入河中沿河而去。

奇怪的是，妻子并没有责怪她的丈夫。也许她在想，覆水难收，冲走就冲走了吧！冲走了小麦，收获了知识，值得！更奇怪的是，当地老百姓也没有责怪高凤，甚至把他读书漂麦的故事传为美谈。莫非我们的祖先在几千年前就把读书看得比小麦重要吗？

后来还发生了许多具有传奇色彩的故事。如，当朝皇上听说了高凤的学识和品行，三番五次封官赐爵，高凤却避而不仕；又如，历代到过中原一带的文人骚客，都有到漂麦河高凤隐居处参观瞻仰、吟诗作赋的传统；再如，明代万历年间官至南京太常寺卿的牛凤，其名字正是少年时期敬慕高凤而改的；而更加轰动的则是李白的加入，李白来了一趟石门山，不仅使石门山和高凤清雅脱俗的品格留名青史，更增加了石门山诗与酒的浪漫情怀。

据专家考证，李白在石门山及其周边地区游历了大约半年时间，写了不少诗，却没有标注写作地点。

然而，《寻高凤石门山中元丹丘》这首诗，已被专家确认写于石门山：

寻幽无前期，乘兴不觉远。

苍崖渺难涉，白日忽欲晚。

未穷三四山，已历千万转。

寂寂闻猿愁，行行见云收。

高松来好月，空谷宜清秋。

溪深古雪在，石断寒泉流。

峰峦秀中天，登眺不可尽。

丹丘遥相呼，顾我忽而哂。

遂造穷谷间，始知静者闲。

留欢达永夜，清晓方言还。

其实，李白在游历石门山期间写的《邺中王大劝入高凤石门山幽居》《偶感四首》等诗作，根据其中涉及的地名、人名，也应在叶县一带所写，甚至也可能写于石门山。而最有冲击力的一个说法是，李白最负盛名的《将进酒》一诗，很可能也是在石门山写的。

根据叶县原文化局局长李元芝先生考证，《将进酒》写作地点就在河南叶县西部的石门山。我专门找来李先生的大作，把有关论文连读几遍，李先生言之凿凿，论据似乎也挺扎实。但我也查阅了不少有关资料，除了李元芝先生的一家之言，尚未看到更多相同的说法。为此，我专门回到叶县石门山进行过一番实地考察，发现了一些蛛丝马迹。可以确认的是：

石门山确实很美。这里风景如画，明清时期曾被誉为叶县八大景之一的"石门嘉遁"就在石门山上。为什么叫"嘉遁"呢？应是高凤、元丹丘等名士在此隐居的缘故。

元丹丘确曾在石门山隐居炼丹，已被学术界认可。目前在石门山下还留有遗迹：一个相对平坦的山坡下，一堆乱石滩，据当地老百姓说那就是元丹丘留下的炼丹炉遗址。

《将进酒》中李白与元丹丘、岑勋三人对饮的场景，从另一首《酬岑勋见寻就元丹丘对酒相待，以诗见招》中可以得到印证。"中逢元丹丘，登岭宴碧霄"，送别岑勋的宴会是和元丹丘三人一起在某一座山岭上进行的。如果说这一首是写景的，《将进酒》则完全是抒情的。这两首诗是否在一处写的"姊妹篇"呢？"登"的"岭"是不是石门山呢？给人留下很多遐想。

从以上几个方面的情况来看，李元芝先生的结论是有道理的，甚至有可能是对的。我想，如果没有充分的证据证明《将进酒》写于另一个具体地方，至少目前我们应该认可《将进酒》写于石门山的这个观点。我也希望李元芝先生的这个观点能够引起学术界的关注和响应，尽快进行考察论证，使这个问题尽早得出权威结论。

当然，石门山还有不少名人遗迹。除了李白、元丹丘，相对比较有名的要数岑勋、牛凤、欧阳霖和许静了。

岑勋，南阳人。岑勋出名绝对与李白有关。李白有多首诗中写到岑勋，其中又多与石门山一起饮酒有关。据说颜真卿著名书法作品《多宝塔碑》为岑勋撰文。

牛凤，明朝著名谏官，官至南京太常寺卿。牛凤童年因崇拜高凤，常到石门山游玩，并将幼名"牛凤"改为"牛凤"，号"西唐"。晚年辞官隐居于石门山，并终老于此，石门山下的响堂村有牛凤墓。

欧阳霖，清同治年间任叶县知县，江西彭泽人。为弘扬高凤和牛凤之高风亮节，欧阳霖知叶期间建造了"二贤祠"，并立碑数通。可惜后来祠、碑皆毁于自然灾害，直至20世纪50年代修建石门水库才找到部分残存。欧阳霖主编的《叶县志》还比较详细地记载了李白到石门山访元丹丘的历史资料。

许静，清朝著名书法家，曾在石门山隐居并留下了不少书法作品。据传，"二贤祠"碑刻即出自许静之手。

石门山，远远算不上名山大川，却能与这么多名宦大儒联系在一起，这也许正是它的神奇之处。不过，我喜欢石门山还有另一个原因，就是这里的风土民情。真是一方水土养一方人啊！漂麦河的冲积扇土地肥沃，几千年来养育着这里的十来个村落和几百口人。这里地域相对独立，村村相连，民风淳朴，邻里和谐，鸡犬之声相闻。当地还流行一个"深山出俊鸟"的谚语。可能是水土好和历史文化熏陶的原因，石门山附近几个村子的乡民个个眉清目秀，聪明能干，记得当年有几个家在这里的同学多是俊男靓女，且多是学习尖子。恢复高考以后升学的比例也是比较高的。我青少年时期的最好的老师和同学也都生活在这里。因此，说石门山人杰地灵一点儿都不过分。

石门山的昨天是厚重的，石门山的今天更是绚丽多彩的。那山、那水、那人，那美丽的1号旅游公路，那一家家精致的民宿，吸引了越来越多的文人骚客和休闲的人们。更可喜的是，叶县县委、县政府已经关注到石门山的历史文化资源，石门山文化旅游开发已提上日程。随着文化旅游事业的发展，随着文化旅游观念日益深入人心，在清朝时期就被誉为叶县八大景之一的"石门嘉遁"，一定会成为明天的"石门嘉游"，相信石门山的明天会更美好！

后记

这本书马上就要付印了，有几句话还想再说一说：

一是感谢朋友们的鼓励，没有朋友们的鼓励就没有这本书。本来是写着玩儿的，朋友们看了都说值得汇集成册。这一点尤其感谢我的好朋友、著名作家樊玉生先生，他说，写得很美，也有一定史料价值。正在犹豫中，我的好朋友、知名儒商常伟先生鼓励我说，我们这一代人有责任把那一段历史记录下来，说得我突然感觉肩上沉甸甸的。

二是感谢老师、同学、朋友的帮助。我写的这些东西，都是几十年前的记忆，很多细节记不那么准了，为了避免谬误，几乎每篇都发给老师、同学、朋友们提意见，果然得到了他们的热情回应和帮助，使本书内容更接近真实和完整。许昌学院党委原副书记汪庆华教授对本书也提出了很好的指导意见，并协调许昌学院中原农耕文化博物馆对本书出版给予了无私支持，提供了大量精美的图片。因帮忙人太多，不再一一具名了，这里一并表示我的谢意。

三是感谢编辑老师们的再加工再创作。《许昌学院学报》原主编孟聚教授通览全书，对篇目设置、内容增减、语言简繁、文字勘误甚至标点符号都进行了缜密调整和修改，大大提升了本书质量，而且给我写了一篇精彩的序言。大象出版社张桂枝总编及张韶闻、江雯清、高莉三位编辑老师对本书也提出了很好的修改意见和建议，付出了大量心血。正是这些专家和朋友们的热情相助和专业精神才使得我的这本小书更臻完善，这里特别向他们表示真诚的敬意！

最后再说明一点，本书完全来自我童年时期的懵懂记忆，自然有很多不严谨的地方，对于书中存在的遗漏、谬论、调侃甚至违礼失敬之处，也请读者不必当真，一笑了之可也。

2023 年 10 月